Krallen und Feder 1

Die Insel der Orulia

JA Bell

Die Insel der Orulia

Krallen und Feder 1

Bibliografische Information der Deutschen
Nationalbibliothek:
Die Deutsche Nationalbibliothek verzeichnet diese
Publikation in der Deutschen Nationalbibliografie;
detaillierte bibliografische Daten sind im Internet über
http://dnb.dnb.de abrufbar.

2. Auflage 2022

Herstellung und Verlag: BoD – Books on Demand,
Norderstedt

ISBN: 978-3-7526-4193-6

Kapitel 1

„Haben wir etwas mit den getöteten Menschen zu tun?", fragte Ailuro, dessen Kopf von einer großen Kapuze bedeckt war.

Der gutaussehende Mann in der Kutte ihm gegenüber erkannte nur am Ton der Stimme des Anführers der Bruderschaft Orulia, dass dieser außerordentlich erregt war. Ohne eine Antwort abzuwarten, sprach Ailuro vor Wut bebend weiter.

„Ihr solltet den Menschen nur angst machen, aber sie nicht töten!"

Die hellblauen Augen von Nicolas sahen den Anführer einen Moment lang verständnislos an. Er brachte vor Überraschung über diese Zurechtweisung kein Wort heraus. Ailuro hatte ihn doch persönlich beauftragt, Angriffe auf Menschen zu organisieren, um unter ihnen Angst zu verbreiten und gleichzeitig die Unfähigkeit ihrer Regierung zu zeigen. Die Menschen sollten sich ausgeliefert fühlen, damit die Bruderschaft die Chance bekam, in ihrer Welt Macht zu erlangen. Nicolas hatte diese Überfälle geplant und dann gemeinsam mit einigen seiner Mitbrüder begangen. Die Verwunderung über die Rüge verwandelte sich in Verärgerung, die er erst hinunterschlucken musste, bevor er Ailuro eine Antwort gab.

„Die Situation ist leider ein paar Mal außer Kontrolle geraten. Aber diese Vorfälle haben die Unruhe unter den Menschen doch nur noch vergrößert. Deshalb ..."

Weiter kam er nicht, denn Ailuro hob eine Hand, um ihn zum Schweigen zu bringen.

„Die Menschen fangen schon an, die Überfälle mit Katzen in Verbindung zu bringen. Es hilft uns überhaupt nicht, wenn sie uns als Feinde betrachten. Was wir wollen ist doch, dass sie unsere Überlegenheit erkennen."

Dann fügte er im Befehlston hinzu: „Deshalb wird es in Zukunft keine Toten mehr geben. Ich erwarte, dass damit diese Sache vom Tisch ist."

Nicolas nickte ergeben und strich sich eine blonde Strähne aus der Stirn.

„Wir haben im Moment ein ganz anderes Problem", meinte er dann, um das Thema zu wechseln. „Die Familie Catus könnte uns wieder in die Quere kommen. Das wachsende Interesse an der Bruderschaft unter den Menschen dürfen wir uns von niemandem zerstören lassen. Wir sollten sicher stellen, dass dieser Robert nicht noch einmal die Wandler gegen uns aufhetzt und unseren Plan vereitelt."

Ailuro nickte bedächtig mit dem Kopf. Die Mitglieder der Bruderschaft waren Katzenmenschen, die über eine menschliche Gestalt und eine Katzengestalt verfügten, zwischen denen sie sich verwandeln konnten. Aber es gab zwei Arten, die sich in ihrer Verwandlung unterschieden.

Die Gewandelten änderten automatisch ihre Gestalt, sobald es morgens hell und abends dunkel wurde. Die Wandler dagegen waren in der Lage, jederzeit und nach eigenem Willen ihre Gestalt zu ändern. Das war seit jeher die Wurzel von Auseinandersetzungen unter diesen beiden Gruppen der Katzenmenschen.

Die Gewandelten wagten nicht, sich frei inmitten der Menschen zu bewegen, denn sie liefen Gefahr, in deren Gegenwart ihre Gestalt zu wechseln und dadurch die Existenz ihrer Gattung zu verraten. Deshalb hatte sich eine große Gruppe von ihnen in eine verlassene Burg auf einer Insel vor der Küste Aporues zurückgezogen. Dort hatten sie zusammen mit einigen Wandlern die Bruderschaft Orulia gegründet, die den Menschen im Land die Macht entreißen wollte. Dieses Ziel unterstützten auch die meisten Gewandelten, die nicht auf der Insel lebten, und sogar eine kleine Anzahl von Wandlern.

Vor langer Zeit hatten die Gewandelten schon einmal versucht, die Menschen unter ihre Gewalt zu bekommen, aber eine Gruppe von einflussreichen Wandlern hatte gegen sie gekämpft und es verhindert. Obwohl der Anführer der Wandler von Ailuro tödlich verwundet worden war, konnten die Gewandelten eine zeitlich begrenzte Chance nicht nutzen, um in der Menschenwelt die Macht zu erringen. Denn durch den Kampf waren nicht nur viele Kräfte gebunden, sondern auch einige der für die Machtübernahme wichtigen Gewandelten verletzt oder getötet worden. Deswegen hatten sie ihren Plan notgedrungen aufgegeben und sich auf ihre Insel zurückgezogen. Seitdem war das Verhältnis zwischen den unterschiedlichen Katzenmenschen noch schlechter geworden.

„Ich weiß", sagte Ailuro und seufzte. „Es ist jetzt fast genau zehn Jahre her, seit ich Robert beim Kampf tödlich verletzt habe. Laut der Überlieferung ist die Zeit seines Totenschlafs vorbei, die durch das Reblis-Messer hervorgerufen wurde, so dass er bald erwachen wird. Doch er muss sich sicherlich erst von diesem langen Schlaf erholen und kann deswegen nicht gleich wieder gegen uns in die Schlacht ziehen."

„Das hoffe ich auch", stimmte Nicolas mit ernster Miene zu. „Aber ich meine, wir sollten auf Nummer sichergehen. Wenn wir ihn schon nicht endgültig töten wollen, so habe ich eine Idee wie wir auf anderem Weg das Ziel erreichen können."

Er lächelte seinen Anführer triumphierend an. „Ich war doch mal mit seiner Frau zusammen."

Ailuro überraschte diese Information. Nicolas war ein Wandler, genauso wie Robert, aber dass er einmal eine so enge Beziehung zu dessen Frau gehabt hatte, war ihm neu.

„Sie und Robert haben gemeinsame Kinder", erzählte Nicolas weiter. „Wir könnten eines von ihnen als Geisel nehmen, um ihn dazu zu bringen, die Arbeit gegen Orulia aufzugeben. Das Beste an diesem Plan ist jedoch, dass ihre Kinder mich kennen und deshalb nicht misstrauisch sein werden, wenn ich mit ihnen wieder Kontakt aufnehme. Ich werde also sehr leicht an sie herankommen. Was meinst du?"

Ailuro sah Nicolas lange schweigend an. Diese Idee gefiel ihm nicht so recht, aber er war sich darüber klar, dass er in Nicolas einen Wandler an seiner Seite hatte, der einen unbedingten Willen zur Macht hatte. Und wenn er, Ailuro, weiterhin die Bruderschaft anführen wollte, würde er Stärke und Führung zeigen müssen. Er spürte ja schon eine Weile, dass einige in der Bruderschaft an seiner Entschlossenheit zu zweifeln begannen. Um seine Position nicht zu gefährden, blieb ihm nichts anderes übrig, als diesem Plan zuzustimmen. Außerdem sagte er sich, dass dem Kind bei ihnen auf der Insel keine Gefahr drohen würde, denn hier hatte er Nicolas unter Kontrolle. Also nickte er.

„Gut. Aber mit so wenig Gewalt wie möglich. Ich möchte nicht, dass jemand verletzt wird."

„Natürlich, Ailuro", beeilte sich Nicolas, ihm zu antworten, und grinste dabei breit. „Bald werden wir genügend Einfluss haben, um diesen Robert Catus nicht mehr fürchten zu müssen."

Kapitel 2

Bridget Catus wachte von Geräuschen in der Wohnung auf. Sie sah zum Bett auf der anderen Seite des Zimmers hinüber, das durch einen Spalt im Vorhang von der Vormittagssonne beschienen wurde, und in dem ihre jüngere Schwester Monika lag. Doch die kleine Gestalt unter der Bettdecke schlief tief und fest. Vorsichtig schlüpfte Bridget aus ihrem Bett und nahm einen Bademantel vom Haken an der Zimmertür. Während sie ihren üppigen Körper in den Mantel wickelte, öffnete sie lautlos die Tür und schlich hinaus in den Flur.

Die Geräusche, die sie geweckt hatten, kamen aus der Küche. Sie näherte sich der offenstehenden Tür und sah einen Mann, der gerade ein Messer aus der Schublade nahm. Sie beobachtete dann, wie er damit etwas auf der Arbeitsplatte machte. Doch was er genau tat, konnte sie nicht erkennen, denn sein breiter und kräftiger Rücken verdeckte ihr die Sicht. Er war ganz vertieft in seine Tätigkeit und bemerkte sie auch nicht, als sie in die Küche trat.

„Was machst du da?", fragte sie mit lauter Stimme.

Der Mann zuckte zusammen und blickte erschrocken auf. Dabei ließ er die Tomate fallen, die er gerade in Stücke schneiden wollte.

„Bridget!", erleichtert erkannte er seine Schwester. „Musst du mich so erschrecken?"

Ein Lächeln breitete sich in ihrem runden Gesicht aus und ihre großen, blauen Augen funkelten.

„Nur jemand mit schlechtem Gewissen lässt sich erschrecken", erwiderte sie neckend. „Tomaten zu metzeln ist sicherlich ein schreckliches Verbrechen."

Das jungenhafte Gesicht des Mannes verzog sich zu einer Grimasse. Er sah einen Moment das Messer an und dann die junge Frau in der Tür. Langsam schritt er um den Tisch in der Mitte der Küche herum und kam mit drohend vorgestrecktem Messer auf sie zu.

„Aber eine freche Schwester zu metzeln ist kein so schweres Verbrechen!"

Schreiend und lachend lief die junge Frau durch den Flur ins Wohnzimmer. Dort stieß sie so schwungvoll mit ihrer älteren Schwester Meilin zusammen, dass beide stolperten und das Gleichgewicht verloren. Sie landeten rücklings auf dem Boden, wobei Bridget mit dem Ellenbogen an eine Vase auf einem kleinen Tisch neben der Tür stieß. Die Vase fiel mit einem dumpfen Knall zu Boden und die Blumen und das Wasser verteilten sich auf dem Teppich.

„Was ist denn mit euch los?", fragte Meilin verschlafen. „Müsst ihr euch immer noch wie Kinder aufführen?"

Die schlanke Frau strich eine Strähne ihres schwarzen Haares aus dem Gesicht und blitzte, nun richtig wach geworden, mit dunklen, mandelförmigen Augen den Mann an, der jetzt mit gesenktem Kopf ins Zimmer kam und ihr beim Aufstehen helfen wollte.

„Bist du in Ordnung?", fragte er in besorgtem Ton.

Meilin wehrte seine Hilfe ab, stand allein auf und rieb sich ihre schmerzende Rückseite. Dabei sah sie ihn verärgert an, denn das kindische Verhalten von Florian und seiner Zwillingsschwester Bridget nervte sie. Die beiden waren schon als Kinder wild und nicht zu bändigen, wenn sie ihren Schabernack miteinander oder mit anderen trieben. Meilin hoffte immer noch darauf, dass sie irgendwann ruhiger und vernünftiger werden würden.

Doch ihr Ärger über die Zwillinge verflog, als sie die Verlegenheit in Florians Gesicht sah.

„Mir ist nichts passiert", beruhigte sie ihn und musste selbst über die Situation schmunzeln. „Nur die Vase hat es nicht überlebt. Seht zu, dass ihr hier sauber macht, bevor Mutter das sieht."

Jetzt kam auch Monika ins Wohnzimmer. Ihre kurzen, braunen Haare waren zerzaust und sie trug ein mit Comicfiguren bedrucktes Nachthemd, in dem sie wie ein Kind aussah. Sie schaute verschlafen in die Runde.

„Was ist los?", fragte sie. „Warum seid ihr schon wach?"

Doch bevor die Geschwister antworten konnten, schlug sich Monika gegen die Stirn.

„Na klar, Katinka kommt ja heute nach Hause! Dann sind wir wieder komplett!"

Florian ging hinaus, um einen Lappen, einen Handfeger und eine Schaufel zu holen. Währenddessen kam Bridget stöhnend wieder auf die Beine und sammelte anschließend die gelben Rosen und das Grünzeug vom Boden auf. Monika sah ihre Schwester Meilin fragend an. Doch diese schüttelte nur mit dem Kopf.

„Frag nicht", meinte sie resigniert.

Als Florian mit den Putzutensilien wieder in den Raum kam, hatten sich seine Schwestern bereits in ihre Zimmer zurückgezogen. Kopfschüttelnd wischte er das Wasser auf und kehrte die verstreuten Blätter zusammen. Er wollte mit der Kehrschaufel in die Küche gehen, da fiel sein Blick auf die Blumen, die auf dem Tisch lagen.

„Ihr Ärmsten!", entfuhr es dem jungen Mann. „Hat euch keiner wieder ins Wasser gestellt?"

Er legte die Schaufel auf den Boden und schritt auf den Wohnzimmerschrank zu, aus dem er behutsam eine Glasvase nahm. Damit ging er dann in die Küche und füllte sie mit Wasser. Nachdem er die Blumen versorgt hatte, räumte er den Rest des kleinen Missgeschicks seiner Schwester fort.

Nach und nach kamen die jungen Frauen aus ihren Zimmern. Sie verschwanden kurzzeitig für die Morgentoilette im Bad und erschienen anschließend zum Frühstück in der Küche. Florian gesellte sich zu ihnen und so saßen sie dann gemütlich zusammen.

„Was Katinka uns diesmal wohl mitbringt?", fragte Monika kauend, dabei nahm sie sich gleich noch eine Scheibe Toast und bestrich sie dick mit Butter.

„Darauf bin ich auch gespannt", meinte Bridget und sah auf den leeren Brotkorb. „Möchte noch jemand Toast? Florian?"

Als der Bruder nickte, stand sie auf und ging zum Toaster, um zwei Scheiben hineinzustecken.

„Was wollen wir eigentlich heute Abend machen?" Meilin sah ihre Geschwister fragend an. „Sonst sind wir immer in den Park gegangen und haben uns mit den anderen getroffen."

Für einen Moment herrschte Stille in der Küche. Monika war die Erste, die diese unterbrach und ihre Gedanken laut formulierte.

„Das ist eine gute Frage. Aber mit den Überfällen, die es in der letzten Zeit hier gab, ist es wahrscheinlich besser, zu Hause zu bleiben. Oder was meint ihr?"

Die Schwestern nickten zustimmend.

„Du hast wohl recht, Monika", meinte Bridget. „Obwohl es schade ist. Unsere Abende dort waren immer richtig schön."

„Wir können es uns auch hier schön machen", erwiderte Meilin mit einem aufmunternden Lächeln in die Runde. „Katinka wird so viel zu erzählen haben, dass es uns sicher nicht langweilig wird."

„Klar", stimmte ihr Monika zu.

„Außerdem möchte ich ihr meine neue Musik vorspielen", fügte Meilin hinzu.

„Bloß nicht!", entfuhr es Florian. „Dann sollten wir vielleicht doch lieber in den Park gehen."

„Meinst du wirklich?" Bridget blickte ihren Bruder verwirrt an.

„Das meint er nicht ernst", unterbrach Meilin die Schwester und warf Florian einen verärgerten Blick zu. „Er will nur keine Musik hören. Natürlich findet er es nicht ratsam, in dieser Zeit in den Park zu gehen. Warum sollten wir uns auch unnötig in Gefahr begeben?"

„Ja, Meilin hat recht", gab der Bruder mit einem Lächeln zu. „Es wäre im Moment wirklich zu riskant. Also werden wir den Abend hier verbringen."

Und mit einem Seitenblick zu seiner älteren Schwester fügte er hinzu: „Dann werde ich eben auch deine Musik ertragen."

Nachdem sie mit dem Frühstück fertig waren, zogen sich die Schwestern in ihre Zimmer zurück. Florian blieb jedoch in der Küche, um aus den Tomaten, die er vorhin geschnitten hatte, eine Soße zu kochen.

```
     ^   ^
 = ` . ` =
     v
```

Am späten Nachmittag hörten sie, wie jemand die Haustür aufschloss. Eine elegant gekleidete Frau öffnete die Tür und trat in den Flur. Dort nahm sie ihren Hut ab und legte ihn auf die Garderobe. Sie sah durch die geöffnete Küchentür den jungen Mann, der sich jetzt die Hände abwischte und in den Flur kam.

„Hallo, Florian!", begrüßte sie ihn und ließ den Schlüsselbund in eine Schale auf dem Garderobenschrank fallen. „Wo sind die anderen? Ihr müsst gleich die Tüten aus dem Wagen holen. Nach der langen Einkaufstour mache ich mich erst einmal frisch."

Dann zog sie ihre Jacke aus, hängte sie auf und ging ohne ein weiteres Wort in ihr Schlafzimmer.

Die Schwestern, die die Stimme ihrer Mutter gehört hatten, waren aus ihren Zimmern gekommen und sahen sich jetzt verdutzt an. Florian zuckte grinsend mit den Schultern, nahm den Schlüssel des Wagens und verließ eilig die Wohnung, um die Tüten hereinzuholen. Die plaudernden Schwestern folgten ihm in langsamem Tempo, so dass er als Erster am Van ankam. Durch die Scheiben im Heck konnte er eine ganze Reihe von Tüten sehen.

Beim Öffnen der Klappe entfuhr ihm ein Stöhnen. „Mutter hat wirklich nur das Nötigste eingekauft."

„Oh, ja", meinte Meilin lachend, „sonst hätte sie einen Lastwagen dafür gebraucht."

Gutgelaunt nahm sich jedes der Geschwister eine der großen Tüten und trug sie hinauf in die Wohnung. Florian hatte nach der dicksten und schwersten Tüte gegriffen, die er in die Küche schleppte und schließlich auf die Arbeitsplatte stellte. Vorsichtig packte er ein paar Paprikaschoten und einige Zucchini aus, die auf einer prall gefüllten weißen Plastiktüte lagen. In dieser zweiten Tüte war die Hauptzutat für Florians Rezept, das Fleisch für sein Gulasch. Er legte das Fleisch auf ein Brett, und machte sich daran es in Würfel zu schneiden.

Auch seine Schwestern nahmen sich die Zutaten und Gerätschaften, um ihre jeweiligen Gerichte vorzubereiten. So herrschte rege Geschäftigkeit in der Küche, und es dauerte nicht lange, bis Bridget von ihrer Arbeit im Friseursalon berichtete. Sie liebte es witzige Begebenheiten zum Besten zu geben und da sie im Salon vor einiger Zeit eine neue Auszubildende bekommen hatten, der die anderen liebend gern einen Streich spielten, konnte sie auch viele erzählen. Diesmal jedoch hatte die junge Frau selbst ihr Missgeschick verursacht.

„Gestern hat sie bei einer Kundin die Farbe aufgetragen und dann einwirken lassen. Was meint ihr, was passiert ist?"

Bridget sah ihre Geschwister grinsend an, und weil diese mit dem Kopf schüttelten, fuhr sie fort.

„Als sie die Wickler herausnahm, waren die Haare grün."

Die Geschwister lachten laut auf.

„Ihr hättet mal das Gesicht der Kundin sehen sollen!"

„Die Ärmste", meinte Meilin mitfühlend. „Aber ihr habt doch sicherlich die Farbe ändern können?"

Bridget nickte, immer noch lachend.

Elisabeth Catus, die Mutter, stand eine ganze Weile in der Küchentür und lächelte zufrieden über ihre ausgelassenen und fröhlichen Kinder. In diesen Momenten vermisste sie ihren verstorbenen Mann Robert noch mehr als sonst. Er war nicht ihr erster Ehemann gewesen, aber in der Zeit mit ihm hatte sie sich so sicher und geliebt gefühlt wie niemals davor.

Sie dachte an den Tag vor fast zehn Jahren zurück, als er beim großen Kampf zwischen den Gewandelten und den Wandlern getötet worden war. Damals hatte sie nicht gewusst, wie sie weiterleben sollte, und jetzt waren schon so viele Jahre vergangen.

Robert hatte ihr diese schöne und große Wohnung sowie genügend Geld hinterlassen, so dass das Leben danach erträglich war. Sie musste sich nicht ständig um ein Dach über dem Kopf und das Essen für ihre Kinder Sorgen machen, wie in den Jahren vor ihrer Heirat mit ihm.

Jetzt waren die Kinder fast erwachsen. Katinka hatte als Erste die elterliche Wohnung verlassen, um ihren Traum vom Artistenleben zu verwirklichen. Elisabeth wusste, dass ihre Tochter das Zirkusleben im Blut hatte, denn deren Vater war ein Artist gewesen, von dem sie sich jedoch bald getrennt hatte. Katinka zog seit ihrem achtzehnten Lebensjahr den Sommer über mit einem Zirkus herum und kam nur gelegentlich nach Hause, um ihre Familie zu besuchen. Die Geschwister freuten sich jedes Mal sehr über das Wiedersehen mit der weitgereisten Schwester, da sie viel zu erzählen und immer neue, verrückte Ideen hatte. Auch Elisabeth freute sich auf den Besuch ihrer Tochter.

Sie betrat die Küche, um zu kontrollieren, ob das Essen pünktlich fertig werden würde. Denn diesmal wollten ihre Kinder sich darum kümmern und die Lieblingsgerichte der Schwester zubereiten, die sie in ihrer Kindheit gegessen hatten.

Florian kochte das Gulasch à la Catus, das aus verschiedenen Fleischsorten mit Gemüse in einer Tomatensoße bestand. Seine Schwestern Bridget und Monika bereiteten einen scharfen Gemüse-Nudel-Auflauf zu, und Meilin steuerte ihren Lieblingssalat aus Tomaten, Blattsalat und Oliven bei.

Zufrieden sah ihre Mutter ihnen bei der Arbeit zu und als sie merkte, dass alles reibungslos lief, zog sie sich ins Wohnzimmer zurück. Dort deckte sie schon einmal den

Esstisch, der rechts neben der Sitzecke stand. Sie legte eine blütenweiße Tischdecke auf und holte ihr bestes Geschirr hervor.

Monika kam jetzt ebenfalls ins Wohnzimmer, nahm aus einer Schublade in der Anrichte ein paar bunte Girlanden und begann diese im Raum zu verteilen. Sie war dabei die zweite Seite der Girlande am Wohnzimmerschrank zu befestigen, als sie plötzlich den Kopf nach rechts drehte und auf eine Stelle starrte. Blitzschnell griff ihre Hand in die Luft, fing etwas und steckte es in ihren Mund.

„Monika, was machst du da?", rief ihre Mutter entrüstet. „Du weißt doch, dass du keine Fliegen essen sollst!"

Als Antwort brummelte ihre Tochter nur etwas und arbeitete ohne Unterbrechung weiter.

Jetzt kam Bridget ins Wohnzimmer. Sie hielt ein riesiges Gesteck im Arm und stellte dieses in die Mitte des festlich gedeckten Tisches.

„Das sieht wunderschön aus", meinte ihre Mutter und legte die letzten Besteckteile an ihren Platz. Sie trat vom Tisch weg und besah sich das geschmückte Zimmer.

„Gut gemacht, Monika!", lobte sie die jüngste Tochter, die immer noch auf einem Stuhl stand und eine Girlande zurechtzupfte.

Jetzt gesellte sich Meilin zu ihnen und ging zielstrebig zu einem kleinen Regal mit Musik-CDs, das neben dem Wohnzimmerschrank stand.

„Dann suche ich mal die Musik für heute Abend heraus", sagte sie, ohne sich an jemand bestimmten zu wenden. Sie fuhr mit ihrem Zeigefinger an den Hüllen entlang, nahm die eine oder andere der CDs heraus und stapelte sie vor dem Regal auf. Nachdem sie alles durchgesehen hatte, nahm sie den Stapel und ging hinüber zur Musikanlage, die im Schrank untergebracht war. Sie legte eine

CD nach der anderen in das Abspielgerät, um geeignete Musik für den Abend zu finden.

Als die ersten Töne eines Liedes erklangen, kam ihr Bruder mit leidendem Gesichtsausdruck ins Zimmer gelaufen und sah seine Schwester flehentlich an.

„Du brauchst dich nicht so anzustellen." Meilin drehte ihren Kopf in seine Richtung und warf ihm einen strengen Blick zu. „Du wirst diesen Abend schon überleben."

Die Miene ihres Bruders verdüsterte sich, denn in seinen Ohren hörte sich Musik schrecklich laut an. Dabei hatte er das Gefühl, dass sie im Innern seines Kopfes widerhallte. Doch dann dachte er an Katinka, die ihnen Geschenke mitbringen würde, sowie an ihre neuen Geschichten über das Zirkusleben, und sein Gesicht erhellte sich wieder.

Die Mutter war inzwischen zurück in die Küche gegangen, um nach dem Auflauf zu sehen, der ebenfalls fertig war, und rief ihren Sohn, um ihr beim Auffüllen und Auftragen zu helfen. Erleichtert entfernte sich Florian aus dem lauten Wohnzimmer und ging in die Küche.

Als sie dabei waren die letzte Schüssel zu füllen, klingelte es an der Haustür. Blitzschnell versammelte sich die ganze Familie im Flur und drängelte sich an der Tür, die die Mutter öffnete. Draußen stand eine elegante junge Frau. Ihr langes, schwarzes Haar war zu einem Pferdeschwanz gebunden und sie trug unter einer kurzen schwarzen Jacke ein enganliegendes, rotes Kleid, das ihren wohlgeformten athletischen Körper voll zur Geltung brachte. Sie hielt einen Moment inne, um die erwartungsvollen Gesichter ihrer Familie zu betrachten.

So sehr sie das Leben im Zirkus liebte, es war ebenso schön, wieder nach Hause zu kommen. Zumindest so lange, bis sie ihre Kollegen und die Manege vermisste.

„Catusse!" Mit dieser seit ihrer Kindheit üblichen Begrüßung stürzte sich Katinka dann auf ihre Geschwister und ihre Mutter, und umarmte alle stürmisch.

Nachdem die erste Wiedersehensfreude vorüber war, drehte sie sich um und trat zurück ins Treppenhaus. Dort hatte sie ihre beiden Koffer und ein paar Tüten abgestellt. Aus Letzteren holte sie Geschenkpakete heraus, die sie an ihre Familie verteilte.

„Kommt, Kinder!" Die Mutter legte ihr Geschenk auf den Garderobenschrank und nahm, zur Verwunderung aller, einen von Katinkas Koffern. „Lasst uns erst das Gepäck ins Zimmer tragen. Danach können wir die Geschenke auspacken."

Bereitwillig folgten die Geschwister dem Vorbild der Mutter.

„Ich habe das Gefühl, dein Gepäck wird mit jedem Jahr umfangreicher, Kati." Florian ächzte unter der Last eines bleischweren Koffers. „Hast du etwa euer Zirkuszelt mitgebracht?"

Katinka lachte und gab ihrem Bruder einen Klaps.

„Der Koffer ist nicht schwerer als sonst, aber du bist nicht mehr in Form. Nun, die nächsten Tage werde ich dich schon wieder auf Trab bringen!"

Ihr Bruder hob lächelnd den Kopf. „Ist das ein Versprechen oder eine Drohung?"

„Sowohl als auch!"

Nachdem das Gepäck im alten Zimmer von Katinka untergebracht war, versammelte sich die ganze Familie im Wohnzimmer. Die Geschenke wurden ausgepackt und mit Begeisterung kommentiert, hatte die Schwester doch für jeden etwas Passendes ausgesucht.

Ihre Mutter bekam eine Halskette mit einem Anhänger aus Katzenauge und für Bridget gab es ein paar Ohrringe mit kleinen, goldenen Herzen. Monika hielt voller Entzücken ein Shirt mit Tigermuster hoch, das sie sofort anprobierte, und Florian packte andächtig ein schweres Fleischmesser aus. Am meisten freute sich Meilin, die sprachlos auf eine gebundene Originalausgabe der ‚Reise nach dem Westen' sah. Die Übersetzung dieses Buches hatte sie schon als Kind geliebt, und sie hatte sich vorgenommen, es irgendwann einmal im Original zu lesen.

Als alle ihre Geschenke ausgepackt und ausreichend bewundert hatten, setzten sie sich an den festlich gedeckten Tisch, um zu Abend zu essen. Die kleine Gesellschaft war ausgelassen und fröhlich. Immer wieder gab es Gelächter oder gespannte Stille, wenn Katinka ihre teils lustigen und teils gefährlichen Erlebnisse schilderte.

Schließlich erzählte sie von ihrem neuen Freund, einem Trapezkünstler, der mit ihr eine Nummer ausgearbeitet hatte, bei der sie als Clowns verkleidet allerhand Schabernack am Seil und auf dem Trapez trieben. Das Publikum liebte diese Darbietung, doch leider mussten sie vorübergehend aufhören, weil ihr Freund überfallen worden war und jetzt im Krankenhaus lag. Sie berichtete, dass sich in den letzten Monaten diese Überfälle gehäuft hatten und die Brutalität immer größer geworden war. Es gab auch Tote, und jedes Mal sollte eine Katze vom Ort des Verbrechens weggelaufen sein.

„Wenn das so weiter geht", meinte sie, „werden die Menschen auf die Idee kommen, dass diese Taten nicht von ihresgleichen begangen wurden, sondern von Katzen. Dann werden sie alle Katzen verfolgen."

„Aber mit Sicherheit doch nicht uns Wandler!", rief Elisabeth aus. „Wir brauchen uns doch nur eine Zeit lang nicht in Katzen zu verwandeln."

Florian runzelte die Stirn. „Vielleicht. Aber was ist mit den Gewandelten, die in der Nacht in ihrer Katzengestalt unterwegs sein müssen."

„Ich für meinen Teil kann kein Mitleid mit diesen Taugenichtsen haben", meinte Elisabeth. „Wahrscheinlich sind sogar sie es, die die Menschen überfallen. Ihr Verhalten hat schon damals zum Kampf zwischen den Katzenmenschen geführt und es war ein Gewandelter, der euren Vater getötet hat. Sie bekommen nur, was sie verdienen."

Für einen Moment senkte sich betroffenes Schweigen über den Tisch, und jeder von ihnen dachte an den Vater.

„Wie lange bleibst du eigentlich hier?", unterbrach Meilin die Stille und sah ihre Schwester an. „Kommst du am Todestag von Vater mit zu seinem Grab?"

Katinka erwiderte den Blick ihrer Schwester und runzelte die Stirn.

„Eigentlich hätte ich dann schon wieder auftreten müssen, aber weil Ross verletzt ist, kann ich länger bei euch bleiben."

„Das ist gut." Elisabeth strich sanft über Katinkas Arm. „Du weißt sicher, dass dieses Jahr ein besonderes ist. Es ist jetzt genau zehn Jahre her, seit er getötet wurde."

Die Stimmung in der kleinen Runde war danach ruhiger und nachdenklicher, denn obwohl ihr Verlust schon lange zurücklag, war der Schmerz darüber immer noch vorhanden.

$$\begin{array}{c} {\wedge \quad \wedge} \\ {= \; \backprime \; \cdot \; \backprime \; =} \\ {\vee} \end{array}$$

Nach dem Essen räumten sie den Tisch ab und machten es sich auf dem Sofa und den Sesseln im Wohnzimmer gemütlich, dabei hörten sie Musik und tranken zur Feier des

Tages Rotwein. Florian und Bridget fragten Katinka nach Leuten aus dem Zirkus, die die beiden bei einem Besuch dort kennengelernt hatten. Die Schwester berichtete ihnen ausführlich, aber mit leiser Stimme, um Meilin den Musikgenuss nicht zu stören.

Einige Zeit später musste ihre Mutter gähnen.

„Ich bin schrecklich müde", sagte sie in die Runde.

„Heute war ein anstrengender Tag für uns alle und ich denke, dass wir Schlafengehen sollten."

Damit erhob sie sich steif vom Sofa und begab sich in ihr Zimmer. Gleich darauf konnten die Geschwister sie im Badezimmer hören. Monika gähnte jetzt auch herzhaft und steckte damit die anderen an.

„Sollen wir ebenfalls für heute Schluss machen?" Meilin sah die anderen fragend an.

„Ja, ich bin auch müde", meinte Florian, der verstohlen Bridget und Katinka aus dem Augenwinkel beobachtete. „Dann gehen wir alle ins Bett."

Die Geschwister erhoben sich aus ihren Sesseln und begaben sich in ihre Zimmer. Meilin bemerkte jedoch, dass sich drei von ihnen verschwörerische Blicke zuwarfen.

‚Die führen sicherlich etwas im Schilde', dachte sie. Doch sie war zu müde, um sich damit näher zu befassen.

Tatsächlich trafen sich die drei im Flur, als ihre Mutter, Meilin und Monika im Bett lagen. Das Licht war schon gelöscht worden, doch Wandler konnten sich auch in ihrer Menschengestalt gut im Dunkeln zurechtfinden. Sie öffneten leise die Haustür und schlossen sie vorsichtig hinter sich. In der Mitte des Korridors gab es nur eine trübe Lampe, die abends ständig leuchtete. Ansonsten war es auch hier dunkel.

Die drei Geschwister bewegten sich zielstrebig den Korridor entlang und die Treppen hinunter ins Erdgeschoss.

Hier unten gab es einen Hinterausgang, der auf den Hof führte und von dort kam man auf eine Nebenstraße. Sie schlichen sich aus dem Haus, schlossen die Tür leise hinter sich und sahen sich im Hof um. Als Florian überzeugt war, dass niemand sie beobachtete, nickte er seinen Schwestern zu.

Sofort begann Katinka sich in ihre Katzengestalt zu verwandeln. Sie brauchte nicht lange dafür. Die junge Frau stand im Zwielicht des Hofs und im nächsten Moment saß an ihrer Stelle eine grazile grau getigerte Katze, die sich eine Pfote leckte.

Bridget brauchte schon etwas länger mit der Wandlung. Vielleicht lag es an ihrer Größe, die es langwieriger machte. Doch dann saß eine zweite Katze auf dem Hof, die schwarz-weiß gefärbt und kräftig gebaut war.

Florian war ebenfalls groß und er benötigte ebenfalls mehr Zeit für die Verwandlung. Die beiden Schwestern blickten mit gelben Augen auf ihren Bruder, der langsam in sich zusammenzufallen schien, bis eine dritte Katze auf dem Hof saß. Kaum hatte Florian seine Wandlung vollendet, sprangen die beiden anderen auf und liefen mit erwartungsvoll hoch aufgerichteten Schwänzen in Richtung Straße. Etwas langsamer folgte die dritte Katze.

Kapitel 3

Im Westen des Landes Aporue gab es einen langen Küstenstreifen, der aus steilen Felsen und Buchten mit Sandstränden bestand. In Sichtweite des Festlandes lagen mehrere kleine Inseln, auf denen sich alte verlassene Festungen und Burgen befanden. Die Menschen hatten sie wieder der Natur überlassen, weil es dort weder Strom noch andere Annehmlichkeiten der modernen Zivilisation gab. Doch in eine dieser Burgen waren seit einiger Zeit neue Bewohner eingezogen.

Bei Sonnenaufgang war alles ruhig, und die Räume hinter den dicken Mauern waren menschenleer. Die einzigen Bewohner schienen Katzen zu sein, die überall auf den Betten und Stühlen lagen und fest schliefen. Die Sonne stieg langsam am Himmel empor und ein neuer Tag begann. In den Räumen der Burg fand jetzt das unausweichliche allmorgendliche Schauspiel der Verwandlung der Gewandelten statt.

Eine Katze nach der anderen wachte auf und begann sich zu recken und zu strecken. Dabei verlängerten sich ihre Beine, ihre Pfoten wurden zu Händen und Füßen und der aufgerichtete Körper wuchs in die Höhe. Die Ohren und die Schnauze verkleinerten sich und anstatt des Fells waren sie in eine Kutte gehüllt, die entsprechend ihrem Rang weiß oder schwarz war. Nach und nach verwandelte sich so jede Katze in einen Menschen.

Allmählich hallten Stimmen zwischen den Burgmauern wider und vertrieben die Ruhe und Stille der Nacht. Die

Gewandelten in Menschengestalt erledigten die Morgentoilette, um danach ihren verschiedenen Tätigkeiten nachzugehen. Einige räumten in den Kammern auf, andere bereiteten in der Küche das Frühstück vor oder sie deckten die Tische im Speisesaal. Dort, in einem Nebenraum des Hauptgebäudes, versammelten sich alle zum Frühstück, das sie in entspannter Stille einnahmen.

Anschließend marschierten sie in einen großen Raum, der durch drei hohe Fenster an der Stirnseite und vielen Öllampen an den Wänden erhellt wurde. Vor den Fenstern gab es einen Altar mit einer Statue in der Form eines Wesens, das halb Mensch und halb Katze war.

Das menschenähnliche Gesicht mit großen eckigen Ohren und einer kleinen spitzen Nase sah freundlich auf die Leute hinunter, die sich jetzt vor ihr versammelten. Ihr Blick hatte jedoch etwas leicht Spöttisches, als wenn dieses Wesen die Verehrung der Gewandelten gönnerhaft entgegennahm. In den Händen hielt es ein mit bunten Steinen besetztes altes Buch, das die Grundlagen dieser Bruderschaft beschrieb.

Vor dem Altar standen Stühle in Reihen, auf denen die zu Menschen verwandelten Katzen saßen und sich leise unterhielten.

Als eine Gestalt in einem langen schwarzen Gewand mit weit ins Gesicht gezogener Kapuze vor den Altar trat, verstummte die Menge und sah ihn erwartungsvoll an. Dieser Mann, der sich selbst Ailuro nannte und der Oberste der Bruderschaft Orulia war, hob die linke Hand, spreizte die Finger und streckte den Arm nach vorne aus.

Diese Geste wurde von der Menge erwidert und aus ihren Mündern ertönte ein Fauchen. Einer von ihnen, ein kleiner drahtiger Mann mit beginnender Glatze, stand abrupt auf und drehte sich herum.

„Orulia, Orulia!", rief er in den Raum und in seinen Augen spiegelten sich die Lichter der vielen Lampen an den Wänden.

Jetzt ließ der schwarz gekleidete Mann seinen Arm sinken.

„Heute ist ein Freudentag für uns", hob er an. „Die Menschen haben unsere Botschaft vernommen und es sind nicht wenige, die anfangen sie zu begreifen. Deshalb werden wir demnächst auch Menschen in unseren Reihen begrüßen. Sie zeigen ein großes Interesse an unserer Bruderschaft und es wird an euch sein, sie zu wahren Gläubigen zu machen."

Der in der Menge stehende Mann fing wieder an ununterbrochen ‚Orulia, Orulia' zu rufen. Dabei fielen die anderen mit ein und der Raum vibrierte vom Klang der vielen Stimmen.

Durch ein Nicken verständigte sich Ailuro mit einem gutaussehenden blonden Mann in einer ebenfalls schwarzen Kutte, der sich während seiner Ansprache neben ihn gestellt hatte. Dieser streckte die linke Hand mit gespreizten Fingern nach vorn und brachte die Menge damit zum Schweigen.

Mit einer ausholenden Geste sagte dann Ailuro: „Unser Bruder Nicolas hat mit seiner im Fernsehen übertragenen Rede die Bruderschaft würdig vertreten. Die vielen Briefe und Anfragen von Menschen, sind allein auf seine Worte zurückzuführen. Deshalb wird er jetzt offiziell als mein Stellvertreter unter den Menschen fungieren."

Der Genannte senkte bescheiden seinen Kopf. Für einen Augenblick war ein zufriedenes Lächeln auf seinen Lippen zu sehen, dass jedoch sofort wieder verschwand. Nicolas hatte sich seinem Ziel einen Schritt weiter genähert. Es ärgerte ihn jedoch, dass es bis hierher so lange gedauert hatte. Er war der festen Überzeugung, dass unter seiner Führung die Bruderschaft Orulia jetzt schon mächtiger und einflussreicher gewesen wäre. Ihren jetzigen Anführer Ailuro fand er nicht konsequent und hart genug. Denn für Nicolas gab es nichts Wichtigeres als der Bruderschaft Macht zu verschaffen und dafür war ihm jedes Mittel recht.

Am Anfang der Bruderschaft war Ailuro durchdrungen gewesen vom Hass auf die Menschen und seine Wut auf das durch sie verursachte Leid. Diese Gefühle hatten in ihm den Wunsch geweckt, diesen mit unzureichenden Sinnen ausgestatteten dabei jedoch selbstherrlichen Geschöpfen die Macht über die Erde zu entreißen. Mit den Jahren jedoch war er immer nachdenklicher und milder geworden. Nicolas gewann den Eindruck, dass Ailuro langsam das Ziel aus den Augen zu verlieren schien. Der Anführer hatte sich auf der Insel der Orulia unter Gleichgesinnten eingerichtet, wo sein Hass und seine Wut keine Nahrung mehr finden konnten. Oder vielleicht machte ihn auch das Alter weicher und nachsichtiger.

Doch Nicolas konnte und wollte das Ziel der Bruderschaft mit allen seinen Kräften erreichen und dazu musste er mehr Einfluss gewinnen.

Die Menge verstummte jetzt, denn sie hatten die Köpfe geneigt und beendeten die Versammlung mit einem stillen Gebet.

$$= \text{`} . \text{`} =$$

Als sich danach alle aus dem Raum entfernten, blickte Nicolas den Anführer an und deutete mit dem Kopf auf eine Tür seitlich hinter dem Altar. Sie gingen gemeinsam hindurch und standen dann in einer spartanisch eingerichteten kleinen Kammer. Es gab nur einen Holztisch und zwei Stühle. Nachdem sie die Tür geschlossen hatten, setzten sie sich. Ailuro sprach als erster.

„Du wolltest mich sprechen."

Nicolas beugte sich über den Tisch, dabei sah er sich verstohlen um.

„Ja. Ich habe in einer alten Schrift über magische Pflanzen eine Stelle gefunden, die mir interessant vorkommt. Hör dir das mal an."

Er nahm einen kleinen zerknitterten Zettel aus einer Tasche seines Gewandes heraus und las vor.

„In der Niere gefangen, umgeben von Wasser, mit trockenen Füssen, nach dem Herzen geformt, die Frucht unsichtbar für viele Augen. Dies ist der Weg aus dem Fluch der Gewandelten."

Beide Männer verstummten und ließen sich die Worte durch den Kopf gehen.

„Es scheint so", meinte Ailuro nachdenklich, „dass es etwas gibt, dass unseren Zwang zur Wandlung aufheben kann."

„Das denke ich auch", stimmte Nicolas zu und seine Augen leuchteten. „Stell dir vor, ihr könntet euch alle nach eigenem Willen verwandeln, so wie wir Wandler. Das würde für die Bruderschaft bedeuten, dass wir die Insel verlassen und unter den Menschen leben könnten. Und wie das unseren Einfluss in der Welt und unsere Macht in Aporue befördern könnte, ist gar nicht auszudenken."

Ailuro nickte wieder. Die möglichen Auswirkungen dieser Entdeckung seines Bruders ließen sein Herz vor Aufregung schneller schlagen.

Die meisten Gewandelten litten darunter, immer bei Tagesanbruch Mensch werden zu müssen und in der Abenddämmerung sich in eine Katze zu verwandeln.

Außerdem war es ihnen nicht möglich, wieder ihre Menschengestalt anzunehmen, wenn sie als Katze in einer Kiste oder einen Käfig gesperrt wurden, der für einen Menschen zu klein war. Erst wenn die Tageszeit stimmte und der menschliche Körper Platz hatte, konnte demnach die Wandlung gelingen.

Durch diesen Fluch, wie Ailuro es nannte, war sein ganzes Unglück entstanden. Denn als er von Katzenfängern gefangen worden war, verhinderte der Käfig, in dem er festgehalten wurde, die Verwandlung in seine Menschengestalt. Dadurch war er den Experimenten, die die Menschen an ihm in seiner Katzengestalt vornahmen hilflos ausgeliefert.

Bei diesen Gedanken wurde ihm in seiner Kapuze zu warm und so zog er sie sich vom Kopf. Sein Gegenüber schloss unwillkürlich für einen Moment die Augen. Der Anblick des entstellten Gesichts seines Anführers war schockierend, obwohl er es schon oft gesehen hatte.

Ailuros Augen lagen tief in ihren Höhlen und in den Augenwinkeln hatte er dicke Verkrustungen. Auf seiner Stirn wanden sich unzählige dicke Narben wie Schlangen unter der Haut. Die Gesichtszüge auf der rechten Seite waren zu einem schiefen Grinsen eingefroren und Nicolas erkannte nur am Leuchten in Ailuros Augen, das es tatsächlich ein Lächeln sein sollte.

Ailuro schlug mit der Hand auf den Tisch.

„Ha!", rief er aus. „Dann würde kein Gewandelter mehr hilflos den Menschen ausgeliefert sein."

„Jetzt müssen wir nur diesen Spruch entschlüsseln und das Kraut finden", erwiderte Nicolas und wippte aufgeregt mit seinem rechten Fuß. „Wer könnte uns dabei helfen?"

Ailuro saß nur still da und sein Blick ging ins Leere. Nicolas sprach ihn ein paar Mal an, erhielt aber jedes Mal keine Antwort.

„Denke in Ruhe darüber nach", sagte er dann, ohne sich sicher zu sein gehört zu werden. „Ich werde mir noch einmal das Buch vornehmen. Vielleicht gibt der Rest nähere Hinweise zu dieser Pflanze."

Damit stand Nicolas auf und verließ die Kammer. Er trat hinaus auf den Hof und suchte den obersten Torwächter, um ihm zu sagen, dass er am nächsten Tag aufs Festland fahren würde. Dieser versprach ein Boot in den kleinen Hafen der Insel zu bestellen, das nach dem Frühstück anlegen und ihn mitnehmen würde.

Im Laufe des Tages traf er dann Vorbereitungen für seinen Plan, eines der Kinder der Familie Catus zu entführen. Er packte eine Auswahl seiner Kleidung, Toilettenartikel und ein unbeschriftetes Fläschchen, das eine gelbe Flüssigkeit enthielt, in seinen Koffer. Dann war nicht mehr viel für ihn zu tun.

Er war sich zwar sicher, dass der Plan leicht auszuführen sein würde, trotzdem verspürte er eine leichte Anspannung. Darüber hinaus bedauerte er, sein ursprüngliches Vorhaben nicht in die Tat umsetzen zu können, denn als er von der bevorstehenden Wiederauferstehung Robert Catus' erfahren hatte, wollte er den Wandler und dessen gesamte Familie töten. Aber er wusste auch, dass Ailuro und einige andere Brüder ihm solch ein drastisches Vorgehen nicht erlaubt hätten.

Schließlich war ihm die Idee mit der Entführung gekommen. Auf diese Weise würden sie ebenfalls erreichen, dass die Familie Catus nichts gegen die Bruderschaft unternahm. Nachdem er Ailuros Zustimmung zu diesem Plan hatte, wollte er jetzt so schnell wie möglich das Kind auf die Insel holen.

Kapitel 4

Die unbeschwerten Tage mit Katinka waren wie im Flug vergangen. Die Geschwister hatten die gemeinsame Zeit bei Ausflügen in die nähere Umgebung und beim Bummeln in der Stadt genossen. Doch heute würden sie nicht so heiter unterwegs sein, denn es war der Todestag ihres Vaters, dessen Ruhestätte sie zusammen mit der Mutter besuchen wollten.

Elisabeth war die Erste, die im Morgengrauen erwachte. Normalerweise stand sie nicht so früh auf, aber dieser besondere Tag weckte Erinnerungen, die ihre Nachtruhe störten. Nachdem sie sich eine Weile hin und her gewälzt hatte, verließ sie seufzend das Bett und zog sich an. Wenn sie schon nicht mehr schlafen konnte, würde sie die Zeit mit etwas Nützlichem verbringen.

Sie stellte die Kaffeemaschine an und holte einen Picknickkorb hervor. Sie packte Geschirr für die gesamte Familie hinein und verschiedene Dosen mit vorbereiteten Speisen, die sie während der Fahrt zum Landsitz der Catus essen wollten, denn sie würden mehr als drei Stunden brauchen, um dort anzukommen. Roberts wohlhabende und einflussreiche Familie besaß neben ihrem Anwesen auch eine Gruft, in der die lange Reihe ihrer Vorfahren eine letzte Ruhestätte bekommen hatten. Es war nach Roberts Tod keine Frage gewesen, dass er ebenfalls dort beigesetzt wurde. Die Tatsache, dass seine Frau und seine Kinder in einer Stadt weit entfernt lebten und deshalb nur selten die

Grabstelle besuchen konnten, hatte für seine Eltern keinerlei Rolle gespielt.

Während Elisabeth eine Kühltasche mit Wasserflaschen füllte, klingelte das Telefon. Verwundert über einen Anruf zu dieser Tageszeit trat sie in den Flur und nahm das Telefon von seiner Station.

„Catus", meldete sie sich mit leiser Stimme, um ihre Familie nicht zu wecken.

Am anderen Ende war es einen Moment still, dann hörte sie eine bekannte Männerstimme.

„Elisabeth, bist du das?", fragte der Mann.

Sie bejahte.

„Hier ist dein Schwiegervater", sagte er schroff. „Ich muss etwas mit dir besprechen. Wann kannst du im Catus-Haus sein?"

„Oh!", stieß Elisabeth vor Überraschung nur hervor.

Sie war es nicht gewohnt, von ihrem Schwiegervater angerufen zu werden. In den Augen von Roberts Familie war sie keine geeignete Partnerin für den Sohn gewesen, denn unter ihren Vorfahren hatte es auch ein paar Gewandelte gegeben. Dadurch wurde sie zu einer schlechten Wahl für einen aus der Familie Catus, die stolz auf ihre lange und ununterbrochene Ahnenreihe von Wandlern war. Aus diesem Grund war Elisabeth nach dem Tod ihres Mannes überrascht gewesen, dass sie und ihre Kinder den Namen Catus weiterführen durften. Seine Eltern hatten aber trotzdem nach seiner Beerdigung keinerlei Kontakt mehr zu ihnen aufgenommen.

„Heute Nachmittag wollen wir Roberts Grab besuchen, dann kann ich bei euch vorbeikommen", brachte sie hervor, nachdem sie sich von der Überraschung erholt hatte.

„Darum geht es ja gerade." Die Stimme ihres Schwiegervaters hatte einen ungeduldigen Unterton. „Zur Gruft könnt ihr heute nicht, deshalb rufe ich dich an. Die Sache ist wichtig und eilig. Also, wann bist du hier?"

Elisabeth überlegte, wann sie den Familiensitz erreichen könnte, wenn sie sich beeilte.

„Nun, um zehn kann ich bei euch sein."

Ihr Schwiegervater war mit dieser Auskunft zufrieden und seine Stimme bekam einen versöhnlichen Klang.

„Gut, dann bis gleich."

Sie stellte das Telefon zurück auf die Station und seufzte.

Ihr war unklar, was ihr Schwiegervater von ihr wollte und warum sie heute nicht das Grab ihres Mannes besuchen konnten. Anstatt ihren Kindern persönlich von ihrem Ausflug zu erzählen, schrieb sie lieber eine kleine Notiz und legte diese auf den Tisch in der Küche. Danach dauerte es nur eine Viertelstunde, bis sie die Wohnung verlassen konnte.

Sie stieg in den Familienwagen und fuhr los. Während ihrer eiligen Fahrt aus der Stadt hinaus, versuchte sie zu überlegen, was es so Wichtiges gab, dass sie in das Catus-Haus geladen wurde. Doch ihr fiel einfach nichts ein. Als sie dann zwischen sanften Hügeln hindurchfuhr, gab sie die Grübelei auf und konzentrierte sich auf die Straße und die herrliche Landschaft im Licht der aufgehenden Sonne.

Plötzlich bemerkte sie, dass sie eine falsche Abzweigung genommen hatte, und musste notgedrungen wieder ein Stück zurückfahren. Das brachte ihren Zeitplan durcheinander, so dass sie später als angekündigt am Landsitz ihrer Schwiegereltern ankam.

Sie fuhr durch ein geöffnetes Eisentor und folgte einem von Buchsbäumen gesäumten Kiesweg. Nach einer Weile gabelte dieser sich und umrundete einen Springbrunnen, den eine große Amphore krönte. Bereits von hier aus konnte sie den missbilligenden Blick spüren, den ihr die großgewachsene Gestalt zuwarf, die auf der obersten Stufe vor der Tür des herrschaftlichen Hauses stand. Ihr blieb somit keine Zeit den Anblick des Gebäudes zu genießen, das in einer parkartigen Anlage aufragte und zu den schönsten Herrenhäusern des Landes gehörte. Stattdessen parkte Elisabeth direkt vor der breiten Treppe, die zur Eingangstür führte, sprang eilig aus dem Auto und lief hinauf zur Haustür.

„Endlich bist du da!" Ihr Schwiegervater, der auf der obersten Stufe auf sie gewartet hatte, drehte sich ohne ein weiteres Wort um und marschierte mit ausgreifenden Schritten ins Haus.

Er ließ die Tür hinter sich offen und Elisabeth folgte ihm. Sie betraten nacheinander einen eleganten Salon, der geschmackvoll mit Antiquitäten eingerichtet war. Dort saß jetzt ihre Schwiegermutter in einem geblümten Sessel und eine weitere Person saß auf dem dazu passenden Sofa.

Elisabeth blinzelte und sah noch einmal hin. Sie hatte das Gefühl, ihr Verstand würde ihr einen Streich spielen, denn der Mann auf dem Sofa sah genauso aus wie ihr verstorbener Ehemann Robert. Er war vielleicht etwas dünner und sah kränklich aus, aber bei genauerem Hinsehen gab es verblüffende Ähnlichkeiten. Elisabeth sah ihren Schwiegervater fragend an.

„Du siehst richtig", sagte dieser und führte sie zu einem zweiten Sessel neben dem Sofa, in den sie sich bereitwillig setzte, denn ihre Beine schienen sie nicht mehr tragen zu können. Sie war so überrascht, dass sie kein Wort sagen, sondern die Gestalt vor ihr nur anstarrte.

„Robert lebt wieder", sagte ihr Schwiegervater mit Freude in der Stimme. „Es ist auch für uns unglaublich, aber es ist wahr."

Jetzt regte sich der Mann auf dem Sofa und sah ihr direkt in die Augen.

„Lissy", flüsterte er, streckte einen Arm nach ihr aus und ergriff ihre Hand. „Ich bin es wirklich."

Sie war so überwältigt, dass sie immer noch keinen Ton von sich geben konnte.

„Erzähl ihr, was passiert ist", forderte der Schwiegervater seinen Sohn auf.

Robert begann zu berichten, was an jenem Tag vor zehn Jahren zwischen ihm und Ailuro, dem Anführer der Gewandelten, geschehen war. Der Kampf der Wandler gegen die Gewandelten war immer heftiger und die Verluste auf beiden Seiten zahlreicher geworden. Sie gelangten letztlich in eine Pattsituation, bei der niemand gewinnen konnte. Robert hatte dieses sinnlose Kämpfen nicht länger ertragen und deshalb Ailuro zu einem Zweikampf aufgefordert, um der Auseinandersetzung auf diese Weise ein Ende zu bereiten.

Ailuro hatte die Herausforderung angenommen. Es begann ein verbissener Kampf zwischen den beiden, bei dem zuerst Robert eine Weile die Oberhand zu haben schien, denn er konnte seinem Gegner einige Fleischwunden mit einem Silbermesser zufügen. Aber Ailuro war nicht bereit gewesen sich geschlagen zu geben und hatte trotz seiner Verletzungen weitergekämpft. Als Robert nach einiger Zeit vor Erschöpfung ins Stolpern geriet, bekam sein Gegner die Chance, ihm sein Messer mitten in die Brust zu stoßen.

Während Ailuro ihm den tödlichen Stich zufügte, flüsterte er ihm etwas ins Ohr. An der Stimme erkannte Robert seinen früheren Freund Michael, einen Gewandelten, den er seit vielen Jahren nicht mehr gesehen hatte. Die Worte, die der sterbende Robert vernahm, waren seltsam. Ailuro, oder

Michael, sagte ihm, dass die Wunde durch sein spezielles Messer ihn zwar jetzt töten, aber sein Körper nicht verwesen würde. Wenn man ihn in einer Gruft beisetzte, würde er nach zehn Jahren wieder aufwachen. Dann verschwand Ailuro.

Als die Gefährten den tödlich verwundeten Robert fanden, waren seine letzten Worte, dass er unbedingt in der Gruft seiner Familie beigesetzt werden wollte und sie ihn nach zehn Jahren aufwecken sollten. Und obwohl keiner seiner Gefährten es tatsächlich glaubte, hielten sie sich an seine Anweisungen.

„Ailuro hatte die Wahrheit gesagt." In Roberts Stimme schwang Überraschung mit. „Ich hätte nicht gedacht, dass dieser Gewandelte, der alle Menschen und Wandler so hasste, sich die Mühe machen würde, einen Weg zu finden um mich lange genug auszuschalten damit er sein Ziel erreichen kann, ohne mich wirklich zu töten."

„Woher kanntest du ihn?", brachte Elisabeth endlich heraus. „Warum wollte er dich verschonen?"

Robert lächelte traurig. „Michael war in der Schule mein bester Freund gewesen. Wir waren, zusammen mit meiner Schwester Cornelia, unzertrennlich und haben damals alles gemeinsam unternommen."

Als er den Namen seiner Schwester aussprach, berührte sein Vater sanft die Schulter seiner Mutter.

„Deine Schwester?", fragte Elisabeth erstaunt.

„Ja, Cornelia ist mit 17 gestorben", erklärte Robert tonlos.

Er erzählte weiter, dass seine Schwester und Michael sich geliebt hatten, und ihr Tod seinen Freund stark verändert hatte. Er war unberechenbar und gewalttätig geworden. Der Kontakt zwischen den Freunden brach dann letztlich ab, weil sie sich gegenseitig zu sehr an Cornelia erinnerten und an den Schmerz über ihren Verlust.

„Ich höre, dass Ailuro eine Menge Angst unter den Menschen verbreitet." Roberts Stimme nahm einen geschäftsmäßigen Ton an. „Er scheint sein Ziel noch nicht erreicht zu haben, die Menschen beherrschen zu können."

Sein Vater nickte und sah seine Schwiegertochter an.

„Deshalb vermuten wir, dass Ailuro versuchen wird, etwas gegen unsere Familie zu unternehmen."

Elisabeth sah ihn verständnislos an.

„Er weiß bestimmt, dass Robert jetzt wieder zum Leben erwachen kann", sprach er weiter und sah dabei seinen Sohn an. „Er wird sich außerdem sicher sein, dass du unsere Gemeinschaft dazu bringen kannst, gegen seine Bruderschaft vorzugehen."

Er befürchtete, dass Ailuro versuchen würde, Robert davon abzuhalten, wieder gegen ihn zu kämpfen. Ein wirksames Mittel dagegen wäre die Drohung seiner Frau oder seinen Kindern etwas anzutun, denn dann würde Robert aus Angst um seine Familie nicht wagen, weiterhin die Gewandelten zu bekämpfen. Aus diesem Grund riet er Elisabeth, mit ihren Kindern aus der Stadt zu verschwinden.

„Und Robert?", fragte sie mit schwacher Stimme. „Wird die Bruderschaft ihn nicht endgültig töten wollen?"

„Nicht solange Michael der Anführer ist", war sich ihr Schwiegervater sicher und auch Robert nickte zustimmend.

„Ich denke, er wird versuchen, mich zu überzeugen, seinen Plänen nicht im Wege zu stehen. Durch die Drohung, einem von euch zu schaden, würde er mich dazu bringen."

„Was sollen wir nun tun?", fragte Elisabeth verunsichert.

„Nimm eure Kinder, und zieh aus der Stadt fort", meinte ihr Schwiegervater gelassen. „Am besten in einen kleinen Ort auf dem Lande. Dort kennt man sich und Fremde fallen gleich auf. So wird es schwerer, euch unerkannt aufzulauern."

Elisabeth überlegte einen Moment und sah dann ihren Schwiegervater fragend an. „Was soll ich ihnen sagen, warum wir die Stadt verlassen?"

„Erfinde einen Grund dafür", antwortete dieser mit einer wegwerfenden Handbewegung. „Dir wird doch sicherlich etwas einfallen."

„Aber sollten sie nicht wissen, dass sie in Gefahr sind?", meinte sie und sah zu Robert hinüber. „Sie sind keine kleinen Kinder mehr und könnten so besser aufpassen."

„Wir wollen sie doch nicht unnötig aufregen", erwiderte der Schwiegervater.

„Aber ..."

„Vater hat recht", meldete sich Robert zu Wort. „Ich denke auch, dass du es ihnen nicht sagen solltest. Wir werden auf sie aufpassen. Das verspreche ich dir."

„Du darfst dich jedoch nicht in der Öffentlichkeit zeigen", warf sein Vater ein. „Ailuro weiß zwar, dass du wieder erwachen wirst, aber den genauen Zeitpunkt kennt er nicht. Solange du von niemandem gesehen wirst, bist du noch im Todesschlaf."

„Vielleicht unternimmt er dann nichts", meinte seine Mutter hoffnungsvoll.

„Wie sollen wir unsere Kinder schützen", warf Elisabeth ein, „wenn Robert nicht bei uns sein kann."

„Deshalb müsst ihr in eine abgelegene Gegend ziehen", erwiderte der Schwiegervater ungeduldig. „Wenn Ailuro euch nicht finden kann, seid ihr in Sicherheit. Dann braucht ihr keinen Aufpasser."

„Lissy." Robert ergriff ihre Hand. „Ich denke, dass Ailuro erst etwas unternehmen wird, wenn er genau weiß, dass ich wieder erwacht bin. Darum ist das Wegziehen nur eine Vorsichtsmaßnahme und wahrscheinlich unnötig."

Kapitel 5

Nicolas hatte wegen der Sonderaufträge für Ailuro die meisten seiner normalen Tätigkeiten in der Bruderschaft anderen übergeben, und so hatte er jetzt noch arbeitsfreie Zeit, bis ihn am nächsten Tag das Boot zum Festland bringen würde. Diese wollte er dazu nutzen, um sich mit dem Spruch über das spezielle Kraut für die Gewandelten zu beschäftigen. Also zog er sich in sein Zimmer zurück und nahm das alte Buch mit dem geheimen Wissen der Gewandelten heraus.

„In der Niere gefangen, umgeben von Wasser, mit trockenen Füssen, nach dem Herzen geformt, die Frucht unsichtbar für viele Augen. Dies ist der Weg aus dem Fluch der Gewandelten", las er zum wiederholten Mal und überlegte angestrengt, was diese Worte bedeuten konnten.

Er glaubte, dass mit „nach dem Herzen geformt" vielleicht die Form der Blätter der Pflanze gemeint war und „die Frucht unsichtbar für viele Augen" darauf hinwies, dass die Pflanze unscheinbare Blüten oder Beeren hatte. Aber was „in der Niere gefangen" bedeuten sollte, blieb ihm ein Rätsel.

„Umgeben von Wasser, mit trockenen Füssen", las er leise vor sich hin.

Da kam ihm ein Gedanke. Eine Insel war zwar von Wasser umgeben, aber die Vegetation wuchs auf trockenem Boden, und außerdem hatte er dieses alte Buch in der Burg gefunden, als sie hierher gezogen waren. Sollte das etwa heißen, dass die Pflanze hier auf dieser Insel wuchs? Aber was war mit der Niere?

Plötzlich wurde er ganz aufgeregt. Er stand auf und ging zum Bücherregal, das er in seinem Zimmer aufgestellt hatte. Dort nahm er einen Atlas heraus, den er auf dem Tisch ausbreitete und schlug die Karte der Küstenregion auf, wo sich ihre Insel befand. Erwartungsvoll glitt sein Blick am Meeresufer entlang, bis er das fand, was er gesucht hatte.

Ihre Insel war, obwohl sie sehr klein und lange nicht bewohnt gewesen war, an der Küste von Aporue eingezeichnet. Mit einem befriedigten Gesichtsausdruck blickte er auf die Zeichnung, denn mit etwas Phantasie konnte man den Umriss ihrer Insel wohl als nierenförmig bezeichnen. Also bestand die Möglichkeit, dass diese geheimnisvolle Pflanze hier wuchs.

Zu seinem Glück war die Insel nicht sehr groß, denn der größte Teil von ihr wurde von der Burg eingenommen und der Rest bestand vorwiegend aus Felsen. Allein an der Südseite gab es einen etwas breiteren Streifen Land, der mit verschiedenen Gräsern und niedrigen Büschen bewachsen war, wahrscheinlich konnte man diese Pflanze nur dort finden.

Nicolas nahm einen Stoffbeutel aus einer Schublade seiner Kommode und zog los diese Pflanze zu finden. Auf dem Weg zum Tor traf er auf eine Novizin, die auch eine Wandlerin war. In der Bruderschaft gab es wenige von ihnen, genau gesagt lebten fünf Wandler auf der Insel. Die Novizin, die den Namen Ailen bei ihrer Aufnahme bekommen hatte, begrüßte ihn mit einem Lächeln.

„Nicolas, herzlichen Glückwunsch zu deiner neuen Position. Dann haben sich unsere Spezialaufträge ja ausgezahlt."

Nicolas' zufriedene Miene verschwand sofort und wurde von einem grimmigen Gesichtsausdruck abgelöst.

„Dass einige Menschen dabei gestorben sind, hätte uns beinahe viel Ärger eingebracht", meinte er wütend. „Ich konnte Ailuro gerade so eben beruhigen. Pass das nächste Mal auf, dass die Verletzungen nicht tödlich sind."

Damit drehte er sich von der Frau weg und ging mit weit ausgreifenden Schritten weiter zum Tor. Er wollte an diese Komplikation jetzt nicht mehr denken. Wenn er dem Anführer das Kraut bringen konnte und sie damit ein Mittel gegen die unwillkürliche Verwandlung hatten, würde sich ihre Situation vollkommen verändern. Dann konnten die Gewandelten dieses Versteckspiel auf der Insel aufgeben und eine richtige Vereinigung gründen, die die politische Macht im Land ganz offen anstrebte.

Gedankenverloren ging Nicolas am Torwächter vorbei und hob zum Gruß nachlässig seine linke Hand. Dieser sah dem blonden Mann überrascht hinterher, denn er verhielt sich heute ganz ungewohnt. Normalerweise hatte er immer ein freundliches Wort für ihn gehabt, und jetzt lief er fast ohne Gruß an ihm vorbei.

‚Wahrscheinlich hat das mit seiner neuen Position zu tun', vermutete der Torwächter schulterzuckend. ‚Mehr Verantwortung und mehr Aufgaben, die er zu erledigen hat.'

Nicolas ging zielstrebig einen kleinen Pfad an der Außenmauer der Burg entlang. Bald sah er auch schon eine Weggabelung, die ihn entweder weiter an der Mauer entlang oder links von der Mauer weg und zur anderen Seite der Insel führte. Er schlug die Abzweigung ein, die ihn über eine durch Felsen unterbrochene Graslandschaft leitete. Er sah sich hier nach Pflanzen um, die der Beschreibung im Buch entsprachen.

Er meinte schon, die Suche aufgeben zu müssen, weil er nur Gräser entdecken konnte, aber nichts mit einem herzförmigen Blatt oder gar unscheinbaren Blüten. Doch als er noch ein Stückchen weiter ging, stieß er auf eine Senke, in der neben Gräsern auch größere Pflanzen wuchsen. Die Ränder der Senke waren zu steil, um ohne Gefahr hineinklettern zu können, deshalb legte er sich flach auf den Bauch und kroch an den Rand heran. Eine Weile lag er so da und ließ seinen Blick über die Vegetation schweifen. Nichts. Er war enttäuscht, hatte er doch gehofft, hier fündig zu werden.

Langsam wurde ihm hier draußen kalt, denn ein kühler Wind zupfte an seinen Haaren und seiner Kleidung. Deshalb stand er widerwillig auf und wollte gerade zurück in die Burg gehen, als er neben einem kleinen Busch herzförmige Blätter sah. Sofort legte er sich wieder auf den Bauch und robbte näher an die Pflanze heran. Zu seinem Glück wuchs sie fast direkt am Rand der Senke und er musste nicht hinunter klettern, um sie zu pflücken.

Hocherfreut knipste er einige ihrer Zweige ab und verstaute sie in seinem Beutel. Dann machte er sich mit beschwingten Schritten auf den Heimweg.

Wieder in der Burg angekommen, führte ihn sein erster Weg in sein Zimmer. Dort nahm er das alte Buch hervor und suchte nach den Anweisungen für die Anwendung des Krautes. Zum Glück musste nur ein wässriger Auszug aus der getrockneten Pflanze hergestellt werden, etwas das keine besonderen Fähigkeiten erforderte. Er würde das selbst machen, den er wollte ungern jemand anderes in dieses Geheimnis einweihen.

Also bündelte er seine Ernte, steckte sie in einen kleinen Leinensack und verließ damit sein Zimmer. Er nahm diesmal einen anderen Weg, über den er in einen Hof gelangte, der als Garten diente. Hier wurden zwischen schützenden Mauern die meisten der Gemüse und Kräuter gezogen, die auf ihrem Speiseplan standen.

An einer der Mauern gab es ein Gestell mit Töpfen, in denen die empfindlichen Kräuter wuchsen und darüber unter einem kleinen Überdach eine lange Stange mit Haken, an denen die Ernte zum Trocknen aufgehängt wurde. Er sah sich im Hof um, und als er niemanden sehen konnte, hängte er sein Bündel neben die anderen an die Stange. Die Kräuter würden dort solange hängen, bis sie vollständig trocken waren und sie abgenommen und in Gefäße gefüllt werden konnten. Um zu verhindern, dass jemand anderes sein Bündel verarbeitete, wollte er jeden Tag hierher kommen und kontrollieren, ob es schon getrocknet war. Bei dem zurzeit herrschenden warmen und trockenen Wetter würde er vermutlich nur ein paar Tage Geduld haben müssen.

Der Gong erklang, der zum Essen rief und Nicolas machte sich gut gelaunt auf den Weg in den Speisesaal.

Kapitel 6

Elisabeth hatte lange überlegt, was sie ihren Kindern als Grund für den Umzug nennen sollte. Schließlich fielen ihr nur die vielen Überfälle ein, die hier in der Stadt seit einiger Zeit stattgefunden hatten. Die Mutter befürchtete, dass diese Erklärung für die Fünf unglaubwürdig sein würde, aber sie schienen ihre Worte nicht in Frage zu stellen. Die Tatsache, dass ihr Vater wieder lebte, wollte sie ihnen lieber erst später erzählen, wenn die Situation sich geklärt hatte und die Familie Catus in Sicherheit war.

Erleichtert begann sie den Umzug vorzubereiten. Als Erstes suchte sie nach einem geeigneten Haus auf dem Lande, das etwas abseits von denen der Nachbarn gelegen war, jedoch auch nicht alleine in der Straße stand. Dadurch würde es möglichen Angreifern erschwert sich unerkannt zu nähern. Es hatte zu ihrer Erleichterung nicht lange gedauert, bis sie ein Haus gefunden hatte, in das sie sofort einziehen konnten.

Jetzt ging sie noch einmal durch ihre alte Wohnung und sah nach, ob sie nicht irgendetwas liegengelassen hatten. Doch jedes der Zimmer war leer. Sie waren alle vollständig ausgeräumt, so dass ihre Schritte laut zwischen den kahlen Wänden widerhallten. Vor einer halben Stunde hatten sie den gemieteten Umzugswagen fertig beladen, und der Fahrer war dann mit ihrem ganzen Hab und Gut losgefahren.

Die Kinder warteten unten im Wagen darauf, dass Elisabeth die Wohnung abschloss und sie sich ebenfalls auf den

Weg zu ihrem neuen Haus machen konnten. Mit einem Seufzer drehte sie sich schließlich um und verließ zögernd die Wohnung, in der sie sich immer wohlgefühlt hatte. Als sie die Tür abschloss, tröstete sie sich damit, dass diese Situation wohl nicht ewig dauern würde und sie danach wieder zurückkommen konnten. Mit diesem Gedanken ging sie mit leichten Schritten zum Wagen, in dem ihre Kinder ungeduldig die Abfahrt erwarteten.

Der Weg zu ihrem neuen Haus auf dem Lande führte sie durch eine herrliche Naturlandschaft mit vielen graßbewachsenen Hügeln und einsam gelegenen Bauernhäusern. Sie würden den ganzen Tag brauchen, um ihr Ziel zu erreichen, und deshalb hatte sie eine Übernachtung in einem kleinen Ort auf der Strecke eingeplant. Denn auch der Wagen mit ihren Möbeln würde heute noch nicht an ihrem Haus ankommen und eine Nacht auf dem Fußboden zu schlafen, kam für Elisabeth nicht in Frage.

Ihre Tochter Katinka war auf dem ersten Teil der Fahrt noch nicht dabei, denn sie hatte noch einmal zum Zirkus zurückkehren müssen, um einige Dinge zu regeln und ihre Sachen zu holen. Sie würde in dem kleinen Ort, in dem die anderen übernachten wollten, auf den Rest der Familie stoßen und dann gemeinsam mit ihnen zum neuen Haus fahren.

Obwohl den Kindern der Abschied von ihrer gewohnten Umgebung nicht leicht fiel, kam doch nach einigen Kilometern Fahrt bei herrlichem Sonnenschein ein Gefühl von Urlaubsstimmung auf. Meilin fing leise an ein fröhliches Lied zu singen, in das nach und nach auch ihre Geschwister einstimmten. Es dauerte nicht lange und auch ihre Mutter konnte sich der guten Laune nicht erwehren. Schließlich dachte sie, dass es gar nicht so verkehrt war diese Situation als eine Art Abenteuerurlaub zu begreifen und einfach das

Beste daraus zu machen. Also stimmte sie in das ausgelassene Singen ihrer Kinder ein.

Niemand bemerkte jedoch den verdrießlichen Gesichtsausdruck Bridgets, die auf dem Rücksitz am Fenster saß und sich die vorbeiziehende Landschaft ansah. Ihr gefiel diese ganze Aktion überhaupt nicht. Sie wollte weder ihr Zuhause noch ihren Arbeitsplatz verlassen und schon gar nicht ihre Freundin dort. Als die Familie zum Essen dann eine kurze Rast einlegte, nutzte Bridget die Gelegenheit, sich zurückzuziehen und in einer SMS an ihre Freundin ihren Gefühlen freien Lauf zu lassen.

Sie beschwerte sich darüber demnächst zwischen Ähren und Kühen leben zu müssen, und außerdem sollte sie in einem unbedeutenden Salon in dem kleinen Ort Dinghus, den niemand kannte, arbeiten. Es war einfach ungerecht und sie hasste alle dafür. Als sie die SMS abgeschickt hatte, fühlte sich Bridget schon etwas besser. Dabei hoffte sie inständig, dass aus diesem vorübergehenden Umzug kein richtiger wurde. Denn ihr fehlten schon jetzt die Stadt und ihr altes Zuhause.

Nach der Mittagspause übernahm die Mutter das Steuer von ihrem Sohn, der sich zu seinen Schwestern auf den Rücksitz gesellte. Er spürte die Unzufriedenheit seiner Zwillingsschwester Bridget und legte behutsam eine Hand auf ihren Arm.

„He, Schwesterherz, mach doch nicht so ein Gesicht", sagte er lächelnd. „Es ist doch nicht für immer."

Bridget sah ihm in die großen grauen Augen und fühlte sich gleich wohler.

„Ich vermisse nur alles so schrecklich."

„Sieh es doch als eine Urlaubsreise an", meinte Florian aufmunternd. „Wenn wir dann zurückkehren, hast du deiner Freundin viel zu erzählen."

Bridget verzog den Mund. Sie war nicht sehr überzeugt davon, dass ihr diese Reise gefallen würde, aber um ihren Bruder zu beruhigen, sagte sie das nicht.

„Du hast ja recht", meinte sie stattdessen und lächelte ihn zaghaft an. „Das wird sicherlich interessant."

„So ist es schon besser, kleine Schwester." Florian strich Bridget eine blonde Haarsträhne aus dem Gesicht und grinste dabei.

„Wer ist jetzt dran ein Lied auszusuchen?"

Die heitere Stimmung der Familie hielt sich die restliche Strecke bis zum Ort Perdun, wo sie übernachten wollten. Sie kamen am späten Nachmittag beim Hotel an, das von außen einen guten Eindruck machte. Es war ein erst kürzlich renoviertes Stadthaus, das direkt im Zentrum des Ortes lag. Elisabeth stellte zu ihrer Erleichterung fest, dass auch das Innere des Hotels ihren hohen Ansprüchen entsprach. So klang für sie dieser anstrengende Tag doch noch harmonisch aus. Nach einem guten Abendessen begaben sich alle in ihre Zimmer, um sich für den nächsten Tag auszuruhen.

$$= \text{'} \overset{\wedge \ \wedge}{\underset{\vee}{\text{.}}} \text{'} =$$

Eine Limousine hielt am Morgen vor dem Hotel, der Fahrer stieg aus und ging um das Fahrzeug herum. Er öffnete die Beifahrertür und hielt sie einer eleganten jungen Frau auf, die mit geschmeidigen Bewegungen ausstieg. Kaum hatte der Fahrer die Tür hinter ihr geschlossen, ging er auch schon zum Heck des Wagens und holte zwei große Koffer heraus.

„Soll ich sie dir zu eurem Wagen tragen, Kati?", fragte er schließlich und sah über seine Schulter zur Frau hinüber.

„Das ist nicht nötig." Sie machte eine wegwerfende Bewegung mit der Hand. „Ich habe doch einen kräftigen Bruder. Schon vergessen, Jack?"

Der Angesprochene schnaubte kurz und schlug dann die Heckklappe des Wagens zu.

„Gut, aber du meldest dich mal bei mir."

„Sicher." Die junge Frau lächelte ihn an und strich sich eine Strähne ihres schwarzen Haares aus dem Gesicht. „Ich denke nicht, dass ich eine lange Auszeit nehmen werde. Also bis bald."

Sie sah dem Mann zu, wie dieser in den Wagen stieg und nachdem er seine Hand zum Gruß gehoben hatte, den Motor anließ und davonfuhr.

Nun stand sie mit zwei Koffern vor dem Hotel, in dem die anderen die Nacht verbracht hatten. Sie blickte sich suchend nach dem Wagen der Familie um, konnte ihn aber nirgends entdecken. Für einen kurzen Moment geriet die junge Frau in Panik. Denn ihr kam plötzlich der Gedanke, dass ihrer Mutter und ihren Geschwistern unterwegs etwas passiert sein könnte. Sie ließ ihre Koffer auf dem Bürgersteig stehen und ging die Straße ein Stück hinauf. Zu ihrer großen Erleichterung entdeckte sie hinter einem Lieferwagen das Auto ihrer Familie.

Während sich ihre Gedanken langsam beruhigten, ging sie zurück zum Hotel, dessen Vordertür sich in diesem Moment öffnete. Heraus trat ein mit Koffern bepackter junger Mann, in dem Katinka ihren Bruder Florian erkannte. Mit einem Aufschrei der Freude begrüßte sie ihn, der überrascht über diese überschwängliche Begrüßung stehenblieb und erschrocken die Koffer fallen ließ.

„Hallo, Katinka", sagte er mit einer besorgten Falte auf der Stirn. „Ist etwas passiert?"

„Nein, wieso?", konterte die Schwester und umarmte ihn. „Ich freue mich nur, dich zu sehen. Ist das nicht mehr erlaubt?"

„Doch, natürlich." Zaghaft erwiderte Florian die Umarmung seiner Schwester. Er hatte schon immer ein besonderes Gespür für die Befindlichkeit anderer gehabt und so merkte er, dass sich Katinka über etwas Sorgen machte. Doch wenn sie nicht darüber reden wollte, mochte er nicht weiter in sie dringen.

„Es ist schön, dass du jetzt auch bei uns bist" sagte er darum nur zu ihr, „dann sind wir wieder komplett."

Die Tür des Hotels ging noch einmal auf und diesmal kam der Rest der Familie heraus. Alle begrüßten ihre Schwester, um dann gemeinsam das Gepäck zum Wagen zu bringen und einzuladen.

Kapitel 7

Josefine reinigte mit einem Schwamm das Schild vor dem Haus ihres Bruders und sang dabei leise vor sich hin. Nachdem sie die letzten Reste des Schmutzes beseitigt hatte, warf sie ihren schweren, geflochtenen Zopf über die Schulter und betrachtete ihr Werk. Auf dem jetzt vor Sauberkeit glänzenden Schild stand: Peter Mann, Tierarzt.

Eine ältere Dame kam mit einem Dackel an der Leine die Straße herunter.

„Frau Gilbert, Ihrem Fritz scheint es besser zu gehen", meinte Josefine, als sie bei ihr ankam. „Er hinkt ja kaum noch."

„Guten Tag, Josefine", begrüßte die Dame sie mit einem Lächeln. „Ja, er ist fast schon wieder der Alte. Ich komme auch nur, damit sich Peter das noch einmal ansehen kann. Ist er da?"

Josefine sagte, dass ihr Bruder gleich die Praxis öffnen würde und sie schon hineingehen könne. Sie begleitete die Dame zur Tür und ließ sie mit ihrem Hund im Wartezimmer Platz nehmen. Die Praxis ihres Bruders war in einem renovierten Bauernhaus untergebracht, das reichlich Platz für die Behandlungsräume und zwei Wohnungen hatte.

Josefine lebte eigentlich in einer größeren Stadt in der Nähe und kam nur hierher, wenn sie Ruhe brauchte. Sie war Schriftstellerin und immer wenn die Recherchen und die Planungen fertig waren, zog sie für ein paar Wochen zu ihrem Bruder, um dort konzentriert am neuen Buch schreiben zu können. In der vorletzten Woche hatte sie die Planung für ihr Buch fast fertiggestellt und war zum Schreiben in ihre Wohnung in Peters Haus gezogen. Als Ausgleich und um auf neue Gedanken zu kommen, half sie in der Praxis aus, wenn seine Helferin frei hatte. Auf diese Weise hatte sie mittlerweile fast alle seiner Patienten kennengelernt. Josefine liebte Tiere und freute sich jedes Mal, wenn ihr Bruder einem von ihnen helfen konnte.

Auf dem Weg in die Küche kam ihr der Tierarzt entgegen, der in seine Praxis wollte.

„Hallo, Peter", begrüßte Josefine ihren Bruder. „Frau Gilbert ist mit Fritz im Wartezimmer."

„Gut", nickte er und ging geschäftig an ihr vorbei. „Heute habe ich meinen freien Nachmittag. Vielleicht können wir einen kleinen Ausflug machen?"

„Eine gute Idee." Seine Schwester nickte erfreut. „Aber nicht mit deinem Motorrad!"

Der enttäuschte Blick ihres Bruders ließ Josefine schmunzeln. Sie wusste genau, dass er bei diesem schönen Wetter mit seiner Maschine unterwegs sein wollte. Doch sie selbst mochte die Fahrt auf einem Motorrad ganz und gar nicht. Sie gab ihm einen aufmunternden Klaps auf den Rücken und sah ihn gespielt streng an.

„Auf, Peter, die Arbeit ruft!"

Gehorsam machte er sich auf den Weg in die Praxis, während Josefine in die Küche ging, um den Frühstückstisch abzuräumen. Danach sah sie im Kühlschrank nach, welche Lebensmittel sie für das Mittagessen gebrauchen konnte. Leider war er fast leer und so nahm sie ihre Geldbörse und die Autoschlüssel von der Ablage in der Küche und ging zur Seitentür hinaus. Sie wollte schnell in den Ort fahren, um dort Lebensmittel einzukaufen.

Neben dem Haus stand ihr kleines, rotes Auto. Sie stieg ein und fuhr los. Als sie vom Hof herunterfuhr, sah sie, dass vor dem Nachbarhaus ein Umzugswagen stand und vier Frauen und ein Mann Kartons und Möbel in das Haus trugen. Sie hatte nichts davon gehört, dass das seit vielen Jahren leerstehende Haus wieder neue Besitzer hatte. Aus diesem Grunde war sie froh, die Gelegenheit zu haben im Ort einzukaufen, denn der kleine Laden in der Ortsmitte war nicht nur ein Geschäft, sondern auch die Nachrichtenzentrale für die ganze Umgebung. Hier trafen sich alle und tauschten Neuigkeiten aus.

Es dauerte nicht lange, bis sie beim Geschäft ankam und als sie die Ladentür aufstieß, sah sie auch gleich die Frau, die über alles in der Umgebung Bescheid wusste. Die grauhaarige Dame, die nie ohne Mütze oder Hut zu sehen war, stand an der Fleischtheke und unterhielt sich angeregt mit einer jungen Verkäuferin. Josefine trat dazu und begrüßte die beiden.

„Das Müller-Haus hat neue Bewohner", berichtete sie. „Als ich eben losgefahren bin, stand ein Umzugswagen in der Einfahrt und ein paar Leute trugen Kartons ins Haus. Wisst ihr wie die Familie heißt?"

Die ältere Dame blickte Josefine überrascht an.

„Das Haus ist wieder bewohnt? Also davon weiß ich nichts."

Josefine sah zur Verkäuferin hinüber, die bedauernd den Kopf schüttelte. Davon hatte auch sie noch nichts gehört.

„Na, dann werde ich den neuen Nachbarn nachher einen Besuch abstatten", verkündete Josefine und nickte den beiden Frauen zu. „Dafür brauche ich noch etwas als Willkommensgeschenk. Also bis dann. Ich werde dann ausführlich berichten."

„Ja, bis bald." Die Verkäuferin lächelte sie an. „Ich bin ganz gespannt darauf, was das für Leute sind."

Josefine streifte einige Zeit durch den kleinen Laden und hielt Ausschau nach einem passenden Geschenk für die neuen Nachbarn. Schließlich fand sie eine hübsche Vase mit chinesischen Motiven darauf. Sie hatte sich erinnert, dass eine der Frauen asiatisch aussah. Ein kleiner Blumenstrauß vervollständigte ihr Geschenk und so verließ sie zufrieden den Laden und fuhr mit ihrem Einkauf nach Hause.

Dort angekommen, packte sie erst die Lebensmittel aus und stellte die Blumen ins Wasser. Anschließend machte sie sich einen Tee, den sie ganz in Ruhe auf einer Bank neben der Tür zum Garten trank. Als es Mittag wurde, ging sie wieder in die Küche, um für sich und ihren Bruder das Essen zu kochen.

In der Zwischenzeit waren noch mehrere Leute mit ihren Tieren in die Praxis gekommen. Peter hatte an diesem Vormittag viel zu tun, so dass er sich freute, als er schließlich die Tür schließen konnte. Erst einmal ging er jedoch in die Küche, um nachzusehen, was seine Schwester gekocht hatte. Die beiden setzten sich dann zu einem ruhigen Mittagessen hin.

„So." Peter legte das Besteck zur Seite und wischte sich mit einer Serviette den Mund ab. „Was ist nun mit unserem Ausflug, Josefine?"

„Du wirst wohl alleine losziehen müssen." Seine Schwester sah ihn bedauernd an. „Leider habe ich jetzt etwas anderes vor."

„Was ist denn so wichtig?", fragte er überrascht.

„Hast du nicht gesehen, dass im Müller-Haus eine neue Familie eingezogen ist?" Seine Schwester zeigte aus dem Fenster zum Nachbarhaus, vor dem immer noch der Umzugswagen stand. „Ich dachte, dass ein Willkommensbesuch angebracht wäre."

Peter lächelte sie an. „Und du schimpfst immer über die neugierigen, tratschenden Frauen im Laden."

„Ich tratsche nicht!" Josefine nahm beleidigt ihr Geschirr und stellte es in den Geschirrspüler. Ohne ein weiteres Wort verließ sie dann die Küche, um hinauf in ihre Wohnung zu gehen.

Ihr Bruder blieb einen Moment mit einem perplexen Gesichtsausdruck am Tisch sitzen. Dann stand er langsam auf und räumte kopfschüttelnd das restliche Geschirr ab.

$$= \text{`} \underset{v}{\overset{\wedge \quad \wedge}{.}} \text{`} =$$

Josefine machte sich zur Kaffeezeit auf den Weg zu den Nachbarn. Sie ging die kurze Strecke zu Fuß und bemerkte, dass der Umzugswagen nicht mehr vor dem Haus stand. Als sie die Auffahrt erreicht hatte, konnte sie Stimmen im Hof hören. Sie folgte ihnen und gelangte hinter das Haupt-haus, das eine schöne große Terrasse besaß. Dort war ein langer Tisch aufgestellt, um den herum fünf Frauen und ein junger Mann saßen. Sie waren in einer lebhaften Diskussion vertieft und bemerkten Josefine erst nach ein paar Minuten.

„Hallo, ich bin Josefine Mann", grüßte sie und trat näher an die Terrasse heran. „Wir, mein Bruder und ich, wohnen im Haus nebenan. Wir möchten Sie hier herzlich willkommen heißen."

Damit stieg sie die drei Treppenstufen zur Terrasse hoch, trat an die älteste der Frauen heran und übergab ihr den Blumenstrauß in der Vase.

„Oh!", die Frau blickt überrascht auf die Blumen. „Vielen Dank!"

Josefine sah von einem zum anderen und überlegte, wie die jungen Menschen zusammengehörten.

„Das ist wirklich eine nette Geste von Ihnen", erhob eine der jungen Frauen, eine gutaussehende elegante Erscheinung, die Stimme. „Ich bin Katinka und das sind meine Geschwister Meilin, Bridget, Monika und Florian."

„Wir sind die Familie Catus", ergänzte Bridget, die einzige von den Frauen mit blonden Haaren, lächelnd. „Trinken Sie doch eine Tasse Tee mit uns."

Josefine fand die neuen Nachbarn sympathisch und ließ sich gern zu einer Tasse einladen. Sie setzte sich auf einen freien Stuhl am Ende des Tisches. Neben ihr saß der junge Mann, der Florian hieß und der sie jetzt freundlich anlächelte. Auf ihrer anderen Seite saß die asiatisch aussehende Frau, die Meilin hieß.

„Was arbeiten Sie denn so?", fragte diese und sah Josefine dabei interessiert an.

„Ich schreibe Romane", antwortete sie schlicht.

„Und ihr Bruder?", mischte sich Bridget ein.

„Mein Bruder Peter ist Tierarzt." Als Josefine das sagte, meinte sie, in den Augen der fünf jungen Leute kurz Angst aufflackern zu sehen. Aber das konnte auch ihre Einbildung sein und deshalb gab sie nicht viel darauf. „Er hat nebenan seine Praxis und ich bin gelegentlich hier, um in Ruhe meine Bücher zu schreiben."

Für einen Moment sagte niemand etwas, bis sich Bridget zu Wort meldete.

„Was schreiben Sie denn?"

„Es sind Thriller oder Abenteuerromane, die immer etwas mit Altertümern zu tun haben", sagte Josefine lächelnd. „Meistens geht es um gestohlene Antiquitäten oder auch um Gegenstände, die verflucht sind."

„Das hört sich spannend an", meinte Florian. „Hast du schon etwas von ihr gelesen, Meilin? Sie müssen wissen, dass sie der Bücherwurm unserer Familie ist."

Meilin schüttelte bedauernd den Kopf. „Ich glaube nicht."

Da konnte Josefine sich ein Grinsen nicht ganz verkneifen, denn auf dem Stuhl neben der jungen Frau lag eines ihrer letzten Bücher.

„Vielleicht haben Sie ja etwas von J. J. Joman gelesen?"

Meilins Augen weiteten sich, als sie begriff, wer da an ihrem Tisch saß.

„Sie sind J. J. Joman?", flüsterte sie.

„Na Schwesterherz", lachte Florian, „wer hätte gedacht, dass du hier auf dem Lande einen deiner Lieblingsschriftsteller triffst."

Nun begannen auch die anderen sich an dem Gespräch zu beteiligen und Josefine alle möglichen Fragen zu ihren Büchern und dem Schreiben zu stellen. Während der Unterhaltung bemerkte sie, dass das Mädchen, das Monika hieß, jedes Mal wenn sich eine Fliege auf den Tisch setzte, diese mit den Augen fast verschlang. Die Bewegungen ihres Kopfes, die dem Flug des Insekts folgten, kamen ihr dabei irgendwie seltsam vor. Auch diesmal schob sie diese Merkwürdigkeit beiseite und fragte stattdessen die Runde, was sie denn so machten und einer nach dem anderen berichtete von ihren Tätigkeiten.

Bis auf Monika, die noch zur Schule ging, waren die jungen Leute bereits berufstätig. Florian und Bridget hatten hier auch schon eine neue Stelle gefunden. Der junge Mann arbeitete in einem Restaurant und seine Schwester in einem Friseursalon im Ort.

„Was hat euch eigentlich in dieses verschlafene Nest verschlagen?", fasste Josefine die Frage, die sie die ganze Zeit beschäftigte in Worte. Es war ihr gleich klar gewesen, dass diese Familie aus der Stadt kam, und irgendwie konnte sie sich nicht vorstellen, warum sie ausgerechnet hierher ziehen sollten.

Die jungen Leute sahen unsicher zu ihrer Mutter, die seufzte und die Schriftstellerin mit ernster Miene ansah.

„Sie haben sicherlich von diesen schrecklichen Überfällen in den Städten gehört?", begann sie zu erklären. „In der Nähe unserer Wohnung war es besonders schlimm und weil ich noch etwas Geld gespart hatte, habe ich dieses Haus hier gekauft. Es erscheint mir im Moment zu gefährlich, in einer großen Stadt zu leben."

Josefine nickte verständnisvoll. „Das kann ich nachvollziehen. Ich bin auch etwas eher hierher gekommen, obwohl ich mit der Planungsphase meines neuesten Buches noch nicht ganz fertig bin. Aber in meiner Straße in der Stadt hat es sogar einen Toten bei diesen Überfällen gegeben und das hat mir schon Angst gemacht."

Während ihrer Unterhaltung hatte sich ein Motorrad dem Haus genähert. Jetzt fuhr es auf den Hof und der Fahrer schaltete den Motor aus. Als er den Helm abnahm, kamen ganz kurz geschnittene, schwarze Haare über einem lächelnden Gesicht zum Vorschein.

„Ich wollte mich Ihnen auch kurz vorstellen." Mit diesen Worten trat Peter auf die Terrasse und reichte Elisabeth seine Hand. „Ich bin Peter Mann, der Bruder von Josefine. Herzlich willkommen."

Bei der Begrüßung bemerkte er, dass die asiatisch aussehende junge Frau nur mit Mühe ihre Angst vor ihm verbergen konnte. Ihre Gesichtszüge wirkten angespannt und ihre Augen blickten unruhig hin und her. Einen Grund für dieses Verhalten konnte er nicht sehen und nachdem er vergeblich versucht hatte, sie in ein Gespräch zu verwickeln, wandte er sich an ihren Bruder.

„Wie ich sehe, sind Sie mit dem Ausräumen des Umzugswagens schon fertig. Aber wenn Sie noch irgendwelche Hilfe benötigen, sagen Sie mir nur Bescheid. Dafür sind Nachbarn ja da."

Der junge Mann bedankte sich für dieses Angebot, meinte aber, dass sie im Moment gut alleine zurechtkämen. Daraufhin verabschiedete sich Peter von den Nachbarn. Seine Schwester bemerkte, wie spät es war, und tat es ihm gleich. Zusammen gingen sie dann nach Hause. Peter schob sein Motorrad die kurze Strecke, um seine Schwester begleiten zu können, denn er wollte sie über die neuen Nachbarn ausfragen.

Josefine lachte über sein Interesse. „Sag bloß, du hast dich in eine der jungen Damen verguckt. Warte, sag nichts, ich kann raten, wer es ist: Meilin. Habe ich recht, oder habe ich recht?"

Ihr Bruder sah sie entrüstet an. „Nein, es ist nur ..."

„Du magst sie", unterbrach Josefine. „Gib es doch zu."

„Sie hatte Angst vor mir", meinte er achselzuckend, „und ich weiß nicht warum."

„Nun, sie wird wohl schlechte Erfahrungen mit Männern gemacht haben", sagte die Schwester, nahm sein Kinn und sah ihm direkt in die Augen. „Aber du bist niemand, vor dem irgendjemand Angst haben müsste."

„Vielen Dank!" Ihr Bruder drehte sich beleidigt von ihr weg und begann sein Motorrad eilig nach Hause zu schieben. Josefine sah ihm fragend hinterher, denn sie war sich nicht bewusst etwas Falsches gesagt zu haben.

Als sie später zu Hause ankam, war ihr Bruder schon in seiner Wohnung verschwunden. Sie erwog kurz zu ihm hinauf zu gehen, aber dann ließ sie es doch bleiben. Ihr neues Buch wartete und sie hatte nicht mehr so viel Zeit bis zum Abgabetermin für das nächste Kapitel. Sie ging in ihre

Wohnung und holte den Laptop, um sich damit in den Garten zu setzen, denn es war draußen noch sommerlich warm. Sie liebte es, in dieser Jahreszeit hier zu sein und schreiben zu können. Denn gerade am Abend war die Stille im Garten himmlisch. Manchmal konnte man dann vergessen, dass es überhaupt noch andere Menschen gab. Unter großen Eichen hatte ihr Bruder einen Pavillon gebaut und dorthin setzte Josefine sich, um an ihrer Geschichte zu arbeiten.

Sie hatte schon eine ganze Zeit konzentriert geschrieben, während die Sonne am Horizont versank und die Dämmerung sich über den Garten legte. Da hörte sie ein Rascheln im Gebüsch neben dem Pavillon. Es war sicherlich ein Tier, denn das Grundstück lag nicht weit entfernt von einem Wald und es kamen immer wieder wilde Tiere von dort hierher.

Sie verhielt sich ganz ruhig. Als sich das Geräusch wiederholte, versuchte sie zu erkennen, welches Tier dort herumlief, aber sie konnte nichts sehen. Danach blieb alles ruhig, so dass sie ihre Aufmerksamkeit wieder auf ihr Buch lenkte.

Im Gebüsch neben dem Pavillon saß eine kleine, schlanke Katze, gerade weit genug entfernt, um nicht gesehen zu werden, aber nah genug, um selbst beobachten zu können. Die Katze starrte zum Pavillon und auf die Frau, die dort in ihr Laptop tippte. Doch lange hatte sie keine Ruhe, denn eine andere Katze tauchte auf und versuchte, sie zu verscheuchen.

Den anschließenden Kampf zwischen den beiden Katzen bemerkte Josefine, die innehielt und vergeblich versuchte, die Streitenden in der Dunkelheit zu finden. Sie gähnte und sah dabei auf die Uhr. Heute würde sie eher zu

Bett gehen, der Tag war doch anstrengend gewesen. Also räumte sie alles ins Haus und begab sich in ihre Wohnung.

```
      ^   ^
 = `  .  ` =
      v
```

Am nächsten Morgen war Peter als Erster wach und machte Frühstück. Der Tag versprach wieder schön und sonnig zu werden und er sang die Lieder aus dem Radio mit. Er war gerade dabei das Toastbrot zu rösten, als seine Schwester verschlafen in die Küche kam.

„Guten Morgen, du Nachteule", begrüßte er sie fröhlich. „Möchtest du auch Toast zum Frühstück?"

Seine Schwester schüttelte den Kopf und goss sich eine Tasse schwarzen Tee ein.

„Wie geht es mit deinem Roman voran?", erkundigte er sich und setzte sich an den Tisch, um sein Toastbrot zu essen. Josefine zuckte mit den Schultern und trank mit geschlossenen Augen ihren Tee.

„Was ist los?", fragte er besorgt, um sogleich zu lächeln. „Ach, ich weiß. Hör mal, du musst mir heute nicht helfen. Setz dich nur wieder an deine Geschichte, ich schaffe die Praxis schon alleine."

Josefine öffnete die Augen und sah ihren Bruder dankbar an.

„Der Abgabetermin ist schon bald und ich habe mit dem Kapitel erst angefangen. Deshalb brauche ich jetzt jede Stunde, um fertig zu werden."

Im Radio gab es gerade die Nachrichten und als eine Meldung aus der Stadt kam, hörten Peter und Josefine gespannt zu. Es hatte wieder Überfälle gegeben, bei denen erneut ein Mensch getötet worden war. Wie schon bei vielen anderen dieser Überfälle hatten Augenzeugen eine

Katze vom Tatort weglaufen sehen und die Opfer wiesen Kratzspuren von Krallen auf ihrer Haut auf. Aus diesem Grund bat die Polizei darum, streunende Katzen sofort zu melden. Die Geschwister sahen sich an und seufzten.

„Das ist nicht gut", meinte Peter besorgt. „Als ich letzte Woche in der Stadt Kollegen getroffen habe, erzählten diese, dass immer mehr Katzenhalter zu ihnen kommen und ihre Katzen einschläfern lassen wollen, obwohl die Tiere gesund sind. Die Menschen haben einfach Angst vor ihnen."

„Das ist wirklich schrecklich", stimmte Josefine zu. „Ich hoffe, die Polizei findet bald die Täter. Denn ich glaube nicht daran, dass diese Überfälle von Katzen verübt werden. Oder was meinst du?"

„Ganz sicher nicht!"

In der Zwischenzeit hatte der Nachrichtensprecher ein anderes Thema angesprochen. Es ging um eine neue Vereinigung, die Orulia hieß. Diese klagte die jetzige Regierung an, die schrecklichen Überfälle weder verhindern noch aufklären zu können. Für die Vereinigung ein Zeichen, dass die Politiker und die Polizei ihrer Aufgabe nicht mehr gerecht würden. Ihrer Meinung nach fehlten ihnen die richtige Einstellung und die richtigen Werte. Zum Schluss hörte man noch einen Vertreter dieser Vereinigung reden. Josefine schüttelte sich und sah ihren Bruder irritiert an.

„Was war das denn?", fragte sie ihn.

„Solche unsicheren Zeiten scheinen wirklich der Nährboden für allerlei krause Gedanken zu sein", meinte er und schaltete angewidert das Radio aus.

„Hoffentlich verbreitet sich dieser Unsinn nicht zu sehr."

Peter sah auf die Uhr und bemerkte, dass er seine Praxis öffnen sollte. Daraufhin nahm sich Josefine noch eine Tasse

Tee und ging hinauf in ihre Wohnung, um an ihrer Geschichte weiterzuschreiben.

$$= \text{`.`} =$$

Am frühen Nachmittag stand eine der jungen Frauen aus dem Nachbarhaus vor der Praxis. Sie wollte gerade klingeln, als die Tür geöffnet wurde und eine Frau mit einem Retriever an der Leine herauskam. Erschrocken wich Meilin vor dem Hund zurück, der plötzlich stehengeblieben war und sie anstarrte. Dann war ein leises Knurren aus seiner Kehle zu hören, dass zunehmend lauter wurden.

„Ruhig, Harry", sagte die Besitzerin des Hundes und zog ihn kräftig an der Leine zurück. „Es tut mir leid. Aber er ist sonst nicht so. Ich weiß gar nicht, was er hat."

Meilin zog sich noch weiter zurück und winkte ab.

„Ist schon in Ordnung. Das kenne ich schon. Hunde mögen mich irgendwie nicht."

Die Frau ging achselzuckend weiter, dabei musste sie ihren Hund an der Leine hinter sich her zerren.

Als Peter einen Augenblick später an die Tür kam, stand Meilin noch ganz ängstlich davor.

„Hallo!", sagte er, überrascht die junge Frau dort zu sehen. „Wollen Sie zu mir?"

Meilin starrte ihn nur an und brachte kein Wort heraus. Sie fühlte sich in der Gegenwart von Männern nie besonders wohl, aber bei diesem konnte sie ihre Gefühle nicht ganz einordnen. Er schien ihr nicht so furchteinflößend zu sein, wie die meisten seiner Gattung und auch seine Stimme klang in ihren Ohren angenehm. Meistens waren ihr Männerstimmen zu tief, so dass sie immer das Gefühl hatte, von ihnen beschimpft zu werden. Peter jedoch hörte sich nur manchmal so an und das gefiel ihr irgendwie.

„Geht es ihnen gut?", fragte er besorgt, weil sie ihm gar nicht auf seine Frage geantwortet hatte und dabei abwesend wirkte.

„Oh, doch", beeilte sie sich, zu versichern. „Ich war nur in Gedanken. Eigentlich wollte ich zu Ihrer Schwester und sie bitten, mir dieses Buch zu signieren."

Dabei zog sie den Roman hervor, den sie sich unter den Arm geklemmt hatte.

„Oh, das wird sie sicher freuen", sagte Peter überrascht. „Kommen Sie doch erst einmal herein und setzen sich. Ich werde meine Schwester rufen."

Die beiden gingen ins Haus, wobei Peter hinter ihnen die Tür schloss und der jungen Frau den Weg in die Küche zeigte. Sie setzte sich an den Tisch, der schon für zwei gedeckt war und sah sich im Raum um.

Peter war indessen die Treppe hinauf gelaufen und hatte seine Schwester gerufen, die jedoch so vertieft in ihre Geschichte war, dass sie ihn nicht hörte. Er musste erst Sturm klingeln, damit sie ihm die Tür öffnete.

„Was ist denn los?", fragte sie verärgert. „Warum musst du mich jetzt stören? Ich habe gerade so einen guten Lauf in der Geschichte."

„Tut mir leid, aber du hast Besuch", sagte ihr Bruder. „Eine der Nachbarinnen ist hier, um dich um ein Autogramm zu bitten."

„Oh, Fan-Besuch!" Josefine lächelte verschmitzt. „Das ist natürlich ein Grund, mich zu stören. Ich komme sofort!"

Damit ging sie zurück ins Arbeitszimmer, um den eben geschriebenen Text noch gewissenhaft abzuspeichern. Anschließend lief sie beschwingt nach unten und begrüßte

Meilin überschwänglich. Die junge Frau reichte ihr etwas schüchtern das Buch, das sie mitgebracht hatte.

„Würden Sie mir etwas hineinschreiben?", fragte sie leise.

„Aber natürlich, meine Liebe." Josefine nahm aus ihrer Hosentasche ein Notizbuch hervor und zog einen kleinen Kugelschreiber aus dessen Einband heraus. Sie legte das Notizbuch auf den Küchentisch und setzte sich neben Meilin. Dann nahm sie das Buch zur Hand, schlug es auf und blickte einen Moment auf die leere Seite.

‚Für unsere liebe Nachbarin Meilin. Herzlich willkommen. J. J. Joman', schrieb sie hinein. Josefine reichte das Buch zurück und sah der jungen Frau lächelnd ins Gesicht.

„Darf ich auch etwas hineinschreiben?", fragte Peter und lächelte Meilin an.

„Beachten Sie ihn gar nicht", meinte Josefine, als sie die Unsicherheit der jungen Frau bemerkte. Doch Meilin nickte ihm verlegen lächelnd zu.

„Das ist in Ordnung", sagte sie leise. „Ich würde mich darüber sehr freuen."

Mit einem triumphierenden Grinsen nahm Peter seiner Schwester den Kugelschreiber aus der Hand und griff nach dem Buch. Er zeichnete etwas unter den Text und setzte seinen Namen daneben. Doch ehe Josefine richtig erkennen konnte, was er gezeichnet hatte, schlug er das Buch zu und gab es Meilin zurück.

Er lächelte sie verschwörerisch an. „Das ist nur für Ihre Augen bestimmt. Nehmen Sie sich also vor meiner Schwester in Acht, die ist nämlich sehr neugierig."

Josefine blitze ihren Bruder verärgert an. „Ich bin nur wissbegierig. Das ist etwas ganz anderes."

Meilin musste über das Geplänkel der Geschwister lachen. Sie sah hinüber zu Peter, der sie aus sanften braunen Augen anblickte und spürte überraschenderweise nicht ihr übliches Misstrauen Männern gegenüber. Diese beiden Menschen strahlten eine Freundlichkeit aus, die ihr guttat. Sie wäre gerne noch etwas geblieben und hätte sich mit ihnen unterhalten, aber ihr Verstand meldete sich zu Wort. Sie hatte noch an ihrer Übersetzung zu arbeiten, der Abgabetermin war schon bald, und dann war auch eine Freundschaft mit Menschen für Wandler schwierig.

Es gab sehr wenige unter ihnen, die ein wirklich enges Verhältnis zu Menschen hatten. Denn meistens endete es mit Verletzungen auf beiden Seiten, wenn der Mensch von der wahren Natur des Freundes erfuhr. Deshalb wurden junge Wandler eindringlich davor gewarnt, sich mit Menschen einzulassen.

Mit einem Seufzer stand Meilin auf. „Vielen Dank, Josefine und Peter. Ich muss jetzt wieder nach Hause. Die Arbeit wartet."

„Oh, wie schade", meinte Josefine. „Aber du kannst jederzeit wieder vorbeikommen."

Dabei sah sie ihren Bruder von der Seite an.

„Ja, wir würden uns sehr darüber freuen", ergänzte Peter lächelnd.

Kapitel 8

Am nächsten Morgen musste Nicolas sich zwingen, etwas zum Frühstück zu essen, denn der vor ihm liegende Auftrag machte ihn unruhig und er konnte nicht schnell genug aufs Festland kommen. Aber das Boot würde noch auf sich warten lassen. Als es endlich so weit war, ging er schnellen Schrittes hinunter zum Hafen und sah auch das Boot dort liegen. Nachdem er eingestiegen war, legte es sofort ab.

Es dauerte eine halbe Stunde, bis sie das Festland erreicht hatten und Nicolas sprang an Land, bevor das Boot richtig festgemacht hatte. Im kleinen Hafenort stand für ihn immer ein Wagen bereit, weil es ihm überlassen worden war, die verschiedenen Auftritte in der menschlichen Öffentlichkeit zu bestreiten. Ailuro musste bei einem Wandler nicht befürchten, dass sich sein Vertreter während eines Auftritts verwandeln würde.

Nicolas freute sich auf seinen Ausflug in die Stadt, denn er liebte es, dort unterwegs zu sein. Als er das Haus erreicht hatte, in dem die Familie Catus ihre Wohnung hatte, parkte er sein Auto und stieg aus. Er ging zur Haustür und sah sich die Namensschilder daneben an. Er wusste noch, welche Wohnung seine ehemalige Geliebte bewohnt hatte, aber das entsprechende Namensschild war leer. Trotzdem klingelte er und wartete auf eine Reaktion. Doch die blieb aus. Da trat er einen Schritt zurück und blickte an der Fassade des Hauses hinauf. Hinter den Fenstern, die zur Wohnung von Elisabeth gehörten, konnte er keine Gardinen erkennen.

„Dann bist du wohl schon erwacht, Robert", sprach er leise mit sich selbst, „und hast deine Familie in Sicherheit gebracht. Aber ich verspreche dir, dass ich sie finden werde."

Er drehte sich auf dem Absatz um und ging zurück zum Auto. Sein Magen begann zu knurren, so dass er sich auf den Weg in das Restaurant machte, in dem Florian zuletzt gearbeitet hatte. Vielleicht konnte er dort erfahren, wo die Familie geblieben war.

Das Essen im Restaurant war erwartungsgemäß gut, aber Nicolas war dennoch nicht zufrieden. Es konnte ihm niemand etwas über den Umzug der Familie Catus sagen. Er überlegte, von wem er noch Informationen erhalten konnte. Katinkas Freunde und Kollegen kannte er nicht, außerdem wusste er nicht, in welchem Zirkus sie arbeitete. Über Meilin würde er ebenfalls nicht an Informationen kommen, denn sie fertigte ihre Übersetzungen zu Hause an. Elisabeth war zu vorsichtig, wenn es um ihre Familie ging, als dass sie jemandem etwas erzählt hätte. Also blieben nur Monika oder Bridget.

Die Klassenkameraden von Monika waren zu jung, als dass er ohne Verdacht zu erregen sich ihnen nähern konnte. Er würde es im Friseursalon versuchen, in dem Bridget gearbeitet hatte. Dabei konnte er sich auch gleich die Haare schneiden lassen, die schon wieder ein wenig zu lang waren.

Zuerst meinte er auch hier seine Zeit verschwendet zu haben. Aber ganz zum Schluss, als er schon gehen wollte, hörte er, wie eines der Mädchen den anderen von Bridget erzählte, die ihr eine Nachricht geschickt hatte und sich über das kleine Nest beschwerte, in dem sie jetzt wohnten.

Er hakte nach und erzählte, dass er mit der Familie bekannt war. Die junge Frau fand ihn sehr sympathisch und begann, ihm von ihrer Freundin zu erzählen. Auf diese Weise bekam er sogar den Namen des kleinen Ortes heraus.

„Hab ich euch!", sagte er leise triumphierend, als er aus der Tür des Friseursalons trat. „Ich freue mich darauf, euch bald wiederzusehen."

Beschwingten Schrittes ging er zurück zu seinem Auto und gab den Ortsnamen in sein Navigationsgerät ein. Als er die Entfernungsangabe las, seufzte er laut auf. Er hatte eine lange Fahrt vor sich, um die Familie Catus zu erreichen.

Kapitel 9

Im Garten hinter der Tierarztpraxis saß Josefine im Pavillon unter den hohen Bäumen. Der Laptop stand vor ihr auf dem Tisch und sie tippte flink und konzentriert Zeile um Zeile hinein. Schließlich setzte sie mit ausholender Armbewegung einen Punkt und griff dann nach einer großen Teetasse, die neben ihr auf dem Tisch stand. Sie nahm einen Schluck und las sich die letzte Seite noch einmal durch.

Mit einem zufriedenen Ausdruck im Gesicht lehnte sich im Stuhl zurück und ließ ihren Blick über den Garten schweifen, der jetzt in der hellen Nachmittagssonne lag. Die Blumen in den Töpfen vor dem Pavillon sahen aus, als ob sie Wasser gebrauchen könnten, denn ihre Blüten und Blätter hingen kraftlos herunter. Josefine stellte die Teetasse ab und stand dann auf, um eine Kanne zu holen und den durstigen Pflanzen das benötigte Wasser zu geben.

Nachdem sie diese Notsituation im Garten entschärft hatte, begab sie sich wieder zum Tisch und klappte ihr Laptop nach einem letzten Blick auf den Text zu. Sie nahm ihre Sachen, ging ins Haus und suchte ihren Bruder in der Praxis. Dieser war gerade mit einem Patienten im Behandlungszimmer, aber die Helferin begrüßte sie freundlich.

„Hallo, Jo. Bist du mit der Arbeit fertig?"

„Für heute schon", antwortete sie und strich sich eine Strähne ihres dunklen Haares aus dem Gesicht. „Um den Kopf wieder frei zu bekommen, will ich kurz in den Ort fahren und deshalb wollte ich Peter fragen, ob ich ihm etwas mitbringen soll."

Sie blickte stirnrunzelnd auf die Tür zum Behandlungsraum. „Wird es noch lange dauern?"

Die zierliche Helferin schüttelte den Kopf. „Das kann ich nicht sagen. Ich weiß nicht, was mit dem Hund ist, den er gerade behandelt."

Josefine sah die Wanduhr, die hinter dem Anmeldetresen hing.

„Nun, dann werde ich jetzt mal losfahren", sagte sie mit enttäuschter Miene, „sonst sind die Geschäfte schon geschlossen, wenn ich ankomme."

Damit machte sich Josefine auf den Weg zu ihrem Auto.

„Viel Spaß", rief ihr die Helferin fröhlich hinterher.

Nachdem Josefine ihren Wagen in einer Parkbucht gegenüber dem Friseursalon abgestellt hatte, stieg sie aus und ging auf dem Bürgersteig in die Richtung des Lebensmittelladens, der sich fast am Ende der Straße befand. Sie wollte erst einen kleinen Bummel durch die anderen Läden machen und dann zum Schluss den Vorrat an Lebensmitteln aufstocken. Als sie an einem Geschäft mit Schreibwaren und Büchern vorbeikam, konnte sie nicht widerstehen und ging hinein. Überrascht stellte sie fest, dass der Laden gut besucht war, und sie sich in Ruhe umschauen und in den Büchern stöbern konnte.

Josefine hatte gerade ein interessantes Buch über Pyramiden gefunden, als ihr jemand sanft eine Hand auf den Arm legte. Erschrocken sah sie auf und erkannte die ältere Frau, mit der sie vor kurzem über das leerstehende Nachbarhaus gesprochen hatte.

„Es ist schön, Sie mal wieder hier zu treffen", sagte die Frau und schob ihren Hut, der eine breite Krempe hatte, etwas aus ihrem Gesicht. „Was macht die Arbeit?"

Josefine zuckte mit den Schultern. „Es geht ganz gut voran."

„Haben Sie etwas über Ihre Nachbarn herausgefunden?" Die Frau konnte ihre Neugier nicht verbergen. „Wie ich höre, bleiben sie sehr unter sich. Man sieht sie kaum hier im Ort und sie reden mit niemandem."

„Das ist komisch", meinte die Schriftstellerin verwundert. „Als ich dort war, waren sie sehr freundlich und aufgeschlossen. Vielleicht müssen sie sich erst an das Leben hier auf dem Lande gewöhnen, denn wie ich weiß haben sie bislang in der Stadt gelebt."

„Das kann sein", gab die ältere Frau zu und rückte noch etwas näher an Josefine heran, um ihr dann leise etwas zuzuflüstern: „Irgendetwas stimmt mit der Familie nicht. Ich glaube nicht, dass sie hierher gezogen sind, weil ihnen die Gegend so gefällt. Man munkelt bereits, dass sie vor irgendjemandem auf der Flucht sind."

Die Schriftstellerin verschlugen diese Worte für einen Moment wirklich die Sprache. Das Gefühl, eine Figur in einem ihrer Romane zu sein, stieg in ihr auf, doch sie versuchte, es zu vertreiben. Im normalen Leben gab es die Dinge, über die sie in ihren Geschichten schrieb nicht und sie wollte Phantasie und Realität nicht vermischen. Die ältere Frau merkte, dass Josefine mit ihren Gedanken woanders war und so zog sie ihr ungeduldig am Ärmel der Jacke.

„Was meinen Sie, Frau Mann?", sprach sie die Schriftstellerin an, um sie zurück in die Realität zu holen. „Sie haben die Familie ja getroffen."

„Oh ja, ich war zu einem Willkommensbesuch bei ihnen." Josefine konzentrierte sich wieder auf die Frau neben ihr. „Ich finde, sie sind ganz normale Menschen, die hier ein Haus gekauft haben. Sie schienen mir auch viel zu entspannt für Menschen auf der Flucht."

„Schade." Im Gesicht der älteren Frau zeigte sich Enttäuschung. „Das wäre sicher spannend gewesen."

Die Schriftstellerin nickte verständnisvoll und musste innerlich lächeln. Es ging doch nichts über einen dicken fetten Skandal im Ort, um die Leute zu unterhalten. Sie wechselte noch ein paar belanglose Worte mit der Frau und ging dann mit dem Buch zur Kasse. Sie war so in Gedanken, dass sie bereits auf dem Weg zu ihrem Auto war, als ihr einfiel, warum sie in den Ort gefahren war. Sie drehte sich abrupt um und stieß dabei fast mit einem Fußgänger zusammen, der schon eine Weile hinter ihr hergegangen war. Als sie sich entschuldigen wollte, sah sie, dass es der junge Mann der Familie Catus war.

„Hallo, Florian!", sagte sie überrascht. „Was machst du denn hier?"

„Oh, Frau Mann!" Der junge Mann lächelte die Frau etwas unsicher an. „Ich bin auf dem Weg zur Arbeit." Dabei wies er auf eine Gaststätte am Ende der Straße.

„Wie gefällt es dir da?", fragte die Schriftstellerin, woraufhin Florian mit den Schultern zuckte und ohne Begeisterung hinüber zu seiner Arbeitsstätte sah.

„Es geht so. Meine vorherige Stelle war zwar besser, aber ich kann mich nicht beklagen."

Josefine sah ihn einen Moment gedankenverloren an, um dann eine Frage zu formulieren, die ihr schon früher eingefallen war.

„Warum seid ihr eigentlich wirklich hierher gezogen?"

Der junge Mann hob an die Erklärung seiner Mutter zu wiederholen, doch die Frau stoppte ihn mit einer Handbewegung.

„Ich weiß, ihr seid genauso wie ich aus der Stadt entflohen, weil diese Überfälle euch Angst gemacht haben. Doch es ist etwas anderes bei seinem Bruder einzuziehen, als ein Haus zu mieten oder zu kaufen. Das musst du doch zugeben, Florian?"

Er sah sie unsicher und fast schon ängstlich an.

„Ich muss los. Sonst komme ich noch zu spät."

Damit drehte er sich um und lief über die Straße zum Restaurant, wobei er noch die Stimme der Frau hören konnte, die ihm hinterherrief.

„Man sagt hier im Ort, dass ihr auf der Flucht seid."

Josefine wartete jedoch vergeblich auf eine Erwiderung des jungen Mannes, der vorgab ihre Worte nicht vernommen zu haben. Kopfschüttelnd blickte sie ihm eine Weile hinterher und setzte schließlich ihren Weg fort, um ihre Besorgungen zu erledigen.

$$= \text{'} \cdot \text{'} =$$

Im Haus der Familie Catus saß ebenfalls jemand am Schreibtisch und tippte zügig auf der Tastatur eines Laptops. Meilin hatte diesmal den Auftrag, einen Roman zu übersetzen, in dem es unter anderem auch um Altertümer ging. Sie hielt beim Schreiben inne, denn sie war bei einer Szene angelangt, die ihr schon beim ersten Durchlesen unklar gewesen war. Da tauchten Begriffe auf, die sie nicht kannte und die, selbst nachdem sie sie nachgeschlagen und eine Übersetzung gefunden hatte, trotzdem keinen Sinn ergaben. Sie klopfte ungeduldig mit ihren Fingern auf den Tisch. Doch ihr wollte so gar keine gute Übersetzung für diese Passage einfallen. Es war zum Verrücktwerden. Sie überlegte noch eine Weile hin und her und tippte ein paar

Zeilen, die sie jedoch sofort wieder löschte. Dann fiel ihr Blick auf die Uhr und sie bemerkte, dass sie schon fast den ganzen Tag an ihrem Schreibtisch gesessen hatte.

„Kein Wunder, dass mir nichts mehr einfällt" murmelte sie vor sich hin. „Ich brauche eine Pause."

Erleichtert beendete Meilin ihre Arbeit, klappte den Laptop zu und begab sich hinunter in die Küche. Dort traf sie jedoch niemanden an. Bridget war noch auf der Arbeit und Florian war sicherlich schon auf dem Weg zu seiner Schicht im Restaurant. Die anderen waren draußen und versuchten, im verwilderten Garten hinter dem Haus Ordnung zu schaffen. Meilin hatte aber keine Lust ihrer Mutter, Katinka und Monika beim Jäten zu helfen und so überlegte sie, was sie stattdessen tun könnte.

Da fiel ihr ein, dass die Nachbarin ihr bei der Übersetzung dieser schwierigen Szene helfen konnte, denn sie schrieb ja ähnliche Romane. Das war die Idee! Voll Schwung lief die junge Frau in ihr Zimmer, um den Text zu holen, der ihr so viel Mühe machte. Die Treppe hinaufsteigend dachte sie an den Bruder der Schriftstellerin und musste unwillkürlich lächeln.

Sie druckte die Seiten des Textes aus, die ihr Schwierigkeiten bereiteten, und verließ anschließend eilig das Haus. Auf dem Weg zur Straße kam sie an den Frauen vorbei, die verschwitzt und mit sandiger Kleidung im verwilderten Garten zwischen den Büschen hockten und das Unkraut mühsam heraus rissen.

„Ich geh mal eben zu unseren Nachbarn, den Manns. Josefine kann mir vielleicht bei meiner Übersetzung helfen."

Die anderen blickten kurz zu ihr hoch, um sich sofort wieder dem Wildwuchs zu widmen.

„Bleib nicht zu lange", mahnte die Mutter, „sonst fühlen sie sich belästigt."

Meilin nickte gehorsam und verschwand dann mit großen Schritten vom Hof. Sie legte die kurze Strecke bis zum Nachbarhaus mit einem Lied auf den Lippen zurück. Sie dachte dabei an den Tierarzt und wunderte sich, dass der Gedanke an seinen Beruf bei ihr nicht mehr das übliche Gefühl von Panik hervorrief. Könnte es sein ...? Meilin mochte diesen Satz nicht weiterdenken. Das Leben der Familie Catus war im Moment schon kompliziert genug und sie wollte nicht noch mehr Verwicklungen und Probleme provozieren.

„Genug jetzt", sagte sie sich selbst und blieb abrupt stehen.

Sie verdrängte die Bilder des Mannes aus ihren Gedanken und ging dann mit großen energischen Schritten weiter. Viel zu schnell für ihre aufgewühlten Gefühle erreichte sie das Tor des Nachbarhauses. Es war geöffnet und so ging sie über den Hof zur Tür der Praxis, die ebenfalls offen stand. Drinnen konnte sie niemanden sehen und so ging sie zögernd hinein.

„Hallo!", rief sie, als sie vor dem verwaisten Tresen stand. Doch es antwortete niemand. Meilin wollte sich gerade wieder umdrehen und die Praxis verlassen, als sie aus dem Inneren des Hauses laute Geräusche hörte. Sie rief noch einmal und tatsächlich öffnete sich eine Tür am Ende des Ganges, an dem auch die Behandlungsräume lagen. Der Tierarzt kam mit einem breiten Lächeln auf sie zu.

„Das ist aber eine nette Überraschung!", rief er hocherfreut aus und blickte sie dabei strahlend an.

Meilin zuckte unwillkürlich zusammen, als sie den Mann sah. Sie spürte Peters starke Ausstrahlung, wobei sein herzliches Lächeln und seine ruhige Stimme ihre Entschlossenheit schwinden ließ, ihre Gefühle zu ignorieren. Es fiel ihr schwer, einen klaren Gedanken zu fassen, solange sie in seine dunklen Augen sah, deshalb zwang sie sich, den Blick abzuwenden. Dabei sah sie eine Jacke über einem der Stühle im Warteraum liegen.

„Sie haben noch einen Patienten?", fragte sie und deutete dorthin.

„Was?" Peter brauchte einen Moment, bis er ihre Frage verstanden hatte. „Ach, so. Die gehört Marie, meiner Assistentin."

Wie aufs Stichwort öffnete sich am anderen Ende des Raums eine Tür und eine zierliche junge Frau kam heraus.

„Oh, hallo", sagte die Helferin zu Meilin und zupfte dabei ihren kurzen Rock zurecht.

Dann blickte sie Peter fragend an. „Ist es wirklich in Ordnung, wenn ich jetzt schon gehe?"

„Natürlich, keine Sorge", erwiderte der Tierarzt. „Ich kann die Praxis auch alleine abschließen."

Der skeptische Ausdruck im Gesicht seiner Helferin veranlasste ihn, mit Blick auf Meilin, noch etwas hinzuzufügen.

„Wie du siehst, habe ich ja jemanden, der mir dabei helfen kann. Nicht war?"

„Na dann, viel Spaß ihr beiden."

Die Helferin lachte laut auf, zog sich ihre Jacke an und verließ die Praxis.

Peter ging zum Tresen und sah in einem aufgeschlagenen Terminkalender nach.

„Für heute ist wirklich kein Termin mehr eingetragen", meinte er erleichtert. „Dann werde ich mal die Praxis abschließen."

Meilin fühlte sich unbehaglich und wollte sich schon schnell verabschieden, als ihr der Grund für ihr Herkommen wieder einfiel.

„Ich wollte eigentlich zu Josefine", sagte sie zu Peter, der den Computer heruntergefahren hatte und den Schlüssel für die Praxistür in der Hand hielt. „Ist sie da? Ich dachte, vielleicht kann sie mir bei einer Stelle in der Übersetzung helfen."

Zögernd hob sie die Seiten hoch, die sie mitgebracht hatte, und wartete auf seine Reaktion.

„Oh. Sie ist leider gerade unterwegs", sagte er entschuldigend. „Zumindest hat Marie mir gesagt, dass Jo in den Ort zum Einkaufen fahren wollte."

Der Mann sah die Enttäuschung in Meilins Gesicht.

„Aber sie wird sicherlich bald wieder da sein. Ich habe gerade Kaffee gemacht. Wollen Sie nicht eine Tasse mit mir trinken?"

Unentschlossen sah ihn die junge Frau an.

„Wir können in den Garten gehen. Was meinen Sie?" Peter sah sie erwartungsvoll an und lächelte zaghaft.

„In Ordnung." Meilin hatte sich endlich zu einer Antwort durchringen können.

„Hervorragend", sagte Peter hoch erfreut. „Sie können schon mal zum Pavillon gehen. Durch diese Tür kommen Sie nach draußen ..."

Die junge Frau nickte nur kurz und machte sich schon auf den Weg, ehe er seinen Satz beenden konnte. Er sah ihr einen Moment verwirrt hinterher, aber dann besann er sich, schloss die Tür ab und ging in die Küche, um die Kaffeekanne und die Tassen zu holen. Er nahm sich ein großes Tablett, auf das er die schönsten Tassen stellte, die er im Küchenschrank finden konnte. Als er schon nach draußen gehen wollte, fiel ihm noch etwas ein. Er hätte doch fast

Milch und Zucker vergessen. Also stellte er das Tablett noch einmal auf dem Küchentisch ab und suchte ein passendes Milchkännchen und eine Zuckerdose. Endlich hatte er alles zusammen und konnte sich zu seinem Gast gesellen.

Auf dem Weg zum Pavillon bemerkte er, dass ihm der Schweiß auf der Stirn stand und er war sich sicher, dass es nicht die Wärme war, die das verursacht hatte. Erleichtert sah er, dass Meilin es sich bereits in einem der Holzstühle im Pavillon bequem gemacht hatte. Sie lächelte ihm zu, als er das Tablett auf den Tisch stellte und anfing, das Geschirr zu verteilen.

„Es hat ein bisschen gedauert", entschuldigte er sich bei der jungen Frau. „Ich hoffe, Sie haben sich nicht gelangweilt."

„Nein, nein", erwiderte sie. „Es ist ein schönes Fleckchen hier."

„Sehr gut." Der Tierarzt wirkte erleichtert und goss ihnen beiden Kaffee in die Tassen.

„Milch? Zucker?", fragte er und als Meilin nur mit dem Kopf schüttelte, setzte er sich schließlich zu ihr. Während er sich selbst Milch in seinen Kaffee goss, sprach er weiter mit der jungen Frau.

„Sie haben gesagt, dass Jo Ihnen bei einem Übersetzungsproblem helfen könnte? Worum geht es dabei, wenn ich fragen darf?"

„Ach, ich weiß nicht, ob das ein so interessantes Thema ist", erwiderte Meilin. „Ich bin mir auch nicht mehr so sicher, dass es eine gute Idee ist, sie damit zu belästigen."

„Ach was", meinte Peter mit einer wegwerfenden Handbewegung. „Jo wird sicherlich begeistert sein, Ihnen dabei helfen zu können. Sie macht so etwas gern."

Für einen Moment schwiegen sie und sahen in den Garten, der malerisch im Schein der abendlichen Sonne lag. Eine Amsel landete auf dem Rasenstück vor dem Pavillon, lief suchend hin und her, um dann immer mal wieder einen Regenwurm aus der Erde zu ziehen. Peter bemerkte, dass Meilin ganz gebannt auf den Vogel sah und jede seiner Bewegungen aufmerksam verfolgte. Etwas daran fand er irritierend. Es dauerte eine Weile, bis er sich darüber klar war, dass die Intensität mit der die Frau den Vogel beobachtete außergewöhnlich war. Er hatte das Gefühl, als wenn sie jeden Augenblick aufspringen und die Amsel mit bloßen Händen fangen wollte.

Doch dann drehte sie sich zu ihm um und sah ihm direkt in die Augen. Ein bezauberndes Lächeln entwickelte sich langsam in ihrem Gesicht, so dass Peter die beunruhigenden Gedanken vergaß. Bevor einer von ihnen etwas sagen konnte, stürmte eine Frau in den Garten und blieb abrupt stehen, als sie die beiden im Pavillon sitzen sah.

„Hallo!", rief sie ihnen dann zu und kam mit langsameren Schritten auf sie zu. „Das ist ja eine Überraschung."

Josefine lächelte den Gast an. „Schön Sie zu sehen, Meilin."

An ihren Bruder gewandt, fragte sie: „Habt ihr noch Kaffee für mich übriggelassen?"

Damit setzte sie sich ebenfalls an den Tisch, wobei ihr Blick auf die Seiten fiel, die Meilin neben sich auf einen leeren Stuhl gelegt hatte.

Die junge Frau bemerkte es und fing an zu erklären.

„Das ist der Grund für meinen Besuch. Sie wissen ja, dass ich Übersetzerin bin, und jetzt habe ich den Auftrag, einen Roman zu übersetzen. Es gibt eine Stelle darin, mit der ich nicht ganz klar komme. Da dachte ich, dass Sie mir vielleicht helfen können, deswegen habe ich meine vorläufige Übersetzung ausgedruckt."

Josefine legte den Kopf leicht schief und sah ihren Gast fragend an.

„Es geht um eine Szene in einer alten Grabkammer und ...", hob Meilin an, doch sie kam nicht dazu, ihren Satz zu beenden. Die Frau hatte sich blitzschnell die Seiten vom Stuhl genommen und fing sofort an zu lesen. Unsicher blickte Meilin zu Peter hinüber, der ihr aufmunternd zulächelte.

„Kommen Sie", sagte er beinahe flüsternd, „während Jo sich den Text durchliest und darüber nachdenkt, zeige ich Ihnen den Rest des Gartens."

Nachdem sie einen langen Blick auf die in den Text vertiefte Schriftstellerin geworfen hatte, folgte Meilin ihm in den Garten.

Kapitel 10

Nicolas kam in dem kleinen Ort an, den die ehemalige Kollegin von Bridget erwähnt hatte. Er hoffte, das neue Zuhause der Familie Catus erst einmal unerkannt erkunden zu können. Ihre neue Adresse war noch nirgends verzeichnet, deshalb musste er sich wieder auf seinen Charme und sein Wissen über die Familie verlassen. Es gab hier nur zwei Friseure, deren Geschäfte weit voneinander entfernt an der Hauptstraße des Ortes lagen. Er parkte seinen Wagen in einer Seitenstraße und machte sich zu Fuß auf den Weg. Auf der Geschäftsstraße waren viele Menschen unterwegs, so dass er als Fremder nicht auffiel. Außerdem trug er ganz normale Kleidung: eine Stoffhose und ein legeres Hemd darüber. Seine schlichte Jacke hatte er mittlerweile ausgezogen und sich über die Schulter geworfen.

Er ging mit zielstrebigen Schritten die Straße hinunter, dabei grüßte er die entgegenkommenden Menschen und lächelte ihnen freundlich zu. Vor dem ersten Friseursalon machte er höflich einer älteren Dame Platz, die an ihm vorbei in den Salon gehen wollte. Diese Gelegenheit nutzte er, um durch die geöffnete Tür einen Blick in das Innere des Geschäftes zu werfen. Tatsächlich konnte er kurz Bridgets Gesicht sehen, bevor sich die Tür hinter der Dame wieder schloss.

Nicolas ging schnell weiter, um nicht von ihr gesehen zu werden. Er musste sich erst noch überlegen, ob er die junge Frau ansprechen sollte oder nicht. Deshalb kehrte er wieder zu seinem Wagen zurück und fuhr in eine Straße, von der aus man direkt auf den Friseursalon blickte. Dort parkte er etwas weiter die Straße hinauf, um das Geschäft beobachten zu können ohne selbst gesehen zu werden. Er sah auf die Uhr. Es würde noch eine Weile dauern, bis der Salon schloss und so schaltete er das Radio an, um sich die Zeit zu vertreiben.

Doch lange sollte seine Ruhe nicht währen. Es war ein kleiner Ort, in dem sich die Menschen alle kannten, und darum fiel dieser fremde Wagen auf, der so lange mit dem Fahrer darin parkte. Ein Klopfen schreckte Nicolas aus seinen Gedanken. Er sah sich einem großen älteren Mann gegenüber, der ihm mit Handzeichen zu verstehen gab, er solle das Fenster herunterlassen. Genervt betätigte Nicolas den Knopf an der Tür und sah den Mann fragend an.

„Was machen Sie denn da so lange?", fragte der Alte und blickte neugierig an ihm vorbei ins Innere des Wagens.

Nicolas merkte, dass in ihm Wut aufstieg. Er wollte jetzt auf keinen Fall noch weiter auffallen. Also atmete er tief durch und sah den Mann mit seinem freundlichsten Lächeln ins Gesicht.

„Tut mir leid, wenn ich hier jemandem im Weg bin", sagte er entschuldigend. „Ich habe noch Zeit bis zu einem Termin und wollte hier nur eine kleine Pause machen."

„Na, dann sind Sie hoffentlich weg", meinte der alte Mann, „wenn die Lieferung für die Gaststätte kommt."

„Ich bleibe nicht mehr lange", versprach Nicolas ihm und ließ das Fenster wieder hochfahren.

In Ruhe schaltete er das Radio aus, legte die Jacke, die er vorher achtlos auf den Beifahrersitz geworfen hatte, auf den Rücksitz, schnallte sich an und startete den Wagen. Er hob die linke Hand zum Gruß und lächelte dem Mann zum Abschied zu. Dann fuhr er gemächlich los.

„Mist!", schimpfte er. „Das war ein hervorragender Platz gewesen. Jetzt muss ich mir etwas Anderes überlegen."

Er fuhr weiter durch den kleinen Ort, um sich ein Zimmer für die Nacht zu suchen. Als er ein ansprechendes kleines Hotel gefunden hatte und auf den seitlich davon liegenden Parkplatz einbog, sah er ein Plakat, das ihn auf eine Idee brachte. Nachdem er seinen Wagen abgestellt hatte, ging er zum Eingang des Hotels. Auf dem Weg dorthin blieb er vor dem Plakat stehen, um es sich durchzulesen.

„Ja", flüsterte er leise und auf seinem Gesicht breitete sich ein zufriedenes Lächeln aus.

Auf dem Plakat wurde ein Sommerfest für den morgigen Tag angekündigt. Die Tatsache, dass es eine Art Volksfest sein würde mit Buden und Fahrgeschäften, ließ ihn sicher sein, dort auf die Kinder der Familie Catus zu treffen. Diese Gelegenheit würden sich die fünf bei ihrer Liebe zum fahrenden Volk nicht entgehen lassen. Mit sich und der Welt wieder einigermaßen versöhnt betrat er das Hotel.

Kapitel 11

„Heute werde ich die Praxis früher schließen", sagte Peter, als er in die Küche zum Frühstück kam. Er nahm sich die Kaffeekanne, goss sich eine Tasse ein und setzte sich seiner Schwester gegenüber an den Tisch. „Ich will nämlich zum Sommerfest gehen, das schon um zwei Uhr beginnt."

Bei seinen Worten breitete sich ein Lächeln auf dem Gesicht seiner Schwester aus und ehe sie etwas sagen konnte, hob er die Hand und drohte: „Sag jetzt nichts. Du weißt, dass ich gerne auf Volksfeste gehe."

„Ja, aber nur mit einer hübschen weiblichen Begleitung." Josefine konnte sich diesen Seitenhieb nicht verkneifen.

Als sie sein verärgertes Gesicht sah, setzte sie etwas sanfter hinzu: „Nimm mich nicht so ernst, Bruderherz. Ich freue mich doch, wenn du dich endlich wieder für jemand anderen außer deinen Patienten interessierst. Es ist für uns beide wahrscheinlich schon so lange her, das wir es komisch finden."

Peter nickte und nahm sich eine Scheibe Brot, bestrich es mit Butter und Kirschmarmelade.

„Du hast recht. Gestern habe ich Meilin zum Sommerfest eingeladen. Und weißt du was?"

Seine Schwester sah ihn fragend an.

„Sie hat sich über diese Einladung sehr gefreut und sie angenommen."

„Das ist schön für dich", erwiderte Josefine mit einem neckenden Unterton. „Aber wer begleitet mich zum Fest? Oder meinst du, dass ich nicht hingehen möchte?"

Ihr Bruder sah sie beschämt an, denn er hatte tatsächlich angenommen, dass sie zu einem Volksfest nicht mitgekommen wäre.

„Ich dachte, dass du mit deinem Buch zu viel zu tun hast, um dich durch so etwas von der Arbeit ablenken zu lassen."

„Guter Versuch, Peter." Josefine grinste. „Aber diesmal möchte ich verwegen sein und mich zwischendurch auch einmal amüsieren."

„Dann gehen wir eben zu dritt."

„Bloß nicht!", entfuhr es seiner Schwester. „Schlimmer als zu Hause zu bleiben, ist es das fünfte Rad am Wagen zu sein."

„Du wärst aber nur das dritte Rad. — Au!"

Josefine hatte ihm unter dem Tisch gegen das Schienbein getreten.

„Sei nicht so frech zu deiner großen Schwester. Ich werde mich auch alleine auf dem Fest amüsieren. Keine Angst."

Kapitel 12

Nicolas stand am nächsten Morgen gut gelaunt auf, zog sich an und ging dann hinunter in den Speisesaal des Hotels, um zu frühstücken. Dabei lächelte er jeden Menschen an, der ihm begegnete. Er freute sich schon auf diesen Tag, an dem er endlich wieder seiner Gemeinschaft einen Dienst erweisen konnte.

Nach einem ausgiebigen und ausgezeichneten Frühstück machte er sich zu Fuß auf den Weg in den Ort. Er wollte sich vor dem Beginn des Sommerfestes heute Nachmittag noch einen Überblick über die Örtlichkeiten verschaffen. Denn wenn er eines der Kinder entführen wollte, musste er es ohne großes Aufsehen zu erregen von hier wegbringen. Also spazierte er durch den Ort und sah sich den Platz an, an dem das Sommerfest stattfinden sollte.

Ein paar Straßen am Rande des Ortes waren bereits von der Polizei abgesperrt worden und die ersten Stände und Fahrgeschäfte waren schon aufgebaut. Der ganze Bereich wimmelte aber immer noch von Menschen, die eifrig mit dem Aufbauen und Einrichten beschäftigt waren.

Ruhigen Schrittes marschierte Nicolas an der Absperrung vorbei und bog in eine Seitenstraße ein, die nicht abgeriegelt worden war. Auf diese Weise umrundete er das Areal des Festes und hatte eine Stelle gefunden, an dem er seinen Wagen unauffällig parken konnte und die trotzdem noch nahe genug war, um schnell mit dem Kind dorthin zu gelangen. Ein Blick auf seine Uhr sagte ihm, dass es nicht mehr lange dauern würde bis die ersten Besucher auf das

Festgelände kommen würden. Deshalb beeilte er sich, seinen Wagen an die Stelle zu fahren, die er ausgewählt hatte.

Dort angekommen, sah er im Handschuhfach nach dem kleinen Fläschchen mit der gelben Flüssigkeit. Er nahm es heraus und steckte es sich in seine Jackentasche. Er würde es brauchen, um das Kind so weit zu betäuben, dass es sich willig zum Auto führen lassen würde. Nicolas schloss einen Moment die Augen und atmete tief ein und aus. Diesmal durfte nichts schief gehen. Als er die Augen wieder öffnete, war er nicht nur ruhiger, sondern auch sicher seine Aufgabe erfüllen zu können. Dann stieg er aus, zauberte ein unwiderstehliches Lächeln auf sein Gesicht und ging auf das Sommerfest.

Kapitel 13

Der Vormittag verging für die Geschwister Mann wie im Fluge. Nachdem Peter die Praxis abgeschlossen hatte, gingen sie in ihre Wohnungen, um sich für das Sommerfest umzuziehen. Als die beiden aus dem Haus traten, stieß Josefine ihren Bruder an.

„Nimmst du mich denn wenigstens in den Ort mit?", fragte sie. „Es gibt diesen herrlichen Weinstand und ich fände es schade, nicht ein paar Gläser probieren zu können. Also was ist, Peter?"

Ihr Bruder sah sie einen Moment unschlüssig an. Doch dann gab er sich einen Ruck und nickte. „Gut, wenn du schon alleine zum Fest gehen musst, dann sollst du auch etwas trinken können."

Seine Schwester grinste und schlug ihm kräftig auf den Rücken. „Na, dann komm!"

Sie stiegen in Peters Auto und fuhren die kurze Strecke bis zu ihren Nachbarn. An der Auffahrt zu deren Grundstück wartete schon Meilin in einem schwarz-weißen Kleid, das weich an ihrem schlanken Körper herabfiel. Der Rest der Familie Catus hatte sich ebenfalls an der Straße versammelt, um die Nachbarn zu begrüßen.

„Was ist das eigentlich für ein Fest?", fragte Florian und sah Josefine an.

Sie antwortete, dass es ein Volksfest sei, mit Fahrgeschäften und Buden und Ständen, die die verschiedensten Sachen feilboten.

„Das hört sich interessant an", meinte der junge Mann und drehte sich zu seiner Schwester Bridget um.

„Wollen wir uns das auch mal ansehen?"

Bridgets Augen fingen an zu leuchten. „Ja, das wäre toll. Im Salon haben sie auch schon davon geschwärmt."

Florian sah die anderen Familienmitglieder an und alle nickten erfreut. Sie hatten sich in der kurzen Zeit noch nicht an das ruhige Leben auf dem Lande gewöhnt. Ihnen fehlten die Lokale, Kinos und Theater. Hier draußen fühlten sie häufig eine Langeweile, die sie in der Stadt so nie gekannt hatten, weil es immer etwas gab, das sie unternehmen konnten.

Also warteten Peter, Josefine und Meilin, bis die anderen sich in den großen Wagen der Familie Catus gesetzt hatten und sie gemeinsam in den Ort fahren konnten. Peter fuhr vorweg, um dem Fahrer des folgenden Wagens den Weg zu zeigen. Es dauerte nicht lange und sie hatten den Ort erreicht. Sie wurden durch freiwillige Helfer auf eine Wiese gelotst, die extra für dieses Fest in einen Parkplatz umfunktioniert worden war. Peter und Florian parkten ihre jeweiligen Fahrzeuge nebeneinander auf der Wiese. Die fröhliche kleine Gesellschaft stieg aus und machte sich auf den Weg zum Festplatz. Florian, Bridget und Monika sahen sich fasziniert um und liefen sofort los, um die Fahrgeschäfte auszuprobieren.

Elisabeth und Katinka dagegen gingen langsam die Reihen der Verkaufsstände ab, wobei sie sich angeregt unterhielten. Meilin und Peter zogen ihrerseits los, um sich die verschiedenen Attraktionen anzusehen. Nur Josefine blieb allein am Eingang des Festplatzes stehen und sah sich das bunte Treiben in Ruhe an. Sie liebte es, Menschen zu beobachten. Dabei überlegte sie oft, welche Geschichte hinter jedem von ihnen stecken könnte: Was taten sie beruflich? Hatten sie Familie? Was war gerade in ihrem Leben geschehen? Manchmal verlor sie sich regelrecht in diesen Überlegungen und musste sich zwingen wieder zurück in die Realität zu kommen. Sie unterbrach ihren Gedankengang und machte sich auf die Suche nach dem Weinstand, von dem sie schon so viel gehört hatte.

Nach einiger Zeit fand sie ihn auch etwas versteckt zwischen einem Fahrgeschäft und einer Imbissbude. Die Auswahl der Weine war wirklich hervorragend. Also bestellte Josefine ein Glas Rotwein und setzte sich an einen Tisch, von dem aus sie das Treiben in der Marktstraße beobachten konnte. Sie hatte das Glas fast ausgetrunken, als sie Elisabeth und Katinka zum Weinstand kommen sah und machte ihnen ein Zeichen sich zu ihr zu setzen. Die beiden Frauen holten sich auch jede ein Glas Wein und nahmen an ihrem Tisch Platz.

„Sie haben sich den besten Stand des ganzen Festes ausgesucht", bemerkte Elisabeth lächelnd. „Der Wein ist wirklich hervorragend."

Josefine nickte zustimmend und drehte sich dann zu der jungen eleganten Frau um. „Wie gefällt dir denn dieses Fest?"

Katinka ließ ihren Blick über die angrenzenden Buden und Fahrgeschäfte streifen und lehnte sich dann zufrieden in ihren Stuhl zurück.

„Es ist schön, wieder etwas Schaustellerluft zu schnuppern", sagte sie mit einem wehmütigen Lächeln.

Meilin und Peter hatten sich in der Zwischenzeit die Verkaufsstände angesehen und fuhren in einem der Fahrgeschäfte mit. Sie saßen in einer Gondel, die sich um sich selbst drehte und dabei an einem Gestell hing, das sich ebenfalls drehte. Die beiden lachten und schrien vor Vergnügen. Als die Fahrt ihrem Ende zu ging und die Gondel sich immer langsamer drehte und dann zum Stillstand kam, sahen Peter und Meilin sich in die Augen.

„Das war richtig gut", sagte Peter. „Wollen wir noch einmal mitfahren?"

„Oh, nein, dann wird mir bestimmt schlecht", erwiderte Meilin lachend. „Lass uns lieber sehen, was es noch für Attraktionen hier gibt."

Peter war einverstanden und so stiegen sie aus der Gondel. Als sie wieder festen Boden unter den Füssen hatten, bemerkten sie, dass sie Schwierigkeiten hatten, gerade zu gehen. Lachend halfen sie sich gegenseitig, die kleine Treppe vom Fahrgeschäft hinunterzusteigen. Unten angekommen, mochte Peter seinen Arm gar nicht von Meilin lösen. Am liebsten wäre er den ganzen Tag so herumgegangen. Doch die junge Frau befreite sich aus seiner Umarmung und strebte auf eine Wurfbude zu.

„Komm", rief sie ihm zu. „Lass uns ein paar Würfe machen."

Nachdem Meilin den größten Teddybär der Bude gewonnen hatte und Peter nur einen Trostpreis in Form einer Plastikblume ergattert hatte, machten sich die beiden weiter auf den Weg über den Festplatz.

„Sieh mal", rief Meilin plötzlich und zeigte zu einem Stand in der Ferne. „Dort hinten sind deine Schwester, meine Mutter und Katinka. Lass uns zu ihnen gehen und etwas mit ihnen trinken."

Nach einem kurzen Moment des Zögerns stimmte Peter zu. Er wäre gerne noch mit Meilin allein gewesen, aber sein schlechtes Gewissen gegenüber seiner Schwester ließ ihn dann doch bereitwillig zu den anderen gehen. Die beiden erreichten gerade die kleine Gruppe, als Josefine lauthals über etwas lachte, dass Katinka gesagt hatte.

„Du bist ja gar nicht alleine, Jo!", sagte Peter gespielt vorwurfsvoll, als sie den Tisch der drei erreicht hatten. „Du scheinst dich gut zu amüsieren."

Josefine grinste ihn an. „Wie es scheint, habt ihr ebenfalls Spaß gehabt. Ich wusste gar nicht, dass du so gut zielen kannst, Bruderherz." Damit deutete sie auf das große Stofftier in Meilins Arm.

„Kann ich auch nicht", erwiderte Peter. „Den Teddy hat Meilin selbst gewonnen. Ich habe nur diese kleine Plastikblume bekommen."

Er zog sie aus seiner Jackentasche und überreichte sie seiner Schwester. Diese hob die Augenbrauen, nahm die Blume entgegen und war für einen Moment sprachlos.

Katinka ließ ihren Blick über die benachbarten Stände schweifen, dabei meinte sie ein bekanntes Gesicht gesehen zu haben. Sie nickte ihrer Mutter zu und verabschiedete sich von der kleinen Gruppe. Dabei sah ihr Elisabeth beunruhigt hinterher.

Kapitel 14

Nicolas schlenderte von Stand zu Stand, plauderte hier und dort mit jemandem und hielt dabei die ganze Zeit nach den Kindern der Familie Catus Ausschau. Seine Geduld wurde auch diesmal auf die Probe gestellt, denn es dauerte eine ganze Weile, bis er sie erspäht hatte. Zu seiner Freude sah er, dass sich die kleine Gruppe am Eingang des Festes trennte. Aber als er sah, wie die Familie Catus mit zwei ihm unbekannten Menschen sprach und einer von ihnen dann mit der ältesten Tochter loszog, stieg in ihm Wut auf. Diese Menschen - er konnte spüren, dass sie nur einfache Menschen waren - sollten ihm besser nicht bei seinem Auftrag im Wege stehen.

Er folgte Florian, Bridget und Monika mit genügend Abstand, damit sie ihn nicht bemerkten, und beobachtete wie sie von einem Fahrgeschäft zum anderen gingen und mit jedem eine Fahrt machten. Florians Anwesenheit ließ Nicolas bei seiner Verfolgung sehr vorsichtig vorgehen, denn dieser hatte ihm schon früher nicht getraut. Falls er von dem Jungen entdeckt wurde, könnte er ihm in die Quere kommen und vielleicht sogar sein Vorhaben vereiteln.

Nicolas sah seinen Moment gekommen, als Bridget sich aus der Gruppe löste und alleine wegging. Er hatte ihre Unterhaltung nicht mithören können, und so wusste er nicht, wohin sie wollte. Doch bald sah er, dass sie auf einen großen Wagen zusteuerte, dessen Gestank ihm schon aus der Ferne den Atem nahm. Er sah sie darin verschwinden und wartete geduldig auf ihr Wiedererscheinen. Die Zeit nutzte er, um sich einen Platz an einem der Stände zu suchen, an dem Bridget ihn auf ihrem Rückweg sofort erblicken würde.

Tatsächlich dauerte es nicht lange, bis sie herauskam. Kein Wunder, dachte er, bei diesem Gestank wäre ich erst gar nicht hineingegangen. Seine Augen blitzten die junge Frau verschmitzt an, die abrupt stehen blieb, als sie den gutaussehenden Mann erkannte. Der Ausdruck der Verwirrung auf ihrem Gesicht wich einem freudigen Erkennen und sie kam zu ihm herüber.

„Nicolas!", sagte sie, „was machst du denn hier?"

„Hallo, Bridget." Seine Stimme klang überrascht und hocherfreut. „Ich hatte hier in der Nähe zu tun und als ich diese Buden und Fahrgeschäfte sah, musste ich an unsere gemeinsame Zeit denken."

Die junge Frau strahlte übers ganze Gesicht. Zusammen mit ihm und ihrer Mutter hatte sie immer viel Spaß gehabt. Damals hatte sie nicht gewusst, was diese Ausflüge ohne ihre Geschwister bedeuteten, so dass es in ihrer Erinnerung eine schöne Zeit gewesen war.

„Schön das ich dich hier getroffen habe", sagte sie und musterte ihn von oben bis unten. „Du hast dich überhaupt nicht verändert."

Nicolas lächelte. „Du aber schon. Du bist eine wirklich schöne Frau geworden."

Dabei legte er einen Hauch von Anzüglichkeit in seinen Blick und wurde prompt mit dem schönsten Lächeln belohnt, dass Bridget machen konnte.

„Lass uns zur Feier unseres Wiedersehens etwas trinken", schlug er vor und führte sie zu einem Stand, der ein Stückchen weiter weg lag und von dem aus er schnell zu seinem Wagen kommen konnte.

„Was möchtest du trinken?", fragte er sie, als sie den Getränkestand erreicht hatten. „Oder lass mich auswählen. In Ordnung?"

Bridget nickte nur. Sie fühlte sich wieder wie ein kleines Mädchen, dass mit den Großen mitspielen durfte. Nicolas stellte sich auf der anderen Seite des Standes in die Schlange, um die Getränke zu holen. Als die Gläser vor ihm auf dem Tresen standen, blickte er sich erst verstohlen um, ob ihn jemand beobachtete, und tropfte dann aus dem kleinen Fläschchen etwas in eines von ihnen. Er kehrte lächelnd zu Bridget zurück und überreichte es ihr.

„Auf unser Wiedersehen", sagte er und stieß mit seinem Glas an ihres.

„Ja, auf unser Wiedersehen", erwiderte sie freudig.

Die beiden unterhielten sich eine Weile über alle möglichen Dinge. Nicolas fragte sie nach ihrer neuen Arbeitsstelle und wo die Familie jetzt wohnte. Gerade als Bridget so richtig in Schwung gekommen war und ihm von ihrem neuen Leben hier auf dem Lande erzählen wollte, wurde ihr plötzlich schwindelig. Besorgt hielt Nicolas sie am Ellbogen fest, damit sie nicht hinfiel.

„Was ist Bridget?", fragte er. „Geht es dir nicht gut?"

„Mir ist nur schwindelig geworden", antwortete sie und versuchte, sich an einem der Stehtische festzuhalten. „Wahrscheinlich bin ich den Sekt nicht gewohnt. Es geht mir sicher gleich besser."

Doch der Schwindel verging nicht, es kam noch Übelkeit hinzu.

„Komm Bridget!", sagte Nicolas. „Wir gehen hier weg und suchen dir einen Platz, an dem es ruhig ist und du dich hinsetzen kannst."

Bridget fühlte sich so schlecht, dass sie nur noch nicken konnte, um ihm ihr Einverständnis zu signalisieren. Er nahm den Arm der jungen Frau und ging mit ihr in die Richtung, in der sein Wagen geparkt war. Wie er es geplant hatte, beachtete sie keiner der Jahrmarktbesucher, so dass er es schaffte Bridget ungehindert in seinen Wagen zu verfrachten und mit ihr aus dem Ort zu verschwinden.

Kapitel 15

„Meilin, vorhin habe ich einen Stand mit hübschem Geschirr gesehen" sagte Elisabeth zu ihrer Tochter. „Beim Umzug ist doch so viel zu Bruch gegangen, dass wir dringend etwas dazukaufen sollten. Willst du mir bei der Auswahl helfen?"

Der Blick ihrer Mutter war so eindringlich, dass Meilin nicht widersprechen konnte. Also gingen die beiden los, und ein enttäuschter Peter blieb mit seiner Schwester zurück.

„Unsere neuen Nachbarn sind wirklich ganz einzigartig", begann Josefine. „Du musst dir mal die Zirkusgeschichten von Katinka anhören. Darüber könnte sie fast ein Buch schreiben."

Ihr Bruder lachte auf. „Sicher, für dich kann man aus jeder Geschichte einen Roman machen."

Sie zuckte mit den Schultern. „Das ist ja auch so. Es gibt so viele herrliche Geschichten, die es lohnt, festzuhalten. Was wären wir Menschen ohne unsere Phantasie? Es ist nicht eine physische Besonderheit oder gar unsere – übrigens oft überschätzte - Intelligenz, die uns von den Tieren unterscheidet, sondern unsere Fähigkeit in unseren Gedanken eine Welt außerhalb der Realität zu erschaffen und ..."

Peter hob resigniert seine Hand, um den Redefluss seiner Schwester zu stoppen.

„Bitte nicht, Jo", bat er. „Ich weiß, dass du gerne philosophierst, aber mir ist im Moment gar nicht danach. Lass uns lieber nachsehen, wo die anderen geblieben sind."

Einen Moment lang sah sie ihn verstimmt an, doch dann hob sie ihr Glas und grinste.

„Das Glas ist auch schon leer. Lass uns weitergehen und die anderen suchen."

Sie verließen den Weinstand und gingen den Hauptweg des Festplatzes entlang. Sie redeten entspannt miteinander und hielten dabei Ausschau nach ihren Nachbarn. Das Treiben auf den Wegen wurde immer stärker, so dass sie Mühe hatten, unter den vielen Menschen die anderen wiederzufinden.

Schließlich entdeckte Josefine an einem der Verkaufsstände für Gewürze Florian, der dort in einem Gespräch mit dem Verkäufer vertieft war. Die Geschwister näherten sich ihrem Nachbarn und Peter schlug ihm kameradschaftlich auf die Schulter.

„Hallo, Florian!", sagte er. „Wo ist denn der Rest deiner Familie?"

Der junge Mann zuckte unter dem Schlag zusammen und sah den älteren Mann unsicher an.

„Oh, Peter", bekam er schließlich heraus. „Ich weiß nicht, wo alle sind. Ich wollte hier nur ein paar Gewürze kaufen und dann zurück zum Eingang des Festplatzes gehen, um mich mit den anderen zu treffen."

„Gut, dann kommen wir mit", meinte Peter.

Florian widmete seine Aufmerksamkeit wieder den Gewürzen, während die Geschwister sich leise unterhielten. Als der Einkauf erledigt war, machten sich die drei auf den Weg zum Treffpunkt. Dort trafen sie Katinka, Monika und Meilin an, die jede eine große Zuckerwatte in den Händen hielten und sie genüsslich aßen.

„Hallo!", rief Florian schon von weitem und schwenkte seine Tüte mit den Gewürzen. „Ich habe alles, was ich brauche. Nun will ich nach Hause und dieses Rezept ausprobieren, für das mir die richtigen Zutaten fehlten."

Er sah sich suchend in der Menge um. „Wo sind denn Mutter und Bridget?"

Katinka zuckte nur mit den Schultern und aß weiter ihre Zuckerwatte.

„Mutter wollte nach dem Geschirr auch noch Tischdecken kaufen, da bin ich schon mal vorausgegangen", bemerkte Meilin. „Wahrscheinlich taucht sie bald auf. Das schmeckt toll, Florian. Willst du mal probieren?"

Ihr Bruder schüttelte den Kopf, während er mit einem besorgten Blick die Menschen um sie herum musterte. Zu seiner Erleichterung erschien in diesem Moment die Mutter der jungen Leute am Treffpunkt und grüßte sie mit einem breiten Lächeln.

„Dann können wir ja aufbrechen, damit ...", setzte sie an, um sich dann suchend umzusehen. „Wo ist Bridget?"

Die anderen sahen sich gegenseitig verunsichert an.

„Sie ist noch nicht hier", sagte Meilin. „Wahrscheinlich hat sie einen Stand mit Klamotten gefunden, von dem sie sich nicht trennen kann. Sie wird sicher bald eintreffen."

Die Mutter blickte immer noch suchend über die Menge der Menschen auf dem Platz.

„Das hoffe ich auch", flüsterte sie leise, wobei sich ihre linke Hand um den Riemen ihrer Tasche krampfte. Ein ungutes Gefühl begann sich in ihrem Inneren auszubreiten und sie erinnerte sich mit wachsendem Entsetzen an die Unterredung im Haus ihrer Schwiegereltern. Konnte es wirklich wahr sein? Sie hatte die Gefahr, die ihr Schwiegervater vorhergesehen hatte, nicht ernst genommen. Das waren doch alte Geschichten gewesen, an die niemand mehr richtig dachte.

Doch jetzt war daraus Realität geworden und bei diesem Gedanken meinte sie, den Boden unter ihren Füßen zu verlieren, während sich in ihrem Kopf ein Gefühl der Leere ausbreitete. Was sollte sie tun, wenn jemand Bridget entführt hatte? Wer konnte ihnen helfen?

„Bridget ist ja kein Kind mehr. Sie wird mit Sicherheit gleich um die Ecke kommen." Josefine hatte die Angst der Mutter bemerkt und versuchte, sie etwas zu beruhigen. „Wenn sie in zehn Minuten nicht hier ist, werden wir sie suchen gehen."

Die kleine Gruppe stand schweigend am Rande des Festplatzes, während alle nach der jungen Frau Ausschau hielten. Die Minuten zogen sich lang hin. Josefine fing als Erste an, sich Gedanken über eine Suche zu machen.

„Ich denke, es ist das Beste, wenn wir uns aufteilen und jeder alleine suchen geht."

Sie sah die um sie versammelte Gruppe nacheinander an.

„Jeder sucht einen Abschnitt ab. Peter, Katinka und Monika halten sich links. Meilin, Elisabeth, und Florian gehen nach rechts."

„Und was ist mit dir?", fragte ihr Bruder.

„Ich werde den Hauptweg nehmen und am Ende auf euch alle warten. Einverstanden?"

Die kleine Gruppe nickte ihr zu. Jeder Einzelne machte sich dann auf seinen Weg. Josefine sah ihnen noch einen Moment lang nach und nahm dann den Hauptweg, um die verschwundene junge Frau zu finden. Es war nicht leicht in der Menge ein bestimmtes Gesicht zu erkennen, aber sie nahm sich Zeit, um jedes von ihnen genau zu betrachten.

Sie hoffte, dass sie Bridget schnell finden würden. Es wäre schrecklich für die Familie, wenn sie verschwunden bliebe.

Auch die anderen hatten bei der Suche Zeit, sich mit den Horrorszenarien auseinanderzusetzen, die sich in ihren Köpfen entwickelten. Aber sie versuchten auch die leise Hoffnung, dass es eine harmlose Erklärung für Bridgets Verschwinden gab, nicht zu verlieren. Nach einer halben Stunde trafen sich dann alle auf der gegenüberliegenden Seite des Festplatzes. Doch niemand von ihnen hatte auch nur einen Hinweis darauf erhalten, wo Bridget sein könnte.

Elisabeth wurde vor Sorgen schlecht. Sie hatte das Gefühl, dass sie sofort nach Hause fahren sollten, und so drängte sie die anderen, das Fest zu verlassen.

„Vielleicht wartet sie ja zu Hause auf uns", meinte sie zögernd.

Die anderen wussten auch nicht mehr weiter und so machten sie sich auf den Weg zu ihren Wagen. Die Geschwister hegten noch die schwache Hoffnung, dort auf Bridget zu treffen. Aber die verschwand, als sie dort ankamen. Weit und breit war niemand zu sehen, der sich bei den Wagen aufhielt. Also stiegen alle ein und fuhren nach Hause.

Die kurze Strecke legten sie schweigend zurück, denn jeder war mit seinen eigenen Gedanken beschäftigt. Elisabeth überlegte angestrengt, was sie jetzt machen sollte. Natürlich musste sie ihren Mann informieren, aber weil es in seinem Versteck kein Telefon gab, hätte sie zu ihm fahren müssen, doch dann könnte ihr jemand dorthin folgen. Sie sollte vielleicht warten, bis die Entführer ihr eine Nachricht geschickt hatten. Dann würde sie besser abschätzen können, welche Schritte angemessen waren.

Die beiden Wagen hielten auf dem Hof des Catus-Hauses, woraufhin eine stumme Gesellschaft ausstieg und ins Haus ging. Elisabeth schloss die Haustür auf und ließ alle eintreten. Obwohl die Situation so schrecklich war, sahen sich Peter und Josefine gespannt in den Räumen um, durch die sie gingen. Man sah, dass die Familie noch nicht lange eingezogen war, denn es standen überall noch Kartons und Kisten herum und an den Wänden hingen weder Bilder noch Fotos.

Florian führte alle in das größte Zimmer, in dem es am einen Ende einen langen Esstisch mit acht Stühlen gab und am anderen eine Sitzecke mit drei breiten Sofas und zwei Sesseln, die um einen flachen, runden Glastisch gruppiert waren. Als jeder einen Platz auf den Sitzmöbeln gefunden hatte, kam Elisabeth mit einer Kanne Limonade und Gläsern aus der Küche. Sie verteilte das Getränk an die Gäste und ihre Kinder, und setzte sich dann schweigend zu ihnen. Eine Weile tranken alle stumm aus ihren Gläsern, wobei sich die jungen Leute ratlose Blicke zuwarfen.

„Wenn sie morgen auch noch nicht zu Hause ist, müsst ihr eine Vermisstenanzeige aufgeben", unterbrach Josefine die bedrückende Stille.

Sie sah Elisabeth an, die nervös mit ihrer Halskette spielte und mit ihren Gedanken ganz woanders zu sein schien.

„Das denke ich auch", stimmte Florian zu. „Heute Abend können wir nichts mehr ausrichten. Also solltet ihr nach Hause gehen, Peter und Josefine. Wir werden euch gleich morgen früh benachrichtigen, ob sich etwas getan hat."

Peter sah seine Schwester an, deren Stirn sich in Falten legte. Er wusste, dass es ein Zeichen für Verärgerung war und wartete gespannt ab, was sie sagen würde.

„Das hier ist eine schwierige Situation für euch alle", meinte Josefine in sachlichem Ton. „Was auch immer mit Bridget geschehen ist, ihr könnt Beistand gut gebrauchen."

„Das ist sehr nett von euch", meldete sich Elisabeth zu Wort. „Aber Florian hat recht. Im Moment können wir nichts weiter tun als abwarten. Warum sollt ihr ebenfalls die ganze Nacht aufbleiben? Das hilft niemandem."

Sie legte ihre Hand auf die von Josefine, die neben ihr saß. „Geht nach Hause."

Peter bekam das Gefühl, dass Elisabeth sie nicht schnell genug aus dem Haus haben konnte. Er sah zu seiner Schwester hinüber, denn er wusste, dass sie es nicht mochte, wenn jemand sie loswerden wollte, und rechnete deshalb mit einer langen Diskussion von ihr. Doch überraschenderweise nickte Josefine zustimmend.

„Ihr habt recht. Nach einer Mütze Schlaf sieht alles wahrscheinlich nicht mehr ganz so schlimm aus. Bridget ist dann vielleicht auch schon wieder zu Hause." Sie stand auf und verabschiedete sich von der Familie.

Peter tat es ihr gleich und verließ mit ihr das Haus der Nachbarn. Den kurzen Weg nach Hause legten die beiden schweigend und in gedrückter Stimmung zurück. Er musterte seine Schwester aus den Augenwinkeln und erkannte nun doch Verärgerung in ihrem Gesicht. Aber er wagte nicht, das anzusprechen, denn aus Erfahrung wusste er, dass sie in dieser Stimmung nicht angesprochen werden wollte. Wenn er also kein Wortgefecht riskieren wollte, musste er seinen Mund halten und darauf warten, dass sie von selbst anfing zu reden. Josefine tat ihm jedoch diesen Gefallen nicht. So gingen sie, ohne noch ein Wort gewechselt zu haben, in ihre jeweiligen Wohnungen.

Kapitel 16

Als die beiden Geschwister das Catus-Haus verlassen hatten, ließ Elisabeth ihre Kinder wieder im Wohnzimmer Platz nehmen, um ihnen die Situation zu erklären.

„Ich muss euch etwas sagen", begann sie und sah ihre vier Kinder nacheinander an. „Der wirkliche Grund für unseren Umzug hierher ist, dass wir so etwas wie heute befürchtet haben."

„Was meinst du damit?", fragte Florian. „Wir wissen doch gar nicht, was mit Bridget ist. Vielleicht hat sie eine Freundin getroffen und sich verquatscht, oder so."

„Das glaube ich nicht", entgegnete seine Mutter. „Ich werde es euch erklären. Wir waren doch in diesem Jahr nicht zum Jahrestag am Grab eures Vaters."

Die Geschwister nickten stumm.

„Es war nicht deshalb, weil ich einen so wichtigen Termin hatte. An jenem Tag habe ich einen Anruf von eurem Großvater erhalten, der mich zu sich bat."

Die Kinder sahen ihre Mutter ungläubig an, denn sie wussten, dass die Familie von ihrem Vater nichts mit ihrer Mutter zu tun haben wollte.

„Ich habe mich auch gewundert", sagte die Mutter und ein schwaches Lächeln erschien auf ihrem Gesicht, das jedoch sofort wieder der ernsten Miene wich. „Aber er war sehr bestimmt und seine Worte so eindringlich, dass ich mich auf den Weg gemacht habe. Als ich später dort ankam, bekam ich einen riesigen Schreck."

Die Mutter machte eine Pause, währenddessen die Geschwister gespannt darauf warteten, dass sie weitersprach.

„Vor mir saß Robert in Fleisch und Blut. Euer Vater sah zwar mitgenommen aus, aber er war lebendig."

„Was?", riefen die Kinder ungläubig.

„Was erzählst du uns da." Florian war skeptisch. „Das kann unmöglich unser Vater sein. Er wurde von diesem Ailuro getötet."

„Das ist richtig und auch nicht", erwiderte die Mutter. „Ich weiß nicht warum, aber dieser Ailuro hat Robert mit einem besonderen Messer erstochen, das ihn zwar getötet hat, aber seinen Körper nicht verwesen ließ. Die Wirkung hielt zehn Jahre an und jetzt ist er wie aus einem langen Schlaf aufgewacht."

„Das ist unglaublich!", rief Katinka aus und kratzte sich am Hinterkopf. „Ich komme mir vor wie in einem Märchen. Das kann es doch nicht wirklich geben, oder?"

Für einen Moment sagte niemand etwas. Alle hingen ihren eigenen Gedanken nach.

„Das Problem ist nur, dass eben auch Ailuro weiß, dass Robert jetzt wieder erwachen kann", sagte Elisabeth seufzend. „Deshalb war sich euer Großvater sehr sicher, dass die Bruderschaft versuchen würde, ihn daran zu hindern wieder gegen sie vorzugehen. Er hat vorausgesehen, dass sie eines von euch Kindern entführen würden, um Robert zum Aufgeben zu bringen."

Florian schüttelte den Kopf. „Das glaube ich nicht. Wie sollten sie an Bridget herankommen, da sie doch kein kleines Kind ist, das man einfach so kidnappen kann."

Seine Mutter sah ihn traurig an. „Selbst Erwachsene kann man einfach kidnappen. Besonders wenn das Opfer nicht darauf gefasst ist."

„Aber wenn Bridget entführt worden wäre", meldete sich Meilin zu Wort, „dann hätten die Entführer doch mit Sicherheit längst zu uns Kontakt aufgenommen und ihre Forderungen gestellt."

Dabei sah sie hoffnungsvoll in die Runde, doch ihre Mutter schüttelte den Kopf.

„Wahrscheinlich wollen sie, dass unsere Sorgen sich erst noch etwas verstärken. Wenn wir dann ganz verzweifelt sind, haben sie emotional ein leichtes Spiel mit uns. Deshalb müssen wir uns etwas überlegen."

In diesem Moment klingelte das Telefon auf dem Beistelltisch im Wohnzimmer. Niemand wagte sich zu bewegen, bis Elisabeth sich aus ihrer Erstarrung lösen konnte und den Hörer abnahm. Nachdem sie sich gemeldet hatte, hörte sie erst einmal nichts.

„Hallo, Lissy!", sagte dann eine ihr wohlbekannte männliche Stimme. „Vermisst ihr jemanden?"

„Was willst du?", fragte die Mutter mit einem eisigen Ton in der Stimme.

Obwohl die Sorge um ihre Tochter ihr die Tränen in die Augen trieb, machte der Gedanke sie wütend, dass ihr ehemaliger Geliebter etwas mit deren Entführung zu tun hatte.

„Wenn dein Robert uns nicht in Ruhe lässt, werdet ihr eure Bridget nicht mehr wiedersehen", erklärte der Mann ungerührt. „Was dann mit ihr passieren würde, wollt ihr euch überhaupt nicht vorstellen."

Elisabeth hatte Mühe etwas zu verstehen, denn ihr Herz schlug so laut, dass sie meinte nichts anderes hören zu können.

„Lissy, bist du noch dran?" Der Mann am anderen Ende wurde ungeduldig. „Sag Robert, dass mit uns nicht zu spaßen ist. Wir meinen es diesmal ernst und Bridget wird nicht wie er nach vielen Jahren wieder erwachen. Das kann ich euch versprechen. Also, wirst du ihm diese Botschaft überbringen?"

„Ja!", sagte Elisabeth. „Obwohl das wohl kaum die feine Art ist mit Freunden umzugehen. Ich ..."

Doch am anderen Ende war niemand mehr. Ihr klang nur das Freizeichen im Ohr. Sie drehte sich zu ihren Kindern um und sah sie verzweifelt an.

„Das war Nicolas. Er will, dass Robert nichts gegen die Bruderschaft unternimmt, sonst wird Bridget etwas passieren."

„Was?", entrüstete sich Monika. „Wieso Nicolas. Was hat er damit zu tun?"

Elisabeth schüttelte den Kopf. „Ich weiß es nicht. Aber wahrscheinlich gehört er jetzt auch zur Orulia. Also, was sollen wir tun."

„Natürlich Vater benachrichtigen", meinte Florian. „Er wird schon einen Weg finden, um Bridget zu retten."

„Ja, rufen wir ihn an", meinte Katinka mit Erleichterung in der Stimme.

„Das geht leider nicht", entgegnete Elisabeth. „Er hält sich vor der Bruderschaft versteckt und dort gibt es kein Telefon. Um ihn zu informieren, muss ich ihn in seinem Versteck aufsuchen."

Meilin legte die Stirn in Falten und dachte angestrengt nach.

„Aber wenn du zu ihm fährst, um ihm die Botschaft zu überbringen, könnte dir jemand von der Bruderschaft folgen und so sein Versteck ausfindig machen."

„Aber irgendetwas müssen wir doch tun können!", rief Katinka aus und sah ihre Mutter verzweifelt an.

Daraufhin herrschte Schweigen im Wohnzimmer, während sich alle Gedanken über ihr Problem machten. Nach einer Weile zog ein Lächeln über Meilins Gesicht.

„Kinder, ich habe eine Idee" sagte sie dann. „Wie wäre es, wenn Josefine und Peter sich auf den Weg machten und Vater warnten. Ich glaube nicht, dass sie von der Bruderschaft beobachtet werden."

Elisabeth dachte einen Moment nach. Dann breitete sich in ihr etwas Hoffnung aus.

„Das könnte funktionieren. Aber wie bekommen wir die beiden dazu, uns zu helfen. Sie wissen doch gar nicht, wer wir sind."

„Das stimmt", meinte Meilin, „aber ich glaube, dass sie uns trotzdem helfen werden."

„Einen Versuch wäre es sicher wert", meinte auch Florian. „Doch wie können wir sie benachrichtigen, ohne sie verdächtig zu machen?"

Meilin dachte angestrengt nach.

„Ganz einfach", meinte sie schließlich und sah ihre Geschwister triumphierend an. „Ich werde mich als Katze hinüberschleichen und sie dann in die ganze Geschichte einweihen."

„Das hört sich nach einem machbaren Plan an", meinte auch Elisabeth. „Mir will im Moment nichts Besseres einfallen, also werden wir es erst einmal so versuchen."

Meilin stand auf und sah in die Runde.

„Gut, dann mache ich mich gleich auf den Weg. Drückt mir die Daumen, dass sie sich darauf einlassen."

Mit diesen Worten verließ sie das Wohnzimmer und zog die Tür hinter sich zu. Im Flur blieb sie einen Moment stehen, schloss die Augen und dann verwandelte sie sich. Dabei zog sich Meilins Körper so schnell zusammen, dass es wie eine Implosion wirkte, die sie bis zur Größe einer Hauskatze schrumpfen ließ. Als die Verwandlung abgeschlossen war, stand eine schlanke, schwarz-weiße Katze im Flur.

Meilin verließ das Haus durch die Katzenklappe, überquerte auf leisen Sohlen die Terrasse und schlich die Treppe hinunter. Dann war sie in den Büschen am Rand des Grundstücks verschwunden. Im Schutze der Vegetation begab sich Meilin in ihrer Katzengestalt zum Nachbarhaus, wobei sie zwei Getreidefelder durchqueren musste, in denen es um diese Zeit von Nagetieren regelrecht wimmelte. Die Katze hatte Mühe ihre Instinkte in Zaum zu halten, um nicht vor irgendeinem der vielen Mauslöcher sitzen zu bleiben und ihren Auftrag zu vergessen.

Aber Meilin hatte gelernt, ihre Katzeninstinkte zu kontrollieren, und so stand sie nach kurzer Zeit vor dem Haus der Nachbarn. Ihre gelben Augen blickten hoch zu einem Fenster, hinter dem sie Josefines Schlafzimmer vermutete. Sie überlegte einen Moment, wie sie sich bemerkbar machen könnte, ohne das irgendwelche Beobachter Verdacht schöpfen würden.

Sie setzte zu einem Sprung auf die Fensterbank des Küchenfensters an, denn bei ihrem vorherigen Besuch als Mensch im Nachbarhaus hatte sie dort den Haken gesehen, mit dem das geöffnete Fenster festgestellt werden konnte. Jetzt lag er lose auf dem braun gestrichenen Fensterbrett aus Metall. Sie benutzte ihre Pfoten, um ihn gegen die Fensterbank zu schlagen, in der Hoffnung das dieses Geräusch im Hause gehört werden konnte und die Bewohner nachsehen kamen. Es dauerte eine ganze Weile, bis Meilin einen Lichtschein im Garten sah, der vom Fenster über der Küche kam. Jemand hatte das Geräusch gehört und war auf dem Weg nach unten, um nachzusehen, was los war. Meilin ließ weiterhin den Haken gegen die Fensterbank fallen.

Dann sah sie das Licht in der Küche angehen. In der Tür konnte sie einen Schatten sehen, der sich auf das Fenster zu

110

bewegte. Meilin maunzte und strich mit ihrem ganzen Körper an der Fensterscheibe entlang, damit wollte sie Josefine dazu bewegen, sie ins Haus zu lassen. Tatsächlich öffnete die Frau das Fenster, als sie die Katze draußen erblickte. In einem Sekundenbruchteil war Meilin durch den Spalt in die Küche gehuscht. Mitten im Raum blieb sie stehen und sah Josefine direkt in die Augen.

„Hallo, Katze!", sagte diese und schloss das Fenster wieder. „Was machst du denn hier?"

Ohne einen Laut von sich zu geben, begann Meilin sich in ihre Menschengestalt zu verwandeln. Die Katze wurde immer größer, die Gliedmaßen länger und das Fell formte sich zu Kleidung. Im nächsten Augenblick stand eine verschmitzt lächelnde junge Frau in der Küche. Josefine hatte überrascht die Verwandlung vor ihr beobachtet und starrte Meilin jetzt fassungslos an. Ihr Verstand schien seinen Dienst versagt zu haben, denn es dauerte einige Minuten, bis sie etwas sagen konnte.

„Ich glaube, jemand hat mir etwas in den Tee getan", meinte Josefine ungläubig. „Oder war das eben wirklich eine Verwandlung, Meilin?"

„Ich weiß nicht, was ihr in euren Tee hineingebt", entgegnete Meilin grinsend, „aber diese Verwandlung gehört zu unserer Art. Wir sind Katzenmenschen und können uns sowohl in Katzen als auch in Menschen verwandeln."

Josefine nickte. „Davon habe ich schon gelesen. Aber es ist schon überraschend so etwas selbst zu sehen."

Sie blickte sich um und deutete dann auf den Esstisch in der Mitte.

„Setz dich doch und erzähle, warum du mir das gezeigt hast."

Meilin lächelte erfreut. Sie hatte damit gerechnet, dass Josefine sich nicht so leicht von ihrer Verwandlung erschrecken lassen würde. Die Schriftstellerin in ihr war begierig darauf, mehr Informationen und Geschichten zu hören. Außerdem war Imagination und Phantasie für Josefine etwas Alltägliches, weshalb die Existenz von Katzenmenschen sie auch nicht so schnell aus der Ruhe bringen konnte. Sie ahnte auch, dass Meilin nicht ohne Grund zu ihr gekommen war, und wartete geduldig auf die Erklärung der jungen Frau.

„Wir haben ein Problem", begann Meilin. „Bridget ist verschwunden, wie du weißt. Nachdem ihr gegangen wart, bekam unsere Mutter einen Anruf, in dem gedroht wurde Bridget weh zu tun, wenn unser Vater nicht aufhören würde eine gewisse Bruderschaft zu bekämpfen."

„Dann wurde sie also entführt", meinte Josefine und legte eine Hand auf den Arm von Meilin. „Was wollt ihr jetzt tun?"

Meilin sah die Frau ihr gegenüber unschlüssig an.

„Du musst wissen, dass unser Vater vor vielen Jahren bei einem Kampf mit dem Anführer dieser Bruderschaft tödlich verletzt wurde."

Josefine hob interessiert die Augenbrauen und erwartete gespannt Meilins Erklärung.

„Er wurde jedoch mit einer speziellen Waffe getötet, die seine Leiche danach nicht verwesen ließ, sondern in eine Art Totenschlaf versetzte, aus dem er jetzt wieder erwacht ist."

Die Augen ihres Gegenüber wurden groß vor Überraschung und Unglauben.

„Unsere Mutter hat ihn gesehen. Er lebt. Sie, das heißt unser Vater und Großvater, waren sich sicher, dass auch der Anführer der Bruderschaft wusste, wann unser Vater wieder erwachen würde."

„Und um euren Vater daran zu hindern seinen Kampf wieder aufzunehmen", vermutete Josefine, „hat die Bruderschaft beschlossen, eines seiner Kinder zu entführen, um ihn damit erpressen zu können."

Meilin nickte nur. Für einen Moment war es in der Küche ganz still. Dann begann Josefine wieder zu sprechen.

„Euer Vater wird sich sicherlich irgendwo verstecken. Aber wenn ihr Kontakt mit ihm aufnehmt, könnte jemand der Bruderschaft euch folgen und ihn ausfindig machen, um ihn dann endgültig zu töten. Nicht war?"

„So in etwa", bestätigte Meilin. „Da habe ich an euch gedacht. Diese Leute werden sicherlich nicht annehmen, dass ihr etwas mit uns zu tun habt. Ihr könntet also unbemerkt von ihnen zu unserem Vater fahren und ihm von der Entführung berichten."

Josefine nickte.

„Ja, das ist einleuchtend. Aber wird er uns glauben? Er kennt uns doch gar nicht. Warum könnt ihr ihn nicht einfach anrufen?"

Meilin schüttelte den Kopf. „Unser Vater versteckt sich nicht in einem Haus oder in einer Stadt. Dort wo er ist, gibt es kein Funknetz und auch keine Telefonleitung. Also ist die einzige Möglichkeit, ihn zu kontaktieren, dorthin zu fahren und ihn zu treffen."

„Was machst du denn hier? Wen wollt ihr treffen?"

Ein verschlafener Peter stand in der Tür und sah fragend von einer Frau zur anderen. Diese blickten den Tierarzt erschrocken an. Einen Moment lang sagte keiner ein Wort, bis Josefine sich von ihrem Schrecken erholt hatte.

„Unsere Nachbarin ist hier, weil ihre Familie unsere Hilfe braucht. Bridget ist entführt worden und jemand muss ihren Vater benachrichtigen."

„Welche Bruderschaft und – eine Entführung?" Peters Stimme überschlug sich vor Entsetzen, „Bridget ist entführt worden? Das ist doch ein Scherz, oder? Sagt mir das ich träume!"

Josefine stand auf und ging zu ihrem Bruder. Sie fasste ihn am Arm, führte ihn zum Esstisch und drückte ihn sanft in einen der Stühle. Nachdem sie sich selbst wieder gesetzt hatte, fuhr sie fort, beruhigend auf ihn einzureden.

„Es ist kein Scherz. Bridget ist wirklich entführt worden und Meilin war gerade dabei die ganze Sache zu erklären." Damit sah sie die junge Frau auffordernd an.

„Richtig", sagte Meilin. „Du hast sicher schon von der Vereinigung Orulia gehört?"

Peter nickte stumm.

„Diese strebt die Herrschaft über die Menschen an, dabei schrecken sie auch vor Terror und Mord nicht zurück. Diese Überfälle in der letzten Zeit gehen auf ihr Konto. So wollen sie die Menschen verunsichern, damit ihre Vereinigung eine Lösung anbieten kann, bei der sie dann die Macht im Land übernehmen können."

Meilin hielt kurz inne, damit die beiden diese Informationen erst einmal überdenken konnten. Als sie merkte, dass sie ihr gedanklich gefolgt waren, erklärte sie weiter.

„Vor vielen Jahren hatte diese Bruderschaft schon einmal so etwas Ähnliches versucht. Damals gab es eine Gruppe von Leuten, die gegen sie gekämpft haben. Unser Vater war einer der Anführer und als es keine Entscheidung im Kampf zwischen diesen beiden Gruppen gab, forderte er Ailuro, den Obersten der Bruderschaft, zu einem Zweikampf auf. Bei diesem Kampf wurde unser Vater tödlich verwundet."

„Nein, das ist ja schrecklich!" Peter hielt sich entsetzt die Hand vor den Mund.

Meilin erzählte ihm von dem speziellen Messer und dem Erwachen ihres Vaters. Ihre Worte hatten nicht die beruhigende Wirkung, die sie beabsichtigt hatte, sondern ließen ihn vor Grauen erschaudern. Auch ihre weiteren Erläuterungen verstärkten nur noch sein Unbehagen.

„Ailuro hat Bridget also entführt", warf Josefine ein, wobei sie den Zustand ihres Bruders ignorierte, „um euern Vater daran zu hindern, der Bruderschaft wieder in die Quere zu kommen."

Meilin nickte und sah mit traurigem Blick zu Peter hinüber.

„Nun", sagte Josefine entschlossen, „wenn ihr mir seinen Aufenthaltsort sagt oder die Koordinaten gebt, könnte ich gleich morgen früh dorthin fahren."

„Das würdest du für uns tun?", fragte Meilin ungläubig. „Es könnte aber gefährlich werden."

Die Frau lächelte nur. „Natürlich ist mir das klar. Aber nachdem ich schon so viele Abenteuerromane geschrieben habe, wird es langsam Zeit, selbst eines zu erleben, nicht wahr?"

„Jo, das ist doch nichts für uns", wandte Peter ein. „Ihr müsst die Polizei anrufen und ihnen das alles erzählen."

„Ich denke nicht", meinte seine Schwester, „dass die Polizei in diesem Fall helfen kann."

Peter sah die beiden Frauen verständnislos an. „Warum nicht? Dafür sind sie doch da!"

„Josefine hat recht", sagte Meilin. „Es geht hier um eine Auseinandersetzung zwischen Gewandelten und Wandlern. Damit wäre die Polizei wirklich überfordert, denn sie weiß nichts von unserer Existenz."

„Wandler?" Peter konnte dem Ganzen nicht mehr folgen.

Da begann Meilin, den beiden Menschen etwas von der Welt der Katzenmenschen zu erzählen. Gespannt hörten sie ihr zu und nur manchmal richtete Josefine eine Frage an die junge Frau. Je mehr sie erfuhren, desto verwunderter blickte Peter seine Freundin an, denn er konnte nicht glauben, was sie ihm da erzählte. Es war für ihn unvorstellbar, dass es diese Wesen geben sollte und er merkte, wie ihm langsam ungemütlich wurde. Der Gedanke, dass diese hübsche junge Frau sich in eine Katze verwandelte, war erschreckend.

Als Meilin eine kurze Pause einlegte, um einen großen Schluck Tee zu trinken, zog er sich zurück. Er sagte, dass er müde sei, und floh in seine Wohnung. Josefine sah ihr Gegenüber entschuldigend lächelnd an.

„Es tut mir leid. Aber ich glaube, das war etwas zu viel für Peter." Sie sah Meilin direkt in die Augen. „Doch keine Angst. Ich werde morgen zu eurem Vater fahren und ihn warnen."

„Willst du das wirklich tun?"

„Ja, Meilin." Sie hob ihre Teetasse und prostete der jungen Frau zu. „Wenn du mir den Ort sagst, nehme ich diesen Auftrag an."

Meilin lachte leise. „Meine Mutter hat mir vorhin die Koordinaten gesagt. Ich werde sie dir aufschreiben und dann muss ich gehen."

„Gut", sagte Josefine, stand auf und ging zum Küchentresen, um aus einer Schublade einen Block und einen Stift zu holen.

Als Meilin die Zahlen aufgeschrieben hatte, blickte Josefine sie gespannt an. Wie erwartet, begann sich die junge Frau erneut zu verwandeln. Diesmal ging es so schnell, dass Josefine nicht genau sehen konnte, wie es passierte. Plötzlich stand vor ihr eine kleine, schlanke Katze und sah sie durchdringend an.

„Willst du durch die Hintertür gehen?" Josefine wartete kurz auf eine Antwort, dann schüttelte sie schmunzelnd den Kopf. „Du kannst ja nicht antworten!"

Also ging die Frau zu einer Tür, die von der Küche in den Garten führte. Bevor sie diese einen Spalt öffnete, schaltete sie das Licht im Raum aus. Sie spürte etwas Warmes und Weiches an ihren Beinen entlang streichen und einen Augenblick später sah sie in ein paar gelbe Augen, die sie ebenfalls anblickten. Josefine hob eine Hand zum Abschied und schaute der kleinen Gestalt hinterher, bis sie zwischen den Sträuchern im Garten verschwand. Dann schloss sie die Tür und ging zurück in ihre Wohnung.

Kapitel 17

Nachdem Nicolas die durch die Droge benommene junge Frau in sein Auto verfrachtet hatte, fuhr er mit ihr aus dem Ort heraus und in Richtung Insel. Bridget murmelte eine Weile vor sich hin, ohne dass er ihre Worte verstehen konnte, dann verlor sie das Bewusstsein. Erleichtert über das reibungslose Gelingen seines Plans trat er aufs Gas, um so schnell wie möglich zurück zu seinem Anführer zu kommen.

Doch vorher gab es noch etwas zu erledigen. Auf einem einsamen Stück der Landstraße hielt er kurz an, um einen Anruf zu machen. Als sich am anderen Ende eine Stimme meldete, konnte er die Angst und Sorge sofort heraushören. Doch er hatte keine Zeit und Lust, sich mit den Gefühlen seiner ehemaligen Geliebten zu befassen denn schließlich hatte sie ihn damals verlassen, um zu diesem ekelhaft biederen Robert zurückzukehren. Auch als ihm dann Elisabeths Zorn entgegenschlug, weil ausgerechnet er ihre Tochter entführt hatte, schob er jedwedes Schuldgefühl zur Seite. Er tat dies alles für ein höheres Ziel und würde sich nicht von persönlichen Gefühlen daran hindern lassen. Nachdem er das Gespräch beendet hatte, fühlte er sich regelrecht berauscht vom Erfolg seines Planes.

Mit Musik aus dem Radio versuchte er sich die lange Fahrt zu verkürzen, die er mit einer immer noch bewusstlosen Bridget verbrachte. Je länger die Fahrt dauerte, desto mehr ließ die Wirkung des Mittels nach, das er der jungen Frau gegeben hatte. Sie begann sich zu rühren und versuchte die Augen zu öffnen, deren Lider jedoch immer wieder zufielen.

Als er im Hafen ankam, sah er zu seiner Freude gerade das Boot anlegen, mit dem sie zu ihrer Insel hinüberfuhren. Er parkte seinen Wagen in der Nähe des Hafens und lief zum Boot. Dem Bootsführer sagte er, dass er eine Frau mitnehmen wollte, der es im Moment nicht sehr gut ginge und deshalb Hilfe beim Besteigen des Bootes brauchte. Gemeinsam mit dem Bootsführer schleppte er Bridget an Bord, dabei stöhnte die junge Frau und murmelte unverständliche Worte.

„Ich weiß nicht was sie hat", meinte Nicolas, als sie Bridget auf eine der Bänke an Deck des Bootes gesetzt hatten. „Aber auf der Insel haben wir einen Arzt, der ihr helfen wird. Vielen Dank, jetzt kommen wir schon zurecht."

Damit setzte er sich neben sie und sah erwartungsvoll zur Insel, die er am Horizont erblicken konnte. Es war eine ruhige Überfahrt und Nicolas nutzte sie, um sich Gedanken über das magische Kraut zu machen, das er gefunden hatte. Er hoffte, dass es in der Zwischenzeit genügend getrocknet war, um einen Trank daraus zu bereiten. Die Neugierde ließ ihn ganz ungeduldig werden.

Doch er war sich noch nicht klar darüber, wie und an wem er ihn ausprobieren sollte. Er konnte sich nicht sicher sein, dass der Trank keine unerwünschten Wirkungen hatte. Außerdem gab es in dem Buch keine Abbildung der beschriebenen Pflanze, so dass es eine gewisse Unsicherheit gab, ob er die richtigen Stängel gepflückt und getrocknet hatte. Deshalb wollte er den Trank erst an jemanden ausprobieren, der nicht zur Bruderschaft gehörte. Es wäre nicht auszudenken, wenn er nicht wirkte, oder gar fatale Nebenwirkungen hätte und er ihn etwa zuerst seinem

Anführer verabreichen würde. Nein, das kam nicht in Frage.

Dann hatte er eine Idee. Er würde Bridget den Trank verabreichen und dann in aller Ruhe beobachten, was mit ihr geschah. Selbst wenn die Wirkung nicht die erwünschte war, wäre es nicht schlimm, denn die junge Frau gehörte nicht zur Bruderschaft.

Das Boot erreichte den kleinen Hafen auf der Insel und machte am Pier fest. Gemeinsam mit dem Bootsführer half Nicolas der jungen Frau auszusteigen. Dann stützte er sie und führte sie über den Steg langsam zur Burg hinauf.

Der Torwächter begrüßte Nicolas freundlich und sah neugierig auf die junge Frau, die zwar immer noch betäubt war, aber sehr wohl schon wieder gehen, oder besser gesagt, torkeln konnte. Nicolas grüßte zurück, fasste Bridget fester am Arm und schritt mit ihr hocherhobenen Hauptes durch das Tor.

Bei den Vorbereitungen zu seinem Auftrag hatte er lange überlegt, wo er die junge Frau festhalten sollte. Er hatte schließlich einen Holzschuppen in der Burg gefunden, der früher einmal als Lagerraum genutzt worden war, aber in der letzten Zeit leer stand. Er hatte dafür gesorgt, dass dort eine Liege aufgestellt wurde und das Dachfenster so präpariert war, dass es sich nicht öffnen ließ.

Er führte die benommene Frau in Richtung dieses Schuppens. Sie wirkte schon etwas wacher als vor ein paar Minuten, was darauf hindeutete, dass die Wirkung der Droge bald schwinden würde. Nicolas wollte ihr jedoch nicht eine weitere Dosis geben, denn er kannte sich damit nicht gut genug aus. Er öffnete die Tür des Schuppens und schubste Bridget hinein. Die junge Frau stolperte und fiel quer über die Liege. In dieser Position blieb sie liegen, bis Nicolas sie anhob und längs darauf platzierte. Dann ging er hinaus und schloss die Tür sorgfältig ab. Sein Auftrag war fast erfüllt.

Endlich konnte er sich dem Trank widmen und ihn ausprobieren. Mit beschwingten Schritten ging er über den Hof, durch eine Tür und einen Gang entlang, um schließlich im Garten der Burg anzukommen. Als er sah, dass niemand dort war, ging er schnell zur Wand mit den zum Trocknen aufgehängten Kräutern und nahm sein Bündel herunter. Vorsichtig öffnete er das Band, mit dem es geschlossen war, um hineinzusehen und die Blätter und Zweige zu befühlen, ob sie bereits trocken genug waren. Tatsächlich knisterten sie unter seinen Fingern.

Erfreut nahm er den Beutel mit in sein Zimmer, um dort nach den Anweisungen aus dem Buch den Trank zuzubereiten. Auf dem Weg dorthin ging er am Küchentrakt vorbei und nahm in einem Krug etwas von dem kochenden Wasser mit, das immer auf dem Herd bereitstand.

Als er in seinem Zimmer war, füllte er einen Teil der getrockneten Pflanze in eine saubere Tasse und kippte Wasser darüber. Beim Anblick der herumwirbelnden Stängel fühlte er ein erwartungsvolles Kribbeln im Bauch. In dem Buch hieß es, dass der Aufguss zehn Minuten ziehen musste. Also stellte er einen Wecker entsprechend ein und setzte sich an den Tisch. Ungeduldig klopfte er mit seinen Fingern auf die Tischplatte. Doch die Zeit ließ sich nicht beeinflussen und so versuchte er, an etwas anderes zu denken, an etwas Angenehmeres.

Endlich war die Wartezeit um und er konnte den Aufguss abgießen. Voll Vorfreude hielt er die Glastasse hoch und betrachtete das Gebräu. Es hatte eine undefinierbare Farbe, zwischen grün und braun, und sah eigentlich nach nichts Besonderem aus. Er ergriff die Tasse und eilte zurück zum Holzschuppen, in dem Bridget in der Zwischenzeit wieder zu Bewusstsein gekommen war.

Sie war jedoch immer noch nicht klar im Kopf und nahm ihre Umgebung nur verschwommen wahr. Nicolas näherte sich ihr sehr vorsichtig, wobei er sie genau beobachtete, um nicht durch einen Angriff überrascht zu werden. Aber dazu war Bridget im Moment nicht fähig, denn die Wirkung der Droge hielt noch an.

Sie lag rücklings auf der Liege und starrte die Decke des Schuppens an, besonders die Spinnweben mit ihren Bewohnern drängten sich in ihr Blickfeld. Sie spürte es kaum, als Nicolas ihr die Tasse an die Lippen setzte und sie aufforderte zu trinken. Zuerst nahm sie, weil sie durstig war, einen großen Schluck. Doch der bittere Geschmack der Flüssigkeit ließ sie innehalten und ihren Kopf von der Tasse abwenden.

Sanft aber bestimmt drehte Nicolas ihren Kopf wieder zurück und zwang sie, einen weiteren Schluck zu trinken und dann noch einen und noch einen. Schließlich hatte sie die Tasse geleert und fühlte sich wieder sehr schläfrig und benommen. Vorsichtig legte Nicolas ihren Kopf zurück auf die Liege und verließ den Schuppen. Nachdem er die Tür hinter sich zugezogen hatten, schloss er sie mit mehreren Umdrehungen des Schlüssels ab. Er würde in ein paar Stunden wieder zurückkommen und nachsehen, ob der Trank bei ihr irgendeine Wirkung zeigte.

Kapitel 18

Josefine erwachte und hatte das Gefühl einen Albtraum gehabt zu haben. Dann erinnerte sie sich an die gestrige Nacht und schüttelte ungläubig den Kopf. Der Besuch ihrer Nachbarin und ihre Erzählung von den Katzenmenschen konnten nur eine Fantasievorstellung gewesen sein. Damit hatte Ihr Bruder wohl recht gehabt. Sie stand auf, ging ins Badezimmer und als sie herauskam, um sich anzuziehen, sah sie den Morgenmantel, den sie gestern Abend übergezogen hatte. Sie erinnerte sich daran, dass Meilin ihr die Koordinaten aufgeschrieben und sie den Zettel dann in eine Tasche des Morgenmantels gesteckt hatte. Sie zögerte einen Moment, doch dann sah sie nach.

Der Zettel war da und auch die Koordinaten standen darauf. Also war es weder ein Traum gewesen, noch eine Fantasievorstellung. Das bedeutete, sie würde heute diesen Robert aufsuchen und ihm von der Entführung seiner Tochter berichten. Kopfschüttelnd öffnete sie die Kleiderschranktür und nahm eine Hose und eine Bluse heraus. Nachdem sie sich angezogen hatte, ging sie nach unten in die Küche, in der schon ihr Bruder beim Frühstück saß.

„Guten Morgen", sagte er und sah sie mit einem merkwürdigen Gesichtsausdruck an. „Wie hast du geschlafen? Ich hatte einen schrecklichen Albtraum. Ich habe von Katzenmenschen und einer Entführung geträumt."

Josefine setzte sich lächelnd zu ihm. „Den Traum hatte ich auch. Aber es war keiner. Oder warum hätten wir beide den gleichen Traum haben sollen? Hier ist der Zettel mit den Koordinaten, die mir Meilin aufgeschrieben hat."

Damit zog sie das kleine Stück Papier hervor und reichte es ihrem Bruder. Er starrte verständnislos darauf und brachte kein Wort heraus.

„Das Ganze war real. Genauso real, wie ich heute die Nachricht an ihren Vater überbringen werde."

„Das willst du wirklich tun?", fragte er erschrocken. „Das hat doch nichts mit uns zu tun. Wenn diese Katzenmenschen existieren und sie sich gegenseitig bekämpfen, kann es uns doch nicht betreffen."

Josefine schüttelte den Kopf. „Was ist mit deiner Meilin? Ich denke, du magst sie und es geht um ihre Familie."

„Ja, aber ich mag den Menschen Meilin und nicht diese, diese …." Peter suchte nach einem passenden Ausdruck für die Art von Lebewesen, die Katzenmenschen waren. Doch es fiel ihm keiner ein und er beendete seinen Satz nicht.

„Ich hätte nicht gedacht, dass mein Bruder sich so leicht verunsichern lässt." Seine Schwester schnaubte entrüstet. „Wenn du Meilin liebst, sollte es egal sein, zu welcher Gattung sie gehört, und dann ist es auch selbstverständlich, ihrer Familie zu helfen."

Peter sah seine Schwester mit großen Augen an. So kannte er den Stubenhocker der Familie nicht, denn bislang war er immer der Mutigere von den Geschwistern gewesen. Wenn er etwas riskieren wollte, war sie es gewesen, die mit vielen guten Argumenten gekommen war, um ihn davon abzubringen. Jetzt war er es, der ihre Einmischung in die Auseinandersetzung dieser Katzenmenschen für äußerst gefährlich hielt, und ihr deshalb davon abriet. Aber sie hatte auch irgendwie recht, denn er mochte Meilin und darum sollte er ihr helfen wollen.

„Ich will aber nicht, dass du dich in Gefahr begibst",
sagte er kläglich. „Wer weiß, in welche Situationen du
dabei geraten kannst."

„Nun, mein lieber Bruder", sagte Josefine entschlossen.
„Du kannst reden, so lange du willst, aber mein Entschluss
steht fest. Ich werde mein Versprechen einlösen und Meilins Vater die Nachricht von der Entführung seiner Tochter
überbringen."

Sie trank ihre Tasse Tee leer, stellte sie ab und stand auf.
„Wir sehen uns heute Abend."

Damit nahm sie den Rucksack, den sie schon vorbereitet
hatte, verließ das Haus und stieg in ihren kleinen Wagen.

Beim Fertigmachen heute Morgen hatte sie überlegt,
wie sie es am besten anstellen sollte, mögliche Verfolger zu
entdecken. So fuhr sie erst einmal in ihre Wohnung in die
Stadt, was sie häufig machte, wenn sie bei ihrem Bruder
war. Auf dem Weg dorthin kannte sie einige Schleichwege,
die nicht viel befahren waren, und dort konnte sie dann
sehen, ob ihr jemand folgte. Als sie merkte, dass kein anderes Auto hinter ihr fuhr, wurde sie schon etwas entspannter.

‚Gut', dachte sie, ‚jetzt muss ich nur noch die Koordinaten in das Navigationsgerät eingeben und der Spaß kann
beginnen.'

Sie fand einen fast leeren Parkplatz am Rande der
Stadt. Dort parkte sie und stellte das Gerät ein, um gleich
darauf nach den Anweisungen der Stimme weiterzufahren.
Wie sie erwartet hatte, führte der Weg sie aus der Stadt
heraus und in ein ihr unbekanntes Gebiet. Sehr schnell
wurden die Ansiedlungen immer spärlicher, bis dann auch
die vereinzelten Bauernhöfe immer weniger wurden. Die
Gegend, durch die sie fuhr, veränderte sich zu einer fast
unberührten Naturlandschaft mit felsigen Hügeln und knor-
rigen Bäumen.

Um die Mittagszeit machte sie Halt, um etwas zu essen. Dabei konnte sie einen genaueren Blick auf ihre Umgebung werfen. In weiter Ferne sah sie eine dunkle Fläche, von der sie erst nicht wusste, was es war, doch dann erkannte sie darin ein weitläufiges Waldgebiet. Auf dem Navigationsgerät konnte sie sehen, dass ihr Ziel genau dort lag. Nachdem sie sich ein wenig die Füße vertreten hatte, stieg sie wieder in ihren Wagen, startete und fuhr weiter.

Sie kam nach einer halben Stunde am großen Waldgebiet an und sollte laut Navigationsgerät auf einen schmalen Weg abbiegen. Sie befolgte diese und die weiteren Anweisungen, die sie immer tiefer in den Wald hineinführten. Obwohl es mitten am Tag war, wurde das Licht unter den großen Bäumen immer spärlicher. Sie fuhr noch eine Weile in diesem Zwielicht, bis der Weg plötzlich endete. Hier gab es keinen Wendeplatz und auch keine weitere Abzweigung. Verblüfft hielt Josefine ihren Wagen an, um sich genauer umzusehen. Doch es gab wirklich keinen weiteren Weg, den sie nehmen konnte.

„Also gut", sprach sie zu sich selbst, „dann geht es eben zu Fuß weiter."

Damit nahm sie das Navigationsgerät aus der Halterung und zog das Kabel für die Stromzufuhr ab. Sie griff nach ihrem Rucksack, stieg aus dem Wagen und schloss ihn ab. Mit einem Seufzer blickte sie auf das Display des Navigationsgerätes, um dann in die angegebene Richtung aufzubrechen. Sie musste noch weiter in den Wald hinein.

Am Anfang konnte sie noch auf Trampelpfaden ihren Weg finden, aber später musste sie sich durch das Unterholz kämpfen. Langsam wurde ihr in ihrer leichten Sommerkleidung kalt, denn die Sonne kam nicht bis zum Boden, dafür waren die Bäume zu hoch und die Vegetation zu üppig. Beim Blick auf das Navigationsgerät bemerkte sie jetzt auch, dass die Batterie fast leer war. Hoffentlich würde sie ihr Ziel bald erreicht haben, denn sie bekam ein mulmiges Gefühl, wenn sie an den Rückweg dachte. Ohne die Hilfe des Gerätes würde sie ihn mit Sicherheit nicht finden.

Dann endete der Wald abrupt und gab ihr den Blick auf eine sonnenbeschienene Lichtung frei, in deren Mitte sich ein klarer See befand, der am Ufer von Schilf und Gräsern gesäumt war. Zitternd trat sie in die wärmende Sonne und betrachtete die Idylle vor ihr.

„Sie haben ihr Ziel erreicht."

Die Stimme aus dem Gerät ließ Josefine zusammen-zucken und einen Vogel irgendwo in den Bäumen verärgert kreischen. Ihr Blick schweifte über die Lichtung, um den Hinweis auf eine menschliche Behausung zu finden, doch sie sah nichts als Natur. Sie nahm den Rucksack ab und steckte das Navigationsgerät hinein. Sie stand eine Weile unschlüssig in der wärmenden Sonne, als nicht weit von ihr entfernt etwas im Gras raschelte. Dann erklang ein Piepsen und sie konnte den Rücken einer Katze zwischen den hohen Halmen erkennen.

„Robert?", sprach sie das Tier auf gut Glück an. „Elisa-beth schickt mich, um Ihnen etwas auszurichten."

Josefine kam sich etwas albern vor, hier in der Wildnis mit einer Katze zu reden, aber wo könnte der Vater der Katzenmenschen sonst sein. Sie war so mit ihren Gedanken beschäftigt, dass sie erschrak, als plötzlich ein Mann vor ihr stand. Er musste mal sehr stattlich gewesen sein, doch jetzt sah er ausgezehrt und kränklich aus.

„Welch eine nette Überraschung." Auf seinem Gesicht bildete sich ein sympathisches Lächeln, das ihn viel jünger aussehen ließ. „Was führt sie hierher?"

Josefine lächelte unsicher zurück und sah dabei an einem seiner Mundwinkel einen roten Fleck. Es dauerte einen Moment, bis sie schaudernd begriff, dass es das Blut der Maus war, die dieser Katzenmensch in seiner Katzengestalt vor einem Moment gefangen hatte.

Der große Mann sah, dass sie wie gebannt auf seinen Mund starrte. Dadurch bemerkte er den Blutfleck in seinem Mundwinkel und wischte ihn mit der Hand weg.

„Sie sagen Elisabeth schickt sie?", fragte er ruhig. „Warum kommt sie nicht selbst?"

Josefine besann sich auf ihren Auftrag und fing an, dem Mann zu erzählen, was geschehen war. Seine Miene wurde mit jedem Wort von ihr ernster und er unterbrach sie nur selten, um Genaueres zu erfahren. Als sie mit ihrem Bericht fertig war, standen beide noch eine Weile stumm voreinander.

Dabei konnte sie ihn noch genauer betrachten. Unter normalen Umständen hätte sie seine gleichmäßigen Gesichtszüge und dieses freundliche Lächeln unwiderstehlich gefunden. Wenn man bedachte, dass er viele Jahre tot gewesen war, war er immer noch ziemlich attraktiv. Doch sie ärgerte sich sogleich über ihre dummen und unpassenden Gedanken. Dieser Mann war verheiratet, hatte Kinder und war außerdem auch noch ein Katzenmensch. Die Hormone ihres Bruders mussten auf sie abgefärbt haben.

„Was wollen sie jetzt machen?", fragte sie, um diese Gedanken zu verscheuchen.

Der Mann vor ihr strich sich nachdenklich mit der Hand durch sein dichtes schwarzes Haar. „Was meinen Sie denn?"

„Ich?", überrascht sah Josefine ihn an. „Ich weiß nicht. Aber in meinen Romanen würde ich sagen, dass wir Ihre Tochter suchen und aus den Händen ihrer Entführer befreien sollten."

Der Mann neigte seinen Kopf zur Seite und sah sie fragend an. „Sie sind Schriftstellerin?"

Josefine nickte. „Ja, ich schreibe Abenteuerromane. Und wenn dies einer wäre, würde ich eine kleine Gruppe zusammenstellen, die einen Plan ausarbeitet, um das Mädchen zu retten."

Der Mann lachte. „Ausgezeichnet! Kommt mal her!"

Dabei machte er mit seiner Hand eine einladende Bewegung und plötzlich standen zwei weitere Männer neben ihm.

„Habt ihr gehört? Wir brauchen einen Plan und Freiwillige, die ihn ausführen."

Er sah von einem der Männer zum anderen. Doch beide blieben stumm und sahen die Frau vor ihnen nur skeptisch an.

„Weiß Elisabeth wer Bridget entführt hat?", fragte schließlich der Kleinere von ihnen.

„Meilin sagte, das ein Nicolas am Telefon war und ..."

Ein Schnauben von Robert ließ sie den Satz abbrechen.

„Ich habe ihr immer gesagt, dass das ein übler Bursche ist", sagte er erregt und seine Augen blitzten vor Wut. „Aber Lissy musste sich ja mit ihm einlassen. Das hat sie jetzt davon."

„Oh, das tut mir leid", sagte Josefine. „Wenn Sie ihn kennen, dann wissen Sie vielleicht, wo er Bridget versteckt hält?"

Robert nickte ernst. „Wahrscheinlich hat er sie auf die Insel gebracht."

Als er den fragenden Blick der Frau sah, begann er zu erklären.

„Die Bruderschaft Orulia wird von Ailuro geleitet und der hat vor vielen Jahren eine Insel vor der Küste gekauft. Dort gab es eine alte Burg, die schon in alter Zeit von den

Gewandelten genutzt worden war, aber dann verlassen wurde. Er hat sie wieder instandgesetzt und zu ihrer Zentrale und ihrem Zufluchtsort gemacht."

„Wenn Nicolas die Entführung für Ailuro begangen hat", folgerte Josefine, „dann wird er sie sicher auf die Insel gebracht haben. Aber wie kommen wir da hin?"

Robert schüttelte den Kopf. „Also WIR kommen da mit Sicherheit nicht hin. Denn Sie haben ihren Auftrag erledigt. Das weitere Vorgehen ist jetzt unsere Sache, damit haben Sie nichts zu tun."

„Aber du kannst sie doch nicht alleine befreien", erhob der Größere der beiden Männer neben ihm seine Stimme. „Du bist noch lange nicht fit genug, um dich in einen Kampf verwickeln zu lassen."

Robert schnaubte entrüstet. „Danach wird hier jetzt nicht gefragt. Bridget ist meine Tochter und ich werde sie da rausholen."

Der kleinere Mann packte Robert am Arm und dreht ihn zu sich um.

„Wir brauchen ein Team, wie die Frau gesagt hat, und deine Familie ist doch eins."

„Richtig", stimmte der andere Mann zu. „Überleg doch mal. Katinka ist eine prima Akrobatin, die klettert wie ein Affe. Monika hat so schnelle Bewegungen und Reaktionen, dass sie fast überall hin schleichen kann, ohne gesehen zu werden. Meilin dagegen kann fast durch Wände hören und Florian wird seine Schwester auch aus großer Entfernung riechen können."

„Das kommt nicht in Frage!", entrüstete sich der Vater.

„Dann bleibt nur noch das Problem wie sie auf die Insel und in die Burg kommen", meinte Josefine, ohne auf den Ausbruch des großen Mannes zu achten. „Jemand von drinnen müsste ihnen die Tür öffnen. Aber wie könnte das gehen?"

Für einen Moment herrschte auf der Lichtung Stille. Die drei Menschen standen jeder in seinen Gedanken versunken nebeneinander, bis der kleinere Mann den Kopf hob und lächelte.

„Ich weiß wie. Die Bruderschaft nimmt neuerdings auch Menschen in ihren Reihen auf. Es sind bislang nicht viele, aber seit ihre Botschaften im Fernsehen verbreitet werden, ist das Interesse größer geworden. Wenn jetzt ...“

„Nein!“, sagte Robert im scharfen Ton. „Wir brauchen die Hilfe von Menschen nicht.“

„Es sieht aber doch so aus“, meinte Josefine und fasste ihn am Arm. „Ich kann dort als neuer menschlicher Jünger hingehen und dann Ihren Kindern die Tür öffnen.“

Robert sah auf die Hand, die seinen Arm umfasst hielt und er spürte Entschlossenheit und Kraft in diesem Griff. Wenn diese Entführung nur später gekommen wäre, so dass er sich von dieser langen Totenstarre erholt hätte, dann könnte er selbst seine Aufgabe erfüllen. Aber die Freunde hatten recht, er war noch zu schwach, um sich an der Befreiungsaktion zu beteiligen. So sehr er auch etwas tun wollte, durfte er auf keinen Fall Schuld an einem Misserfolg sein.

Doch der Gedanke, dass die Frau vor ihm sich in die Burg begeben würde, behagte ihm überhaupt nicht. Er bewunderte sie für ihren Mut, sich auf dieses Abenteuer einzulassen. Außerdem konnte nicht jeder Mensch mit der Tatsache umgehen, dass es Katzenmenschen unter ihnen gab. Für sie schien das keine große Sache zu sein. Schließlich bot sie auch noch ihre Hilfe bei dieser Befreiungsaktion an. Aber den Gedanken, dass sie in Gefahr geraten könnte, konnte er nicht ertragen.

„Es muss einen anderen Weg geben", sagte er darum.

„Da sehe ich aber keinen", sagte Josefine und ließ den Arm des Mannes los. „Wie kommt man mit dieser Bruderschaft in Kontakt?"

Der kleinere Mann schloss die Augen. „Es gab da am Ende einer dieser Botschaften eine Telefonnummer, bei der sich Interessierte melden konnten. Einen Augenblick – gleich fällt sie mir wieder ein."

Gespannt starrten die anderen auf den Mann und warteten auf seine Antwort. Da nahm Josefine ihren Rucksack ab und wühlte darin herum. Triumphierend hielt sie schließlich einen Block und einen Kugelschreiber hoch und wartete mit gezücktem Stift auf die Zahlen.

Nach einer Weile fiel dem Mann die Telefonnummer ein und Josefine notierte sie sich. Dann steckte sie Block und Kugelschreiber wieder ein und schulterte ihren Rucksack.

„Gut, ich werde jetzt wieder nach Hause fahren und die Bruderschaft anrufen", sagte sie entschlossen. „Danach werde ich Ihrer Familie berichten, was wir hier beratschlagt haben."

„Aber, wollen Sie das wirklich tun?", fragte Robert zögerlich.

„Sicher", erwiderte sie. „Auf Wiedersehen. Drücken Sie uns die Daumen."

Damit drehte sie sich um und ging zurück in die Richtung, aus der sie gekommen war. Sie war keine drei Schritte gegangen, als ihr einfiel, dass sie ihr Navigationsgerät brauchte, um zurück zum Wagen zu finden. Also nahm sie den Rucksack noch einmal ab und durchsuchte ihn nach dem Gerät. Doch als sie es in der Hand hielt, konnte sie sehen, dass die Batterie leer war.

„Mist", schimpfte sie.

„Was ist?", fragte Robert, der ihr in der Zwischenzeit gefolgt war.

„Mein Navi hat keinen Saft mehr", erklärte sie frustriert. „Ich denke nicht, dass ich ohne das Gerät meinen Wagen jemals wiederfinde, denn ich bin das letzte Stück nur durchs Unterholz gegangen."

„Da kann ich Ihnen helfen." Der Mann lächelte breit, als er die Zweifel in ihrem Gesicht sah. „Ich bin nicht so schwach, dass ich Ihre Fährte nicht finden kann."

„Sie haben also auch als Menschen so scharfe Sinne, wie in ihrer Katzengestalt?", fragte sie interessiert. „Das ist etwas, was ich mich frage, seitdem ich von Ihrer Existenz gehört habe. Nehmen Sie ihr Bewusstsein von einer Gestalt zur anderen mit oder weiß die Katze nichts vom Menschen?"

Der Mann neben ihr lachte laut auf und ging dann voran.

„Eine gute Frage. Darüber muss ich erst selbst nachdenken. Aber in der Zwischenzeit müssen wir hier entlang, um zurück zu Ihrem Wagen zu kommen."

Damit machten die beiden sich auf den Weg. Josefine beobachtete den Mann vor ihr und bemerkte, dass seine Gesichtsfarbe sich in der Zeit seitdem sie ihn das erste Mal gesehen hatte, verändert hatte. Die fahle Haut hatte jetzt einen leichten rosa Schimmer.

„Wie ist das eigentlich, wenn man so lange tot war", dachte sie laut nach. „Dauert es lange, bis der Körper wieder seine ursprüngliche Kraft erlangt hat?"

Robert drehte sich überrascht um. „Das weiß ich nicht. Es ist das erste Mal, dass ich von den Toten auferstanden bin. Warum fragen Sie?"

„Nun", sie zögerte, „als ich Sie vorhin gesehen habe, war Ihre Haut bleich und wirkte ein bisschen wie ..."

„Wie die eines Toten?", vervollständigte Robert ihren Satz mit einem Grinsen.

„Ja. Aber jetzt wirkt sie besser durchblutet." Josefine wollte ihn nicht länger anstarren und so ließ sie ihren Blick über die mächtigen Bäume schweifen, die ihren Weg säumten.

„Sie haben ein gutes Auge", meinte der Mann. „Ich fühle mich wirklich schon etwas besser. Vielleicht müssen Sie auch nicht meine Arbeit machen, wenn ich bald meine alte Stärke wieder erlangt habe. Ich weiß jedoch nichts über die Wirkung, die diese Totenstarre haben könnte. Wahrscheinlich weiß auch Ailuro, der sie ausgelöst hat, nicht viel darüber. Also werde ich jeden Tag so nehmen, wie er kommt."

Damit fasste er Josefine am Arm und führte sie durch eine besonders dichte Stelle im Unterholz.

„Ich denke, wir sind bald bei Ihrem Auto. Der Geruch von Gummi und Benzin wird jetzt immer deutlicher."

Bereitwillig ließ sich Josefine von ihm durch die Vegetation führen. In ihrem Kopf war ein einziges Chaos an Gedanken, denn diese neue Welt, die ihr mit den Katzenmenschen eröffnet worden war, erzeugte immer neue Fragen, auf die sie keine Antworten wusste. Es dauerte wirklich nicht lange, bis die beiden ihren Wagen erreicht hatten. Sie verabschiedete sich von Robert, stieg ein, steckte ihr Navigationsgerät in die Halterung, schloss die Stromversorgung an und startete den Wagen.

Mit einem letzten Gruß fuhr sie dann rückwärts den schmalen Weg entlang, bis sie eine Stelle gefunden hatte, an der sie wenden konnte. Als sie aus dem Wald fuhr, konnte sie im Rückspiegel Robert sehen, der zum Abschied seine Hand hob. Ein Lächeln huschte über ihr Gesicht.

„Dumme Jo", schalt sie sich wieder einmal selbst. „Konzentriere dich auf dein Versprechen und phantasiere nicht herum."

Damit gab sie Gas und machte sich auf den Weg zurück zu ihrer Wohnung in der Stadt. Nachdem sie zu Hause angekommen war, ging sie zuerst ins Badezimmer, um sich den Schweiß dieser langen Fahrt vom Körper zu spülen. Danach zog sie sich frische Kleidung an und griff gleich zum Telefon, um die Bruderschaft anzurufen.

Eine freundliche Stimme antwortete und als sie von ihrer Begeisterung für die Ideen von Orulia sprach und den Wunsch äußerte, mehr davon zu hören, wurde sie herzlich eingeladen. Ihr wurde ein Probeseminar angeboten, das an diesem Samstag begann und etwa eine Woche dauern sollte. Während dieser Zeit würde sie im Zentrum der Bruderschaft auf der Insel einquartiert werden. Mit Freude nahm Josefine dieses Angebot an. Sie bat noch, dass ihr das Anmeldeformular per E-Mail zuschickt würde, damit sie sich gleich anmelden konnte, und legte dann auf.

Mit dem ersten Teil ihres Auftrags war sie erfolgreich gewesen und jetzt machte sie sich auf den Weg zu ihrem Bruder. Josefine brannte darauf ihm und der Familie Catus von dem Plan zu erzählen. Obwohl ihr die Fahrt viel zu lang dauerte, brauchte sie diesmal weniger Zeit als sonst, um ihre Wohnung auf dem Lande zu erreichen.

Sie war so euphorisch, dass sie bei ihrer Ankunft den Wagen nicht wie sonst einparkte, sondern ihn mitten auf dem Hof stehen ließ, aus dem Wagen sprang und mit vor Erregung roten Wangen ins Haus lief. Sie traf in der Praxis auf ihren Bruder, der gerade eine junge Frau verabschiedete, die einen Transportkorb mit zwei Kätzchen vor sich her trug.

„Peter!", rief Josefine atemlos. „Ich muss dringend mit dir sprechen."

Damit lief sie in die Küche, um dort auf ihren Bruder zu warten. Der hatte inzwischen die Kundin aus der Praxis begleitet und die Tür hinter ihr abgeschlossen. Jetzt ging er kopfschüttelnd in die Küche.

„Was ist los?", fragte er besorgt. „Ist dir etwas passiert?"

Josefine lachte. „Nein. Wir haben einen Plan."

„Einen Plan wofür?" Peter blickte seine Schwester ratlos an. „Und wer sind wir?"

Sie bedeutete ihm, sich zu setzen, und fing dann an von ihrem Ausflug zu erzählen. Sie berichtete von Robert und der Idee, die sich dann zu ihrem Plan entwickelt hatte.

„Das hört sich ziemlich gefährlich an", meinte ihr Bruder. „Du wirst direkt im Zentrum dieser Bruderschaft sein und wer weiß, was das für Wesen sind und wozu sie fähig sind. Ich denke nicht, dass das ein guter Plan ist. Außerdem hast du eins vergessen."

Josefine sah ihn fragend an.

„Wenn diese Bruderschaft die Familie Catus beobachtet hat, um eines der Kinder zu entführen, dann haben sie uns auch mit ihnen zusammen gesehen."

„Ja und?"

„Nun, was ist, wenn dich jemand auf der Insel erkennt?", gab er zu bedenken. „Du bist da ganz allein, solange du die anderen nicht hereingelassen hast. Wer soll dir helfen, wenn du in Verdacht gerätst und man dich einsperrt oder sonst was mit dir anstellt?"

Josefine schwieg eine ganze Weile und bedachte die Einwände ihres Bruders. Wahrscheinlich hatte er recht, aber sie hatte sich nun einmal in den Kopf gesetzt der Familie zu helfen und so musste es einen Weg geben.

„Ich könnte mein Aussehen verändern", meinte sie. „Eine andere Frisur und Haarfarbe, andere Kleider und Make-up. Ich denke, das würde für die kurze Zeit, die ich dort bin, ausreichen, um nicht erkannt zu werden."

„Ich versteh dich nicht", sagte ihr Bruder kopfschüttelnd. „Warum willst du da unbedingt mit hineingezogen werden? Diese Familie hat nichts mit uns zu tun und trotzdem willst du dein Leben riskieren."

Sie lachte ihn aus. „Sei nicht so melodramatisch. Erstens glaube ich nicht, dass in der Bruderschaft mein Leben in Gefahr sein wird, und zweitens finde ich es komisch, dass gerade du mir sagst, dass wir nichts mit dieser Familie zu tun haben. Wer hat sich denn in eine von ihnen verliebt?"

Peter sah betreten auf die Tischdecke und zupfte an einem Faden, der sich aus dem Gewebe gelöst hatte.

„Ich bin mir da nicht mehr so sicher", gab er zu. „Diese ganze Sache mit den Katzenmenschen ist mir nicht geheuer."

„Du bist mir vielleicht ein Held." Seine Schwester schüttelte den Kopf.

Sie selbst konnte sich ihre eigene gelassene Reaktion auf die Existenz von Katzenmenschen nicht richtig erklären. Es schien, als ob ein Teil von ihr die ganze Zeit davon gewusst und jetzt nur noch die Bestätigung bekommen hätte. Außerdem mochte sie die Familie Catus und ganz besonders Meilin. Sie beide hatten so viel gemeinsam. Nicht nur das ihre Berufe mit Sprache und Sprachen zu tun hatten, sondern auch ihr Naturell war ähnlich. Deshalb hatte sie sich, trotz aller Neckereien, gefreut, als sie merkte, dass ihr Bruder sich in Meilin verliebt hatte.

Aus diesen Gedanken wurde Josefine von einem ihr jetzt schon bekannten Geräusch gerissen. Sie blickte zum

Küchenfenster hinüber und sah eine schlanke Katze mit dem Feststellhaken auf der Fensterbank spielen. Sie sprang schnell auf und lief zum Fenster, um es zu öffnen. Wie in der Nacht zuvor war die Katze so flink hineingesprungen, dass das menschliche Auge der Bewegung nicht folgen konnte.

Peter sah verwundert auf das kleine Tier und blickte dann seine Schwester fragend an. Diese sagte nichts, sondern stand abwartend da. Als sich die Katze dann ausdehnte und plötzlich zu einem Menschen wurde, sprang Peter von seinem Sitzplatz auf und lief zur Tür. Dort blieb er wie angewurzelt stehen und sah auf die junge Frau.

„Keine Angst, Peter!", sagte seine Schwester. „Das ist doch nur Meilin. Komm, setz dich wieder zu uns."

Dann wandte sie sich an Meilin und bedeutete ihr, sich an den Tisch zu setzen.

„Ich war wie versprochen bei eurem Vater und wir haben auch schon einen Plan."

Meilin riss die Augen auf und setzte sich dann erwartungsvoll auf einen der Stühle. „Wie geht es ihm? Was sagt er zur Entführung?"

„Nun", begann Josefine. „Er sieht etwas mitgenommen aus. Aber als ich weggefahren bin, hatte ich das Gefühl, das die Kraft langsam wiederkommt."

Damit fing sie an von dem Plan zu erzählen, den sie sich gemeinsam überlegt hatten. Nachdem sie fertig war, blieb Meilin noch eine Weile ruhig sitzen. Dann stand sie plötzlich auf und ging in der Küche hin und her.

„Das könnte vielleicht klappen", meinte sie endlich. „Die Gewandelten sind in der Nacht gezwungen Katzen zu sein und wenn du dich dann zur Tür schleichen kannst, würden wir vier unsere Schwester finden und befreien können."

Josefine nickte ernst und sah hinüber zu ihrem Bruder, der sich jetzt ganz langsam auf den am weitesten von Meilin entfernt stehenden Stuhl setzte.

„Was ist", gab er zu bedenken, „wenn du in der Nacht in einem Zimmer eingesperrt wirst oder die Katzen dich beim Öffnen der Tür angreifen?"

Die junge Frau dachte einen Moment angestrengt nach, um dann zaghaft zu lächeln.

„Nun, sie wird sich in der Nacht nur gegen Katzen zur Wehr setzen müssen" sagte sie. „Aber sie werden nicht so schnell einen Menschen angreifen, weil der sehr viel größer ist."

„Gut. Dann werde ich also keine richtige Waffe brauchen", meinte Josefine und musste innerlich über das erschrockene Gesicht ihres Bruders lächeln.

„Das würde dir nicht viel nutzen", erklärte Meilin ihr. „Kugeln aus Schusswaffen können uns Katzenmenschen nicht töten. Ich weiß nicht warum, aber es ist eine Tatsache."

„Das Wichtigste ist also, dass sie mich nicht in meinem Zimmer einschließen", meinte Josefine nachdenklich.

Peter sah die beiden Frauen kopfschüttelnd an. „Das ist Wahnsinn! Ihr seid doch alle verrückt geworden."

Damit sprang er auf und ging mit so viel Schwung aus der Küche, dass die Tür hinter ihm mit einem lauten Knall zuschlug. Meilin und Josefine horchten seinen hastigen Schritten auf der Treppe nach. Als anschließend eine zweite Tür geräuschvoll zugeworfen wurde, drehten sie sich zueinander um und begannen weiter über den Plan zu reden. Es wurde ausgemacht, dass Josefine sich morgen für die Abreise zur Insel fertigmachen sollte. Sie würde zum Friseur gehen und sich ein neues Aussehen verpassen lassen, danach würde sie mit ihrem Wagen zur Hafenstadt fahren, von dem aus ein Boot sie zur Insel hinüber bringen würde. Als sie alles geklärt hatten, legte Josefine eine Hand auf Meilins Hand.

„Es tut mir leid, wie mein Bruder darauf reagiert", sagte sie leise. „Ich hatte geglaubt, dass er dich mag, aber diese Verwandlungsgeschichte scheint ihm schwer zu schaffen zu machen. Gib ihm etwas Zeit um sich an den Gedanken zu gewöhnen."

Meilin zog langsam ihre Hand weg und sah der Frau direkt in die Augen.

„Das ist schon in Ordnung", sagte sie mit einer gefasst wirkenden Stimme. „Wir wissen, dass euch Menschen jede Form von Andersartigkeit nicht geheuer ist. Das Verhältnis zwischen euch und uns ist deshalb nie sehr gut gewesen, so haben wir uns angewöhnt, unsere Identität vor euch zu verbergen. Für die Gewandelten ist das jedoch schwieriger, denn sie können ihre Verwandlung nicht steuern und so besteht ständig die Gefahr, dass Menschen sie sehen können."

Sie sah hinüber zum Fenster und bemerkte das schwächer werdende Tageslicht.

„Ich muss jetzt wieder nach Hause und den anderen von dem Plan berichten."

„Gut", sagte Josefine, „sei vorsichtig."

Damit ging sie zum Fenster und öffnete es weit. Währenddessen hatte sich Meilin in ihre Katzengestalt verwandelt und sprang leichtfüßig auf die Fensterbank und hinaus in den Garten. Einen Moment noch konnte Josefine die kleine schlanke Figur auf ihrem Weg durch den Garten mit ihren Augen verfolgen, doch dann verschwand sie unter der dichten Hecke, die das Grundstück umschloss. Die Frau machte das Fenster wieder zu und ging dann hinauf in ihre Wohnung.

Kapitel 19

In der Burg herrschte geschäftiges Treiben. Die Gewandelten hatten ihre Menschengestalt angenommen und gingen ihren Aufgaben nach, die sie zum größten Teil innerhalb des Hauptgebäudes erledigten. Einige waren auch in den Nebengebäuden und Werkstätten sowie im Hofgarten tätig.

Ailuro hatte im Versammlungsraum eine Weile vor der Orulia-Statue meditiert. Danach verließ er den Saal und überquerte den Hof vor dem Gebäude. Er nickte den Jüngern, die ihm begegneten, zu. Doch diese konnten nur das Wippen der Kapuze wahrnehmen, die er wie immer tief ins Gesicht gezogen hatte.

Seitdem sein Gesicht entstellt worden war, quälten ihn phasenweise so starke Schmerzen, dass er niemanden sehen wollte und sich in sein Zimmer zurückzog, bis es ihm besser ging. Daneben hatte er Zeiten, in denen er zufrieden durch sein Reich spazierte und das Leben und Treiben beobachtete. Die Bruderschaft gab ihm ein Gefühl von Sinnhaftigkeit, das er seit dem Tod seiner großen Liebe Cornelia nicht mehr empfunden hatte. Wenn er nur daran dachte, wie sie gestorben war, stieg in ihm Wut und Hass auf und er hätte am liebsten die ganze Welt zerstört. Eine Welt, die den freundlichsten, liebevollsten und besten Menschen sterben ließ, während andere – bösartige Menschen, wie er – ein langes Leben hatten, wobei es ihnen noch nicht einmal viel bedeutete. Mit diesen trüben Gedanken beschäftigt, bemerkte er nicht, dass ihm sein eifrigste Jünger Nicolas entgegenkam. Erstaunt blieb Ailuro stehen.

„Du bist schon wieder zurück?", fragte er und setzte hoffnungsvoll hinzu: „Hat etwas nicht geklappt?"

Nicolas strahlte ihn an und berichtete erfreut von der gelungenen Entführung. Ailuro war froh über den Schatten, den die Kapuze über sein Gesicht warf, denn so konnte sein Gegenüber den Anflug des Bedauerns darauf nicht erkennen.

„Wo hast du das Kind untergebracht?", fragte er mit fester Stimme.

„Ich habe sie in den alten Holzschuppen gesperrt", antwortete Nicolas. „Willst du sie sehen?"

Die Kapuze wippte als Zustimmung und so gingen die beiden Männer an der Außenmauer entlang zu einem weiteren Hof. Dort stand ein niedriger Holzschuppen, der baufälliger aussah, als er in Wirklichkeit war. Die Wände und die Tür bestanden aus verwittertem Holz, das jedoch so dick und abgelagert war, dass eine Menge Kraft benötigt wurde, um es zu brechen. Nicolas zog einen großen Schlüsselbund aus der Tasche unter seiner Kutte, suchte den passenden Schlüssel heraus und schloss dann die Tür auf.

„Als ich vorhin gegangen bin, war sie immer noch etwas benommen von der Droge, die ich ihr gegeben habe."

Als er den Blick unter der Kapuze auf sich spürte, fügte er hinzu: „Es war nur eine leichte Betäubung, damit sie bei der Entführung keine Schwierigkeiten macht."

Er stieß die Tür auf und ließ seinem Anführer den Vortritt. Dieser machte einen Schritt in den Schuppen hinein, blieb dann jedoch plötzlich stehen.

„Was hast du mit ihr gemacht?", fragte er mit einem strengen Unterton. „Wieso sieht sie so aus?"

Nicolas folgte ihm verständnislos in den winzigen Raum. Doch als er neben Ailuro stand und auf die Liege sah, begriff er, was diesen aufregte. Die junge Wandlerin befand sich in einer merkwürdigen Position. Sie hockte wie eine sitzende Katze auf der Liege, doch sie war in ihrer Menschengestalt. Dann, einen Moment später, schien sie sich zusammenzuziehen und eine Katze saß an ihrem Platz. Wieder einen Augenblick später dehnte sich die Katze aus, so dass erneut die junge Frau auf der Liege hockte. Diese Verwandlung fand alle paar Minuten statt. Es sah jedoch nicht so aus, als ob sie diese in irgendeine Weise beeinflussen würde.

Zuerst war Nicolas schockiert über das, was er dort sah. Dann machte sich Erleichterung in ihm breit, dass er den Trank erst an dieser Wandlerin ausprobiert hatte, bevor er ihn einem Gewandelten gegeben hatte. Ailuro packte zornig seinen Arm und zeigte auf die sich immer noch Verwandelnde.

„Was ist mit ihr los, Nicolas? Antworte mir endlich!"

Der Angesprochene löste sich aus seinem Erstaunen und trat einen Schritt weiter an die Liege heran.

„Der Trank scheint nicht zu wirken", meinte er nach einer Weile.

„Welcher Trank? Was hast du getan?" Der Anführer schnaubte vor Wut, während er wie gebannt auf die junge Frau starrte.

„Ich habe das Kraut gefunden, von dem ich dir erzählt habe", begann Nicolas zu erklären. „Ich war mir nicht sicher, ob es das Richtige ist. Deshalb wollte ich es erst ausprobieren. Und als ich ..."

„Was hast du getan?", schrie Ailuro ihn an.

„Ich habe ihr von dem Trank aus diesem Kraut gegeben", erwiderte der Jünger kleinlaut. „Ich dachte, dass es bei den Wandlern ähnlich wirken würde wie bei den Gewandelten. Doch diese Wirkung hätte ich nicht erwartet."

Ärgerlich starrte Ailuro auf das Schauspiel vor ihm, dabei bemerkte er, dass die Abstände zwischen den Verwandlungen immer länger wurden.

„Die Wirkung scheint nachzulassen."

Auch Nicolas hatte diese Veränderung bemerkt und schöpfte Hoffnung, dass sein Experiment doch noch glücken konnte.

„Oder ihr Körper hat einfach keine Kraft mehr sich zu verwandeln", meinte Ailuro ernst. „Wir können nur hoffen, dass sie sich nicht zu Tode wandelt."

Erschrocken sah Nicolas seinen Anführer an, denn der Gedanke war ihn noch gar nicht gekommen. Aber das war natürlich sehr wohl möglich. Alle Wandler wurden als Kinder immer wieder davor gewarnt, sich zu schnell und zu oft zu verwandeln, denn jede Verwandlung kostete Lebensenergie und wenn diese aufgebraucht war, bedeutete das den Tod. Nur durch Ruhe und Nahrung und auch spezielle Übungen konnten ihre Energiereserven aufgefüllt werden.

Nicolas war besorgt, denn sie wollten die junge Wandlerin ja lebend festhalten, damit ihr Vater sich von Orulia fernhielt. Ihr Tod würde ihnen nur große Schwierigkeiten bringen und möglicherweise sogar einen Krieg zwischen den Gewandelten und den Wandlern auslösen.

Die beiden Männer sahen ihr noch eine Weile mit besorgten Mienen beim Wandeln zu, bis sie schließlich in ihrer Menschengestalt verharrte. Dabei hatte sie die Augen fest geschlossen. Einen Moment später sackte sie in sich zusammen und fiel zur Seite. Nicolas sprang auf die Liege zu, packte ihren Arm und verhinderte, dass sie von der

Liege rutschte. Er legte sie sorgfältig hin und zog die Decke über die schlafende junge Frau.

„Sie atmet sehr flach und langsam." Ailuro beugte sich über sie und legte die Finger prüfend auf ihr Handgelenk. „Der Puls ist auch sehr schwach. Aber sie lebt noch. Du wirst sie im Auge behalten und mich sofort informieren, wenn sie wieder erwacht. Hast du verstanden, Nicolas?"

Der Angesprochene nickte und senkte demütig den Kopf.

„Ich weiß nicht, was in dich gefahren ist", bemerkte der Anführer tadelnd und sah zu seinem Jünger hinüber. „In der letzten Zeit verstehe ich dich überhaupt nicht. Du lässt zu, dass deine Leute bei den Überfällen zu weit gehen und dann benutzt du unsere Geisel als Versuchskaninchen? Was soll das alles?"

Nicolas hielt weiterhin seinen Kopf gesenkt, denn er war sich nicht sicher, ob seine Gesichtszüge seinem Gegenüber die Wahrheit verraten würden. Die Wahrheit, die der Jünger schon seit langer Zeit geheim gehalten hatte: Er wollte der Anführer werden. Mit ihm würde die Bruderschaft sich nicht mehr auf einer abgelegenen Insel verstecken müssen, denn er konnte sich frei unter den Menschen bewegen. Zusammen mit weiteren Wandlern, die er für die Bruderschaft gewinnen wollte, könnten sie in der Menschenwelt schneller als bisher Macht erringen und sich Einfluss verschaffen.

„Du hast keine Antworten?", meinte Ailuro nach einer Weile. „Auch gut. Aber das wir uns richtig verstehen, ich werde ein Auge auf dich haben. Orulia ist eine Vereinigung von Gewandelten. Vergiss das niemals, Nicolas."

Damit drehte er sich um und verließ mit großen Schritten den Schuppen.

Kapitel 20

Josefine wurde am nächsten Morgen von lautem Vogelgezwitscher geweckt, das durch ein gekipptes Fenster in ihr Schlafzimmer drang. Nachdem sie sich angezogen hatte, ging sie zum Frühstücken hinunter in die Küche. Sie wunderte sich darüber, dass sie dort niemanden antraf, denn im Gegensatz zu ihr wachte ihr Bruder früh auf, so dass er bereits den Kaffee gekocht und den Tisch gedeckt hatte, wenn sie herunterkam. Doch dann fiel ihr ein, dass Samstag war und ihr Bruder keine Sprechstunde hatte. Das Wochenende ließ er langsamer angehen, dabei schlief er auch schon mal länger oder verbrachte den Morgen lesend im Bett. Josefine seufzte, denn sie hatte sich schon auf eine frische Tasse Kaffee gefreut, die sie sich jetzt allerdings erst selbst aufbrühen musste. Dazu machte sie sich ein Marmeladenbrot. Sie nahm ihr mageres Frühstück allein und mit den Gedanken bei ihrer Mission ein.

Als sie fertig war, räumte sie die benutzte Tasse und den kleinen Teller in den Geschirrspüler und ging anschließend wieder in ihre Wohnung, um eine Tasche für die nächsten Tage zu packen. Sie überlegte, was sie unbedingt mitnehmen musste, denn sie wollte sich nicht mit zu viel Gepäck belasten. Doch letztendlich packte sie genauso viel ein wie bei jeder Reise. Neben genügend Blusen zum Wechseln durfte auch ihre kleine Reiseapotheke nicht fehlen. Sorgfältig überprüfte Josefine, ob sie auch komplett war, denn sie wollte für alle Fälle gerüstet sein. Schließlich war die Reisetasche voll und Josefine war mit ihrer Arbeit zufrieden. Selbst nachdem sie fertig gepackt hatte, war von ihrem Bruder immer noch nichts zu hören oder zu sehen.

Deshalb ging sie zu seiner Wohnungstür und klopfte an, bekam jedoch keine Antwort von ihm. Etwas unruhig machte sie sich dann schließlich auf den Weg zum Friseur. Im Friseursalon war zu dieser Zeit nicht viel los und so kam sie sofort an die Reihe.

Eine gute Stunde später trat eine dunkelhaarige Frau aus der Tür des Friseursalons und ging gemächlichen Schrittes zu einem kleinen roten Wagen, der in der Nähe geparkt war.

Auf dem Weg dorthin blickte sie immer wieder auf ihr Spiegelbild in den Schaufensterscheiben. Es war erstaunlich, wie eine neue Frisur einen Menschen verändern konnte, dachte Josefine. Ihr langer, dicker Zopf war verschwunden und kurzes lockiges Haar umrahmte ihr hell geschminktes Gesicht.

Sie konnte ihren Blick kaum von dieser gutaussehenden Fremden in der Fensterscheibe lösen. Es war wirklich an der Zeit gewesen etwas Neues zu wagen. Sie riss sich von ihrem Spiegelbild los, stieg in den Wagen und startete den Motor. Doch dann hielt sie inne.

Bevor sie sich auf den Weg zu dieser Insel machte, wollte sie noch einmal mit ihrem Bruder reden. Sie nahm ihr Mobiltelefon und wählte seine Nummer. Es dauerte sehr lange, bis endlich abgenommen wurde.

„Hallo?" Eine schläfrige Stimme war leise am anderen Ende zu hören.

„Peter?" Josefine hatte Mühe, ihn zu verstehen. „Was ist los?"

Sie konnte etwas rascheln hören und dann räusperte sich jemand.

„Ja, ich bin's." Die Stimme ihres Bruders war lauter und deutlicher. „Warum rufst du mich so früh an? Wo bist du überhaupt?"

Josefine lächelte. „Erstens, lieber Bruder, ist es schon fast Mittagszeit und zweitens bin ich auf dem Weg zur Bruderschaft, wie du dich vielleicht erinnern kannst."

„Ach, du meine Güte", rief er. „Du willst das also wirklich machen. Ich habe gehofft, dass du es dir über Nacht überlegen würdest. Das ist doch eine Schnapsidee. Glaube bloß nicht, dass ich dich da rausholen komme."

Für einen Moment waren beide still.

„Ich liebe dich auch, Bruderherz. Wir sehen uns dann in ein paar Tagen."

Josefine sprach mit fröhlicher Stimme in ihr Mobiltelefon und wollte gerade das Gespräch beenden, als Peter noch etwas sagte.

„Beinahe hätte ich es vergessen. Was soll ich deiner Lektorin sagen, wenn sie sich wieder meldet, und wissen will, wann du ihr die nächsten Kapitel deines Buches schickst? Als sie gestern angerufen hat, klang sie schon etwas verärgert, denn du bist mit dem Abgabetermin schon überfällig."

„Sag ihr, dass ich daran arbeite", meinte Josefine ruhig, „aber nicht so schnell vorankomme, wie ich es gerne möchte."

„Ai, ai, Kapitän." Damit beendete ihr Bruder das Gespräch.

Wider Willen musste Josefine über ihn lachen. Also war er nicht halb so wütend, wie er sich gab. Nun gut. Vielleicht würde er, wenn sie wieder nach Hause kam, die ganze Angelegenheit leichter nehmen und sich wieder mit Meilin versöhnen. Sie hoffte es jedenfalls.

Jetzt stellte sie das Navigationsgerät an und gab den Zielort ein. Nach einer Weile meldete sich die wohlbekannte Stimme und sagte ihr, wohin sie fahren sollte. Diesmal ging es in eine andere Richtung. Sie fuhr über Land und kam durch mehrere kleine Ortschaften, bis sie meinte das Meer riechen zu können.

Als sie über eine Kuppe fuhr, breitete sich tatsächlich vor ihr eine lang gezogene Bucht aus. Es gab Felsen und Klippen und dazwischen kleine Sandstrände. Etwas weiter die Küste entlang konnte sie eine Ansammlung von niedrigen Häusern ausmachen und sie nahm an, das irgendwo dort ihr Ziel war. Damit lag sie wieder richtig, denn das Navigationsgerät zeigte an, dass sie nur noch ein paar Kilometer zu fahren hatte.

Es war ein sonniger Tag und ihr wurde im Wagen warm. Sie hatte zwar eine Klimaanlage, aber sie mochte die Luft daraus nicht. Also ließ sie die seitlichen Fensterscheiben herunter und spürte den angenehm kühlen Wind auf ihrem Gesicht. So konnte sie auch das Rauschen der Wellen hören, während der Wind an ihren frisch frisierten Haaren zupfte. Sie fühlte sich frei wie lange nicht mehr. Viel zu schnell hatte sie den kleinen Ort erreicht.

Dort sah sie sich nach einem Parkplatz um, fand gleich am Ortseingang eine passende Stelle, nahm dann ihre Tasche und begab sich auf den Weg zum Hafen. Dort angekommen sah sie, dass noch kein Boot angelegt hatte, deshalb setzte sie sich auf einen der Poller und wartete. Sie blickte hinaus aufs Meer und konnte am Horizont eine Insel erkennen. Dorthin also würde sie gleich fahren.

Nach einer Weile konnte sie einen kleinen Punkt auf dem Wasser ausmachen, der wahrscheinlich das Boot war, das sie hier abholen sollte. Sie war in ihre eigenen Gedanken vertieft, als sie plötzlich Stimmen hinter sich hörte. Eine kleine Gruppe von Männern und Frauen strebte auf den Hafen zu. Sie konnte aus der aufgeregten Unterhaltung heraushören, dass sie auch auf die Insel fahren wollten. Sie überlegte, dass es vielleicht nicht schlecht wäre, sich mit einigen von ihnen anzufreunden, um auf der Insel Verbündete zu haben. Sie schluckte ihren Ärger über die Störung ihrer Ruhe hinunter und drehte sich zu ihnen um.

Mit einem freundlichen Lächeln begrüßte sie die fünf Männer und Frauen, die sich froh gestimmt zu ihr gesellten und sie sofort in ihre Unterhaltung einbezogen. Alle waren sehr gespannt auf die Insel und wie es dort sein würde. Einer der Männer berichtete, dass dort eine alte Burg stand, die zerfallen war, aber von der Bruderschaft in den letzten Jahren wieder aufgebaut worden war. Die Menschen wirkten alle aufgeregt und waren neugierig auf dieses Seminar.

„Habt ihr das Buch über Meditation von Ailuro gelesen?", fragte eine jüngere Frau, die einen langen bunten Rock, eine langärmelige Bluse und darüber einen selbstgestrickten Pullunder trug. „Das ist so toll geschrieben. Das müsst ihr unbedingt lesen."

Damit bückte sie sich zu ihrer Tasche und begann darin herumzuwühlen. Nach einem Moment zog sie triumphierend ein Buch daraus hervor und hielt es den anderen hin. Eine etwas ältere Frau neben ihr streckte die Hand aus, um sich das Buch genauer anzusehen.

„Ich kann es dir gerne zum Lesen ausleihen" sagte die junge Frau hocherfreut. „Du wirst begeistert sein."

Die ältere Frau bedankte sich und ging dann zu einer niedrigen Mauer etwas abseits der kleinen Gruppe, um sich in Ruhe in den Text zu vertiefen.

„Es soll dort eine Menge Katzen geben", sagte jetzt ein anderer und sah aus, als ob er sich bei diesem Gedanken nicht ganz wohl fühlen würde.

Josefine musste sich ein Lachen verkneifen, denn sie wusste ja, wer sie dort drüben erwartete. Sie war gespannt, ob sie die Verwandlung der Gewandelten sehen oder ob die Katzenmenschen diese Tatsache geheim halten würden. In der Zwischenzeit war das Boot dem Hafen immer näher gekommen und sie konnten einen Mann erkennen, der aufrecht wie eine Statue am Bug stand.

Die kleine Gruppe Menschen hörte auf, sich zu unterhalten, und sah interessiert aufs Wasser. Es dauerte nicht lange und das Boot hatte unweit von ihnen angelegt. Josefine fragte sich, wer sie an Bord in Empfang nehmen würde. War es vielleicht sogar dieser Nicolas, der Bridget entführt hatte? Auf jeden Fall wollte sie ihn sich sehr genau ansehen.

Sie hatte auch gleich Gelegenheit dazu, denn ein großer, blonder Mann stand am ausgeklappten Steg und begrüßte jeden einzelnen der Menschen, die auf das Boot stiegen. Er trug eine schlichte schwarze Kutte, die seine Größe noch betonte. Durch seine Statur wirkte er von Weitem einschüchternd, aber mit einem freundlichen Lächeln gab er den Menschen das Gefühl, wirklich willkommen zu sein.

Als er Josefine die Hand gab, meinte sie jedoch etwas in seinen blassblauen Augen aufflackern zu sehen. Sie konnte nicht genau einschätzen ob es ein Wiedererkennen oder einfach nur Interesse an ihr war. Deshalb suchte sie sich einen Platz auf dem Boot, von dem aus sie den Mann im Auge behalten konnte. Sie beobachtete, wie er die restlichen Fahrgäste begrüßte, und prägte sich sein Gesicht und seine Gestalt ein.

Nachdem alle Menschen an Bord gegangen waren, wurden die Leinen eingeholt und das Boot fuhr aus dem kleinen Hafen hinaus. Josefine wollte sich noch ein bisschen mit den anderen Menschen unterhalten, die ebenfalls am Seminar teilnahmen. Deshalb ging sie hinüber zu einer kleinen Gruppe, die aus der jüngeren Frau im langen bunten Rock, einem jungen Mann mit einem schmalen Kinnbart und einer ganz in schwarz gekleideten Frau unbestimmten Alters bestand.

Josefine bemerkte, dass die drei sich angeregt unterhielten. So suchte sie sich einen Platz in ihrer Nähe, um zuzuhören und dann eine Gelegenheit zu finden sich an der Unterhaltung zu beteiligen. Es dauerte eine ganze Weile, bis sie herausfand, worum es bei der Diskussion ging. Diese Zeit nutzte sie, indem sie auf die malerisch im Sonnenlicht liegende Küste sah, die sich immer weiter entfernte.

„Die Orulia hat recht", hob der junge Mann mit dem Kinnbart an, „dass niemand ein schlüssiges Konzept zu unserem Schutz durchziehen kann, weil bei uns die Macht in zu vielen Händen liegt."

Die beiden Frauen neben ihm nickten ernst und gaben zustimmende Laute von sich. Dadurch ermuntert fuhr der Mann fort, seine Gedanken auszusprechen.

„Wenn die Menschen in unserem Land in Gefahr sind, braucht es jemanden, der entschlossen diese abwehren kann. Aber durch die Verteilung von Kompetenzen und den vielen Gesetzen ist es schwer für die Verantwortlichen, schnell und kraftvoll zu agieren."

Josefine hatte sich der Gruppe genähert und stand hinter den beiden Frauen.

„Heißt das, dass wir wieder einen Herrscher brauchen?", fragte sie ihn in herausforderndem Ton. „Einen, der alleine über das Land bestimmen kann?"

Der junge Mann blickte überrascht zu Josefine, die sich mit in die Hüfte gestemmten Händen vor ihm aufgebaut hatte. In diesem Moment hätte die Schriftstellerin sich am liebsten selbst einen Tritt gegeben. Sie hatte kurz vergessen, weshalb sie sich zu dieser kleinen Gruppe gesellt hatte. Sie wollte näheren Kontakt mit ihnen bekommen, aber stattdessen hatte sie ihren Mund nicht halten können und ein Streitgespräch begonnen. Doch jetzt konnte sie ihre Worte nicht mehr zurücknehmen, deshalb dachte sie fieberhaft nach, wie sie diese Diskussion ins Positive wenden konnte.

Der junge Mann sah sie lange ohne etwas zu sagen an. In seinem Gesicht war zu erkennen, dass er angestrengt über eine Antwort nachdachte, dabei strichen seine Finger immer wieder über seinen Kinnbart.

„Es gibt Situationen, in denen genau das angebracht ist", sagte er dann langsam und jedes Wort abwägend. „Wir wollen doch alle in Sicherheit leben und wenn unsere jetzige Art der Regierung das nicht kann, nun, dann brauchen wir wohl etwas anderes."

Josefine stellte, um Zeit zum Überlegen zu haben, erst einmal ihre Tasche auf dem Boden ab, und nickte zustimmend.

„Gut, das ist ein Argument, das mir schon einleuchtet, aber ..."

Sie stockte, als ihr Blick auf den Bruder der Orulia fiel, der einige Meter hinter dem jungen Mann stand und offensichtlich interessiert ihrer Unterhaltung lauschte.

„Aber Sie haben Bedenken", nahm der junge Mann ihren Faden auf, „dass auf diese Weise die Macht ausgenutzt werden könnte und die Freiheit des Einzelnen eingeschränkt würde."

„Richtig." Josefine lächelte entschuldigend. „Wenn diese Art der Regierung nur für einen Übergang möglich wäre – also bis die Gefahr für die Gesellschaft gebannt ist – könnte ich mir das schon vorstellen."

Gespannt behielt sie beide Männer im Blick, um in ihren Gesichtern zu lesen, wie ihre Worte von ihnen aufgenommen wurden. Sie hoffte, die beiden hielten sie für eine beeinflussbare Jüngerin, deren Meinung sich leicht ändern ließ.

Kapitel 21

Im Haus der Familie Catus saßen die Geschwister mit ihrer Mutter lange am Tisch und redeten aufgeregt über ihren Plan. Es gab einige Details, die sie noch besprechen mussten.

„Wie kommen wir den überhaupt zur Insel?", wollte Monika wissen.

„Wir werden früher zum Hafen fahren und uns dort ein Boot ausleihen", meinte der Bruder, dessen Stimme vor Aufregung etwas höher war, mit einem fragenden Blick zu seiner Mutter.

„Was meinst du mit ausleihen?", fragte die jüngere Schwester nach.

„Er meint damit", antwortete Katinka für den Bruder, „dass er sich einfach irgendeines der Boote, die im Hafen liegen, nehmen wird."

„Also sollen wir ein Boot klauen?", erkundigte sich Monika stirnrunzelnd.

„Wir geben es ja wieder zurück", entgegnete Katinka grinsend. „Also borgen wir es uns nur aus."

„Gut." Elisabeth hob eine Hand, um diesen Teil der Unterhaltung zu beenden. „Aber wenn ihr drüben seit, und Bridget gefunden habt, müsst ihr aufpassen, dass euch die Wandler nicht in die Quere kommen."

„Welche Wandler?", fragte Meilin verwundert. „Ich dachte, Orulia ist eine Bruderschaft der Gewandelten."

Ihre Mutter nickte. „Das ist sie auch, aber es gab immer ein paar Wandler, die sich von deren Machtphantasien angezogen fühlten. Nicolas scheint jetzt auch zu ihnen zu gehören und vielleicht gibt es noch mehr. Deshalb müsst ihr vorsichtig sein und euch vor ihnen in acht nehmen."

„Gibt es sonst noch etwas, das wir über die Gewandelten wissen sollten?", fragte Florian seine Mutter. „Haben sie andere Fähigkeiten als Wandler?"

Elisabeth schüttelte den Kopf.

„In ihrer Katzengestalt sind sie genauso gefährlich wie jede normale Katze. Deshalb bleiben sie ja unter sich und suchen abgelegene Orte für ihre Gemeinschaft aus. Euer Vater meinte sogar, dass sie in diesem Zustand nichts von dem Menschen, der sie am Tage sind, wissen."

„Brauchen wir Waffen, um uns vor ihnen zu schützen?", fragte Meilin, die an die Unterhaltung mit Josefine am Abend vorher dachte.

„Die Gewandelten kann man genauso wenig wie uns Wandler mit einer Kugel töten", erklärte ihre Mutter in einem dozierenden Tonfall. „Ihr wisst ja, dass unser Körper die meisten Metalle auflöst, bevor es eine größere Verletzung hervorrufen kann. Eine Ausnahme ist jedoch Silber. Beim Kampf damals hatten sowohl die Gewandelten als auch die Wandler Waffen aus Silber benutzt, so dass es viele Verletzte und Tote gab. Außerdem haben wir ja vor Kurzem erfahren, dass der Stich mit einem Messer aus Reblis-Metall unseren Körper in einen Todesschlaf versetzt."

„Werden die Gewandelten uns auch angreifen wenn sie in ihrer Katzengestalt sind und wir Menschen?", wollte Florian besorgt wissen.

„Meistens fühlen die Gewandelten sich in dieser Situation unterlegen", meinte seine Mutter. „Aber wenn sie sich bedrängt fühlen oder wütend sind, dann können sie ihre Vorsicht vor Menschen vergessen. Wie ihr euch sicher denken könnt, ist es zwar nicht lebensgefährlich mit einer wild gewordenen Katze zu kämpfen, aber ziemlich schmerzhaft."

„Dann wollen wir nur hoffen, dass sie keine Lust haben, gegen uns zu kämpfen", meinte Meilin in ernstem Ton.

„Wann will Josefine uns die Tür eigentlich öffnen?" Monika sah die älteste Schwester fragend an.

„Die Gewandelten sind ab Sonnenuntergang Katzen", erklärte Meilin. „Ab diesem Zeitpunkt kann Jo sich aus ihrem Zimmer schleichen und zum Tor kommen. Natürlich wissen wir nicht wie lange sie dafür brauchen wird."

Florian nickte. „Ja, sie kann auf Wandler stoßen oder irgendetwas anderes kommt ihr dazwischen."

„Können wir nicht ..." Katinkas Satz wurde durch ein lautes Klingeln an der Haustür unterbrochen.

Elisabeth stand auf und ging in den Flur. Durch das Glas der Haustür konnte sie die Konturen eines Mannes sehen, der jetzt noch einmal klingelte. Sie zögerte einen Moment, denn sie befürchtete, dass es Nicolas oder jemand anderes der Bruderschaft war. Dann nahm sie ihren Mut zusammen und öffnete die Tür. Der Mann, der vor ihr stand, war zu ihrer Erleichterung kein Unbekannter für sie. Es war einer der Freunde von Robert.

„Hallo, Will. Komm schnell herein." Sie begrüßte ihn lächelnd und ließ ihn eintreten. Der schmächtige Mann, der ins Wohnzimmer kam, wurde von den Geschwistern neugierig betrachtet.

„Das sind Meilin, Katinka, Monika und Florian", stellte Elisabeth ihm ihre Kinder vor. „Und das ist Will, ein Freund eures Vaters."

„Hallo." Der Mann lächelte schüchtern.

„Du kommst doch sicherlich um eine Nachricht von Robert zu überbringen." Elisabeth sah den Mann ungeduldig an.

„Ja." Er nickte. „Ich soll euch sagen, dass es ihm leidtut, die Sache nicht selbst in die Hand nehmen zu können. Aber er möchte die Kinder wenigstens danach treffen, deshalb wird er in der Nähe des Hafens auf sie warten."

Florian sah den Mann an und überlegte einen Moment.

„Wir wissen aber nicht, wann wir wieder aufs Festland kommen."

„Das macht nichts", erwiderte er. „Robert, euer Vater, wird dort auf euch warten. Egal wie lange es dauert."

„Und weiter?", fragte Katinka.

„Was weiter?" Der Freund ihres Vaters sah sie verständnislos an.

„Hat er gesagt, was wir bei den Gewandelten beachten sollen", präzisierte sie ihre Frage, „falls es zu einem Kampf kommt?"

Der Mann schüttelte den Kopf.

„Ihr habt wahrscheinlich keinen Kampfsport erlernt, und so würden euch Roberts Erfahrungen auch nicht viel helfen."

„Außerdem werden wir es mit den Gewandelten in ihrer Katzengestalt zu tun haben", warf Florian achselzuckend ein und zwinkerte Katinka zu. „Aber zum Glück haben wir in unserer Jugend den einen oder anderen Kampf als Katzen geführt."

Der strafende Blick seiner Mutter ließ ihn verstummen.

„Das Wichtigste ist, dass ihr Bridget findet", meinte sie streng. „Dafür musst du dich wirklich konzentrieren Florian und keine Späße treiben. Hast du verstanden?"

Der junge Mann nickte ernst und senkte den Blick, damit keiner den Anflug eines Lächelns bemerkte, denn er freute sich darauf, endlich in einen richtigen Kampf zu ziehen.

„Wenn ihr in der Burg seid, lasst euch durch nichts aufhalten. Sobald ihr Bridget gefunden habt, müsst ihr auf schnellstem Wege die Insel verlassen." Die Mutter sah ihre Kinder nacheinander an. „Versprecht ihr mir das?"

Sie war erst zufrieden, als alle genickt und das Versprechen wiederholt hatten. Der Mann, den ihre Mutter Will nannte, verabschiedete sich und sie begleitete ihn zur Tür. Dabei fragte sie ihn nach Robert aus, denn sie machte sich Sorgen um seinen Zustand nach dem Todesschlaf.

„Ihm geht es fast stündlich besser", beruhigte er sie. „Man könnte fast meinen, dass diese Aktion ihm sehr dabei hilft wieder auf die Beine zu kommen. Also mach dir nicht so viele Sorgen, Elisabeth."

An der Haustür angekommen, berührte er aufmunternd ihren Arm und ging dann hinaus. Die Mutter sah ihm noch einen Moment nach, schloss dann die Tür und ging sofort zurück zu ihren Kindern. Die vier hatten in der Zwischenzeit untereinander ausgemacht, wer für die verschiedenen Tätigkeiten zuständig sein würde.

„Es wird Zeit", sagte die Mutter, als sie wieder ins Wohnzimmer kam. „Ihr müsst euch auf den Weg machen, wenn ihr rechtzeitig ankommen wollt. Los, los!"

Ihre Worte lösten große Geschäftigkeit aus, die sich erst legte, als alle im Wagen saßen und sich von ihrer Mutter verabschiedeten. Elisabeth sah ihnen noch so lange hinterher, bis der Wagen nicht mehr zu sehen war.

„Ich drücke euch die Daumen, damit ihr Bridget findet und heil nach Hause bringt", flüsterte sie.

Kapitel 22

Die Überfahrt zur Insel dauerte nicht sehr lang. Josefine und der junge Mann beendeten ihre Diskussion, sobald das Boot in den kleinen Hafen der Insel hineinfuhr. Nachdem es am Anleger festgemacht hatte, führte der Mann der Orulia sie hinauf zu der neu aufgebauten Burg. Josefine stellte sich vor, dass sie genau so ausgesehen haben mochte, als sie vor vielen hundert Jahren zum ersten Mal errichtet worden war. Die Mauer, die sie umgab, war nicht nur sehr hoch, sondern schien auch ziemlich dick zu sein und war oben mit Metallspitzen versehen, die gefährlich in der Sonne blitzten. Außerdem war die Mauer ganz glatt verputzt worden, wahrscheinlich damit niemand dort Halt fand, um sie hinaufzuklettern und ungebeten die Burg zu betreten.

Im Gänsemarsch ging die kleine Gruppe einen schmalen Weg an den Klippen entlang. Der Wind war hier sehr kräftig und zupfte und zerrte an Kleidern und Haaren der Menschen, die beeindruckt von dem Bauwerk auf das sie zugingen, ihre Unterhaltungen eingestellt hatten und schweigend dem Mann in der Kutte folgten.

Nach einer Weile konnte Josefine die Burgmauer ganz aus der Nähe sehen und sie beschlich ein ungutes Gefühl. Die Mauer war wirklich schrecklich dick und es gab, so weit sie sehen konnte, nur diese eine Tür um hinein- oder herauszukommen. Die Holztür war groß und schwer und gleich daneben befand sich ein Wächterhaus. Sie fragte sich, wie sie es schaffen sollte, diese Tür für die Familie Catus zu öffnen. Konnte sie den Wächter ablenken, während sie die Tür öffnete? Vielleicht hatte ihr Bruder ja recht gehabt, dass sie das nicht schaffen konnte. Doch sogleich verbat sie sich diese negativen Gedanken. Sie hatte sich auf dieses Abenteuer eingelassen und so musste sie es irgendwie meistern.

Die Menschen wurden am Torwächter vorbeigeführt, der sie mit unbewegter Miene betrachtete. Er war nicht nur groß und kräftig, sondern hatte auch eine lange Narbe im Gesicht, die sich von seiner Schläfe bis zu seinem Mund zog, was ihn brutal und gefährlich aussehen ließ.

Josefines Zuversicht ihre Aufgabe doch noch schaffen zu können bekam einen weiteren Dämpfer, denn sie glaubte nicht, dass dieser Wächter leicht zu übertölpeln war. Hinter ihm konnte sie einen kurzen Blick auf das Innere des Häuschens erhaschen. Sie sah das Fußende einer Liege, einen Tisch und einen Stuhl. Auf dem einfachen Holztisch fiel ihr ein strahlend blauer Krug mit einem feinen weißen Muster auf, dessen Schönheit ihr ein Lächeln ins Gesicht zauberte.

In der Zwischenzeit war die kleine Gruppe in einen Hof gelangt, wo sich eine Schar von Männern in langen Gewändern versammelt hatte. Josefine vermutete, dass die Mitglieder der Bruderschaft zu ihrer Begrüßung zusammengekommen waren. Auf der rechten Seite führte eine breite Treppe zu einer reich verzierten zweiflügeligen Holztür, die in das größte Gebäude auf dem Gelände führte. Während sie noch ihre Umgebung interessiert betrachtete, hörte sie das Ächzen alter Scharniere. Die große Tür öffnete sich und eine in ein langes schwarzes Gewand mit Kapuze gehüllte Gestalt heraus trat. Josefine versuchte vergeblich, das Gesicht zu erkennen, aber die Kapuze war groß und weit und dadurch lag es vollkommen im Schatten.

‚Das wird dann wahrscheinlich dieser Ailuro sein‘, dachte Josefine.

Er sollte viele entstellende Narben im Gesicht haben und so machte es Sinn, wenn er es verhüllte.

Die Türflügel schlugen laut gegen das Mauerwerk. Die Gestalt blieb auf der obersten Treppenstufe stehen und sah hinüber zu den eingeschüchterten Menschen, die dicht aneinandergedrängt mitten auf dem Hof standen.

„Willkommen bei der Vereinigung Orulia", erhob die Gestalt ihre Stimme, die melodisch und freundlich klang. „Heute ist ein ganz besonderer Tag für euch und auch für uns. Ihr gehört zu den Auserwählten, die die Chance bekommen etwas von Orulias Weisheit zu erfahren. Eure Suche nach Wahrheit und Klarheit begann vor langer Zeit und bis jetzt habt ihr viele Irrwege gehen müssen, um endlich den Pfad zu finden, der euch zum Ziel bringen kann. Wenn ihr noch zweifelt, dann schaut euch nur um und seht in die Gesichter unserer Mitbrüder und Mitschwestern. Sie sind auf diesem Pfad schon eine ganze Weile unterwegs und ihrem Ziel schon sehr nahe. Noch einmal herzlich willkommen bei Orulia."

Seine Augen schweiften ein letztes Mal über die Gruppe, dann wandte er sich um und ging zurück in das Gebäude. Der Mann vom Boot trat nun vor die neuangekommenen Menschen, um zu ihnen zu sprechen.

„Ihr werdet gleich zu euren Zimmern gebracht, aber vorher wollen wir eine stille Andacht im Versammlungssaal halten. Folgt mir!"

Damit ging er ihnen voran die Treppe hoch in das große Gebäude. Die Menschen zögerten einen Moment, dann gingen sie ihm ein wenig eingeschüchtert hinterher. Das Innere des Gebäudes war dunkel, so dass Josefine erst nicht viel erkennen konnte, aber nach einer Weile hatten sich ihre Augen an das Halbdunkel gewöhnt. In der gegenüberliegenden Wand konnte sie die Umrisse von drei hohen Fenstern ausmachen, durch die das Tageslicht auf einen Altar davor fiel. In der Mitte dieses Altars stand ein mit einem schwarzen Tuch bedeckter Gegenstand, der hoch und schmal war. Die Umrisse unter dem Stoff schienen auf eine Statue hinzudeuten, die von einem Kreis kleiner weißer Kerzen sowie rechts und links von zwei großen schwarzen Kerzen umgeben war. Vor dem Altar gab es mehrere Reihen von Stühlen.

Der Mann, der sie hereingeführt hatte, bedeutete ihnen, ganz nach vorne zu gehen und sich in die erste Reihe zu setzen. Die Menschen befolgten gehorsam und schweigend seine Anweisung. Dabei bemerkte Josefine bei einigen von ihnen Anzeichen von Unbehagen, das ihr mit ihrem Wissen über die Bruderschaft mehr als angebracht erschien. Hinter ihnen nahmen die Brüder und Schwestern der Orulia auf den restlichen Stühlen Platz, und nachdem die Geräusche der sich Setzenden abgeklungen waren, legte sich eine schwere, bedrückende Ruhe über den Saal.

Im ersten Moment meinte Josefine, ihre Gedanken würden so laut sein, dass die anderen sie hören konnten, aber je länger diese Stille andauerte, desto leiser und ruhiger wurde es in ihrem Kopf. Sie merkte, wie sie unwillkürlich langsamer atmete und in einen hypnotischen Rhythmus gelangte. Sie blinzelte ein paarmal mit den Augen, um sich aus dieser Stimmung zu holen. Dabei hob sie den Blick und sah direkt in das schwarze Nichts des Kapuzenmannes – wie sie ihn bei sich nannte. Er schien ihr zuzunicken oder war es nur die Kapuze, die von einem Lufthauch bewegt worden war?

Ohne eine Ansprache oder Erklärung fing er an, einen für Josefine unverständlichen Text aufzusagen. Wahrscheinlich war es so etwas wie ein Gebet in einer Sprache, die keine der Sprachen ähnelte, die sie kannte. Bevor sie weiter darüber nachdenken konnte, verstummte der Mann mit der Kapuze und löste die Andacht mit einer Handbewegung auf. Jetzt stand der Mann vom Boot auf und bedeutete den Menschen, ihm zu folgen.

„Wie versprochen zeige ich euch jetzt eure Zimmer. Hier entlang bitte."

Wieder gingen sie hinter ihm her und immer noch sprach keiner der Menschen ein Wort. Sie gingen durch eine Tür an der linken Seite des Versammlungsraumes. Dahinter blickten sie in einen endlos scheinenden Gang mit unzähligen schmalen Türen, auf denen unterschiedliche Symbole gemalt waren. Josefine kannte einige von ihnen, doch die meisten schienen in kein menschliches Zeichensystem zu passen. Sie hatte schon viele Schriften kennengelernt und sie war auch von den alten nicht mehr gebräuchlichen Schriften sehr angetan, aber diese Zeichen passten zu keiner von ihnen. Also nahm sie an, dass die Gewandelten oder Ailuro selber, diese Symbole erfunden hatten. Vielleicht konnte sie etwas über sie erfahren, während sie hier war. Die Aussicht auf faszinierende Informationen hob ihre Stimmung ein bisschen.

Der Mann der Orulia blieb vor ihnen stehen und zeigte auf einen Gang, der vom Hauptgang abzweigte. Sie konnten erkennen, dass es sich um eine Sackgasse handelte, denn das Ende des Ganges mündete in einen kleinen Raum, in dem ein einfacher Holztisch und vier ebenso einfache Stühle standen. Der Gang wurde wie die Räume durch Öllampen an den Wänden erleuchtet, die ein Zwielicht verbreiteten, an das sich die menschlichen Augen erst gewöhnen mussten. Deswegen und weil der Boden des Ganges nicht eben war, folgten sie dem Mann unsicher und mehr stolpernd als gehend. Die Türen, an denen sie vorbeikamen, waren alle geöffnet und so konnte Josefine in die einzelnen Kammern sehen, die zwar einfach möbliert, aber doch sauber waren. Die Wände waren schlicht weiß gestrichen und es gab jeweils ein schmales Bett, einen Schrank, einen kleinen Tisch und zwei Stühle. Ihre Aufmerksamkeit richtete sich wieder auf den Mann, denn er fing an, die kleine Gruppe auf die Zimmer aufzuteilen.

Josefine hoffte, ihr Zimmer würde nah am Hauptgang sein, damit sie sich schneller hinausschleichen konnte. Aber wie sie schon befürchtet hatte, wurde sie in eines der Zimmer neben dem Aufenthaltsraum einquartiert. Also musste sie sich etwas einfallen lassen, wie sie in der Dämmerung ungesehen diesen Gang verlassen konnte. Sie war als letzte an der Reihe und wurde zu einer Kammer geführt, deren Tür geschlossen war. Der Mann zog einen großen Schlüssel unter seiner Kutte hervor, mit dem er aufschloss, dabei sah er Josefine mit einem Lächeln an, das sie nicht ganz deuten konnte.

Als sie das Innere der Kammer sah, war sie überrascht. Sie hatte wie in den anderen Zimmern ein schmales, hartes Bett und einen einfachen Holztisch mit Stuhl erwartet. Aber in diesem Raum stand ein Bett mit einer dicken Matratze, die Bettwäsche war mit bunten Blumen bedruckt und um den weißen, mit einer hellroten Tischdecke versehenen Tisch, standen zwei weiße gepolsterte Stühle. Sie sah außerdem noch einen weißen Kleiderschrank, dessen Türen offen standen und in dem auf einem Bügel ein weißes Gewand hing.

„Um sechs Uhr gibt es das Abendessen, dazu zieht bitte das Gewand an, dass ihr in euren Zimmern findet", sagte der Mann der Orulia laut, wobei er sich zu den anderen Menschen umdrehte. „Wenn ihr diesen Gang ganz bis zu seinem Ende entlanggeht, kommt ihr in den Speisesaal."

Damit wies er zurück auf den Hauptgang. Josefine sah erst jetzt, dass dieser Gang auf der anderen Seite des Hauptganges weiterging.

„Bitte seid pünktlich um sechs Uhr dort. Ich bin jetzt in meinem Zimmer am Anfang des Ganges. Wenn ihr Fragen habt, zögert nicht, zu mir zu kommen."

Dann ging der Mann in das von ihm genannte Zimmer, zog die Tür jedoch nicht hinter sich zu, sondern ließ sie halb offen stehen. Aus den anderen Zimmern hörte Josefine leise Unterhaltungen. Die anderen Novizen schienen sich nicht mehr ganz so unwohl zu fühlen, denn sie konnte schon das eine oder andere gedämpfte Lachen hören.

Es dauerte nicht lange, ihre Sachen auszupacken und sich das Gewand überzuziehen. Dann sah sie auf die Uhr und bemerkte, dass sie bis zum Essen noch Zeit hatte. Also setzte sie sich auf einen der Stühle und dachte nach. Sie musste einen Weg finden, um aus ihrer Kammer ungesehen zum Tor zu kommen, und außerdem brauchte sie eine gute Idee, wie sie den Wächter so lange vom Tor fernhalten konnte, dass sie es unbemerkt der Familie Catus öffnen konnte.

Sie fragte sich, ob der Wächter ein Gewandelter oder ein Wandler war. Wenn der Bruderschaft ihre Sicherheit wichtig war, hatten sie höchst wahrscheinlich Wandler als Wächter eingesetzt, um die Burg auch in der Dunkelheit bewachen zu können. Eine Ablenkung wäre nicht schlecht, aber da sie nicht wusste, wie viele Wandler es in der Burg gab, würde es vielleicht nicht ausreichen.

Dann fiel ihr ein, dass sie bei ihrer Ankunft in der Burg im Wächterhaus auf einem Tisch einen Becher und einen Krug gesehen hatte. Wenn sie die Gelegenheit hätte, ein Schlafmittel in seinen Krug zu geben, dann könnte sie am schlafenden Wächter vorbei, den anderen das Tor öffnen.

Doch wie sollte sie unbemerkt von den anderen auf den Hof gelangen und wie konnte sie sicherstellen, dass der Wächter auch genügend vom Schlafmittel trank, damit sie Zeit hatten, Bridget zu retten?

Obwohl ihr zu diesen Fragen noch keine Antworten einfielen, wollte sie doch vorbereitet sein. Sie nahm ihre Tasche und suchte in ihrer Reiseapotheke nach dem Schlafmittel, das sie eingepackt hatte. Die Tabletten musste sie nur noch pulverisieren, um sie im Becher des Wächters auflösen zu können. Sie nahm ihr Notizbuch und riss eine Seite heraus, um das pulverisierte Schlafmittel darin einzuwickeln. Dann holte sie ihre Zahnbürste und benutzte den Stiel zum Zerdrücken der Tablette. Beim ersten Mal rutschte sie ihr weg. Sie überlegte kurz, dann nahm sie eine zweite Seite aus dem Notizbuch und legte die Tablette dazwischen. Nun schaffte sie es, sie zu zerdrücken. Das Pulver schüttelte sie in die Mitte der Seite und schloss das Papier sorgfältig darüber. Dabei fiel ihr Blick auf ihre Armbanduhr und sie sah, dass sie immer noch Zeit hatte, bis sie zum Essen gehen musste.

Sie wollte versuchen, vorher noch zum Tor zu kommen und dem Wächter das Schlafmittel in sein Getränk zu mischen. Somit hätte das Mittel Zeit zu wirken. Sie öffnete vorsichtig die Tür ihrer Kammer und sah hinaus, ob jemand im Gang war. Zu ihrer Erleichterung hielten sich die anderen noch in ihren Kammern auf, und so schlich sie sich hinaus auf den Gang. Vor der Tür des Mannes der Bruderschaft blieb sie einen Moment stehen. Durch die geöffnete Tür sah sie jedoch, dass die Kammer leer war. Sie schlich vorsichtig weiter, wobei sie aus dem Hauptgang leise Geräusche hören konnte. Wahrscheinlich kamen sie aus Räumen, die weit entfernt von ihr lagen. Sie richtete sich auf und ging zielstrebig zurück zum Versammlungsraum, um von dort nach draußen zu gelangen. Falls sie jemand hier bemerkte, würde sie einfach sagen, dass sie den Speisesaal gesucht und sich dabei in den Gängen verlaufen hatte.

Zu ihrer Erleichterung kam es jedoch nicht so weit, denn auf ihrem Weg begegnete sie keiner Seele. An der Tür zum Versammlungssaal angekommen, öffnete sie diese vorsichtig und spähte in den Raum, der jetzt nur noch durch das Licht, das durch die Fenster schien, erhellt wurde. Auch hier war niemand zu sehen. Josefine flitzte hinüber zur großen Tür, durch die sie in das Gebäude gekommen waren, und drückte die überdimensionale Klinke herunter. Überrascht stellte sie fest, dass die Tür sich leicht und geräuschlos öffnen ließ.

Sie wunderte sich auch darüber bislang keinen der Gewandelten gesehen zu haben. Doch den Gedanken hätte sie besser nicht gehabt, denn gerade in diesem Moment traten ein Mann und eine Frau aus einer Tür eines der Nebengebäude und gingen miteinander plaudernd über den Hof. Josefine wartete ab, bis die beiden in einem anderen Gebäude verschwunden waren, um dann selbst auf den Hof zu treten.

Kaum war sie die Stufen hinuntergegangen, als sie hörte, wie hinter ihr eine Tür geöffnet und wieder geschlossen wurde. Dann vernahm sie Schritte hinter sich. Sie zwang sich, unbeirrt und zielstrebig weiterzugehen, in der Hoffnung so als eine der ihren durchzugehen. Ihr Herz schlug ihr bis zum Hals und doch ging sie weiter in Richtung Tor. Dann hörte sie zu ihrer Erleichterung wie sich die Schritte hinter ihr nach rechts entfernten und wieder eine Tür geöffnet und geschlossen wurde. Sie strich sich eine Haarsträhne aus dem Gesicht und versuchte, dabei heimlich einen Blick hinter sich zu werfen. Sie war wieder allein auf dem Hof. Auch der Wächter war nicht in seinem Häuschen und der Krug stand immer noch auf dem Tisch.

Sie zögerte einen Moment, doch dann nutzte sie Gelegenheit. Sie ging schnell in das Häuschen, zog das Papierpäckchen hervor und streute den Inhalt in den Krug. Mit dem Zeigefinger verrührte sie das Pulver im Wasser. Als sie sich umdrehte, blieb ihr fast das Herz stehen, denn der Wächter kam in diesem Moment direkt auf sie zu. Noch konnte er sie im Schatten des Häuschens nicht erkennen, aber er kam immer näher.

Fieberhaft versuchte sie, sich einen Grund für ihre Anwesenheit hier zu überlegen. Doch plötzlich machte er kehrt und verschwand hinter einem der Nebengebäude. Erleichtert verließ Josefine das Häuschen und eilte zurück zum Hauptgebäude. Auf dem Rückweg hatte sie mehr Glück, denn jetzt begegnete sie niemandem mehr. Ein Blick auf ihre Armbanduhr sagte ihr, dass es Zeit für die Abend-mahlzeit war. Als sie wenig später in den Hauptgang trat, marschierte die Gruppe der Menschen gerade zum Speise-saal. Daraufhin beschleunigte Josefine ihre Schritte, um zu ihnen aufzuschließen und sich unter sie zu mischen.

Kapitel 23

Die Kinder der Familie Catus unterhielten sich aufgeregt, während sie zum kleinen Hafenort fuhren, von dem aus sie auf die Insel der Orulia gelangen wollten.

„Wo willst du eigentlich das Boot ausleihen?", fragte Monika ihren Bruder und malte beim Wort ‚ausleihen‘ mit den Händen Anführungsstriche in die Luft.

„Das weiß ich noch nicht", antwortete Florian und blickte kurz in den Rückspiegel zu seiner jüngsten Schwester. „Wir werden uns im Hafen umsehen, ob da ein Boot liegt, das wir ohne Schwierigkeiten nehmen können."

„Toller Plan!", meinte Katinka mit einem leicht sarkastischen Ton in der Stimme. „Hoffentlich werden wir dabei nicht geschnappt."

Sie lehnte sich im Sitz zurück und sah dann demonstrativ nach draußen.

„Was ist los, Tinka?", wollte Meilin von ihrer Schwester wissen. „Warum bist du so negativ?"

„Lass mal gut sein, Meilin", sagte ihr Bruder. „Sie hat ja recht. Unser Plan ist nicht besonders gut durchdacht. Aber wir hatten ja auch nicht viel Zeit dafür."

Katinka schien seinen Worten keine Beachtung mehr zu schenken, stattdessen starrte sie aus dem Seitenfenster. Sie dachte an ihre Schwester, die jetzt irgendwo auf jener Insel gefangengehalten wurde, oder vielleicht auch irgendwo anders. Sie mochte sich gar nicht vorstellen, wie es für sie sein musste und was sie jetzt alles durchmachte.

Katinka war nicht wohl dabei, dass das Schicksal ihrer Schwester von einer völlig übereilt erdachten Aktion abhing. Sie wollte auch nicht daran denken, wie ihre Mutter reagieren würde, falls ihr Plan misslang und Bridget etwas geschah. Diese Unsicherheit lastete schwer auf dem Gemüt der jungen Frau und erzeugte bei ihr schlechte Laune. Außerdem machte sich in ihr die Ahnung breit, dass etwas Schlimmes passieren würde.

Doch Katinka wollte ihren Geschwister jetzt nicht den Mut nehmen. Sie wusste, dass die Chancen Bridget zu retten besser waren, wenn Florian, Meilin und Monika an ihren Plan glaubten. Also zwang sie sich, ihre Bedenken beiseitezuschieben.

„Tut mir leid, Flo", sagte sie deshalb an ihren Bruder gewandt. „Diese ganze Situation macht mir zu schaffen. Ich habe Angst um Bridg."

Der Bruder nickte verständnisvoll. „Ist schon gut, Schwesterherz. Ich fühle doch auch so. Keiner von uns möchte in dieser Situation versagen."

„Richtig", meinte auch Monika.

Sie griff nach Katinkas Hand und hielt sie fest.

„Jeder von uns hat Angst, dass Bridg oder einem anderen von uns etwas zustoßen könnte."

„Gut, dann sollten wir uns jetzt aber doch Gedanken um das Boot machen", mischte sich Meilin ein. „Ich meine, wer von uns kann damit umgehen?"

Die Geschwister sahen sich gegenseitig an. Katzenmenschen mochten genauso wie normale Katzen Wasser nicht so sehr, und deshalb betrieben sie Hobbys wie Schwimmen, Rudern oder Segeln nicht. Die Frage von Meilin war also mehr als angebracht, denn keiner von ihnen war jemals mit einem Boot gefahren. Doch auf Katinkas Gesicht bildete sich ein verschmitztes Lächeln.

„Das ist kein Problem", sagte sie nur.

Überrascht blickten die anderen ihre Schwester an und warteten auf eine Erklärung. Katinka sah mit Genugtuung in die Gesichter ihrer Geschwister.

„Mein neuer Freund Joss liebt das Meer und er ist, so oft er kann, mit seinem Boot unterwegs. Natürlich habe ich ihn einige Male begleitet."

„Na, dann wäre das ja geklärt", meinte Meilin und lächelte in die Runde. „Jetzt brauchen wir nur noch das Boot."

„Ja, ja." Florian sah zur Schwester hinüber, deren schmale Augen ihn eindringlich ansahen. „Ich werde uns schon ein Boot besorgen und wenn ich es selbst bauen muss."

Als er das gesagt hatte, schlug ihm schallendes Gelächter entgegen.

„Du kannst es ja backen", meinte Katinka prustend.

„Oder aus einer Möhre schnitzen", ergänzte Monika lachend.

Auch Meilin musste über die Vorstellung ihres Bruders beim Bau eines Bootes grinsen. Er war ein hervorragender Koch und ein wunderbarer Bruder, aber seine handwerklichen Fertigkeiten ließen zu wünschen übrig.

„Hey, Kinder", sagte sie, als sie das Ortsschild sah. „Hört auf zu lachen und konzentriert euch auf unseren Plan. Wir sind bald da."

Kapitel 24

Josefine und die Gruppe der Menschen tasteten sich einen ziemlich dunklen Gang entlang, der weder Türen noch Fenster hatte. Die Öllampen an den Wänden gaben nur ein trübes Licht ab, weil ihre Dochte herunter gedreht waren. Josefine nahm an, dass die Katzenmenschen nicht viel Licht brauchten, um sich zurechtzufinden. Sie gelangten an eine große Tür und sobald sie vor ihr standen, öffnete sie sich langsam und wie von Geisterhand. Ein schmächtiger Mann in einer Kutte, die eher grau als schwarz war, trat von der Tür zur Seite und ließ sie eintreten. Als die Gruppe komplett in dem schmucklosen Saal war, schloss er die Tür hinter ihnen und zeigte wortlos er auf einen langen Tisch an der rechten Seite des Saales.

Josefine zählte fünf Tischreihen, die fast die gesamte Länge des Saales in Anspruch nahmen, sowie einen kürzeren Tisch, der quer am anderen Ende des Raumes stand ein. Sie nahm an, dass dort der Anführer und seine engsten Vertrauten ihr Plätze hatten.

Alle Brüder und Schwestern der Orulia saßen an den Tischen. Sie unterhielten sich zwanglos, so dass die heiteren Stimmen im Saal widerhallten. Die Atmosphäre war so ganz anders als bei ihrer Ankunft, dass die kleine Gruppe überrascht stehenblieb und sich erst nach einem Moment wieder in Bewegung setzte. Auf der rechten Seite an dem ihnen zugewiesenen Tisch war die Hälfte der Stühle frei. Der Mann, der den Menschen am nächsten war, lächelte sie an und machte ihnen ein Zeichen sich dort hinzusetzen.

Erleichtert über die freundliche Geste und durch die gelockerte Stimmung beruhigt, ließen sich die Menschen am Holztisch nieder.

Es gab auf den Tischen keine Decken. Auf der blanken Holzplatte stand an jedem Platz ein Teller, Besteck und ein Tonbecher. Nachdem sich alle gesetzt hatten, schlug ein Gong und die Gemeinschaft verstummte. Von der anderen Seite des Saales kamen Brüder herein, die dampfende Schüsseln auf die Tische stellten. Wie nicht anders von Josefine erwartet wurde anschließend die Mahlzeit schweigend eingenommen.

Sie nutzte die Gelegenheit, um sich die Brüder und Schwestern an ihrem Tisch genauer anzusehen und weiter über ihren Plan nachzudenken. Sie sah dabei in die Gesichter der Katzenmenschen und ihr fiel auf, dass sie sehr freundlich waren und sich häufig ein Lächeln auf ihnen ausbreitete. Sie war ganz in ihre Gedanken versunken, und so bemerkte sie den schmächtigen Mann erst, als er direkt vor ihr stand und sie leise ansprach.

„Ailuro bittet dich, sich zu ihm zu setzen", sagte er mit ausdrucksloser Miene und ohne ihr dabei ins Gesicht zu sehen.

Josefine war überrascht und merkte, wie ihr Herz plötzlich schneller schlug. Ihre Gedanken überschlugen sich. Ob dieser Nicolas sie doch erkannt hatte? Was konnte Ailuro von ihr wollen? Das Gefühl drohender Gefahr wurde in ihr immer stärker. Doch äußerlich zeigte sie diese Gefühle nicht. Mit ruhiger, gleichmütiger Miene nickte sie zustimmend und legte das Besteck aus der Hand. Sie atmete so unauffällig wie möglich tief durch und folgte dann dem schmächtigen Mann, der mit schnellen Schritten zum kurzen Tisch ging.

Dort saßen fünf Personen, die alle dieses lange schwarze Gewand mit den überdimensionalen Kapuzen trugen. Sie selbst kam sich in ihrem weißen Gewand etwas kindisch vor und hoffte nur, dass die anderen es nicht auch so sahen. Der Mann, der sie hergeführt hatte, zog einen Stuhl vor den kurzen Tisch und machte ihr ein Zeichen, sich zu setzen. Josefine nahm auf dem Stuhl Platz, wobei sie sich sehr gerade hinsetzte und den Mann ihr gegenüber ansah. Sie fühlte sich angestarrt, obwohl sie die Augen im Schatten der Kapuze nicht erkennen konnte. Entgegen ihrem inneren Impuls wegzuschauen, sah sie geradewegs in die schwarze Leere seines Gesichts und wartete auf eine Reaktion. Die ließ nicht lange auf sich warten.

„Du heißt Josefine?", fragte er. „Was führt dich zu uns?"

Sie musste einen Moment überlegen, um sich eine Begründung auszudenken. Aber schließlich überließ sie es ihrer Fantasie, dem Mann zu antworten.

„Diese Überfälle sind so sinnlos", begann sie seufzend, „dass sie nur eine Botschaft sein können."

„Was für eine Botschaft könnte das deiner Meinung nach sein?", fragte ihr Gegenüber.

„Die Geschichte der Menschheit ist voller Irrtümer und Selbstüberschätzung. Wir beuten nicht nur uns, sondern auch alles andere aus – wenn wir können. Die Überfälle zeigen uns unsere Verwundbarkeit und unsere Unfähigkeit, dem ein Ende zu bereiten. Es muss doch eine vernünftigere und intelligentere Macht geben, die uns den Weg weisen kann. Ich denke, wir alle suchen nach etwas Höherem und es scheint mir, dass ihr hier auf dem richtigen Weg seid. Ich hoffe, euch auf diesem Weg folgen zu können."

Die Stille, die ihren Ausführungen folgte, überraschte sie. Sie hatte einfach nur dahergeredet und versucht, so gut wie möglich den Ton der Bruderschaft zu erfassen. Doch sie musste etwas in Ailuro getroffen haben, denn er beugte sich zu ihr hinüber und sah ihr direkt in die Augen, so dass sie ein paar kranke tränende Augen im Schatten erkennen konnte. Der Anblick machte sie traurig und sie wünschte sich ihren Bruder hierher, der vielleicht ein Mittel wüsste, um diesem leidenden Katzenmenschen zu helfen.

„Du findest nicht, dass Menschen anderen Wesen überlegen sind?"

„Wir sind zu Dingen fähig, die andere Lebewesen nicht können", antwortete sie und bemerkte, dass ihr diese Unterhaltung beinahe gefiel. „Aber andere Lebewesen haben Fähigkeiten, die wir nicht besitzen, zum Beispiel können viele Tiere Töne hören, die wir nicht wahrnehmen. Jeder kann eben das, was ihm bei seiner Lebensweise und in seinem Lebensraum nützlich ist. Wir Menschen sind die Einzigen, die für das reine Überleben unwichtige Fertigkeiten erlernen, und wähnen uns daher intelligenter und besser als andere Lebewesen."

Die Männer um Ailuro nickten zustimmend mit dem Kopf. Innerlich bereitete sich Josefine auf ein längeres Gespräch vor, aber jetzt kam der schmächtige Mann wieder zu ihr und bedeutete ihr, aufzustehen.

„Komm mit", sagte er bestimmt.

Verdutzt sah sie die Männer vor ihr an, denn warum sie so schnell wieder gehen sollte, war ihr nicht ersichtlich. Der schmächtige Mann ging vor ihr her und führte sie, wie sie nach einer Weile bemerkte, wieder in ihr Zimmer.

„Warum bringen Sie mich hierher zurück?", fragte sie ihn.

Doch er gab ihr darauf und auch auf die weiteren Fragen, die sie ihm stellte keine Antwort.

„Warte hier in deinem Zimmer", sagte er nur, bevor er sie in ihrem Zimmer allein ließ.

Grübelnd saß sie auf dem Bett, wobei sie jedes Wort und jede Geste des Gespräches mit Ailuro in ihrer Erinnerung genau betrachtete und versuchte herauszufinden, ob etwas den Leiter der Bruderschaft hatte verärgern können. Doch ehe sie eine befriedigende Antwort gefunden hatte, vernahm sie Schritte vor ihrem Zimmer, dessen Tür nur angelehnt war. Jemand hustete direkt davor und dann hörte sie Ailuros Stimme.

„Darf ich hereinkommen?"

Josefine verstand es als eine rein rhetorische Frage und so machte sie sich nicht die Mühe, darauf eine Antwort zu geben. Tatsächlich trat Ailuro auch gleich darauf in ihr Zimmer. Er ging auf sie zu, blieb aber eine paar Schritte vor ihr stehen.

„Weißt du, warum dieser Raum so anders aussieht als die Restlichen hier?", fragte er sie leise.

Als Josefine den Kopf schüttelte, setzte er sich auf einen der Stühle am Tisch und drehte sich zu ihr um.

„Es gab einmal eine wunderschöne junge Frau, die Blumen über alles liebte. Sie war der sanfteste und gütigste Mensch auf der Welt und doch musste sie sterben, zu jung sterben. Sie konnte nicht einmal ihren achtzehnten Geburtstag feiern. Dieses Zimmer sieht fast genauso aus, wie ihr Zimmer damals, bevor das alles geschah und bevor sie sterben musste."

Plötzlich ergriff Ailuro seine Kapuze und schob sie sich in den Nacken. Zum ersten Mal konnte Josefine sein entstelltes Gesicht genau sehen. Sie war zutiefst erschrocken darüber und zog scharf die Luft ein, dabei versuchte sie jedoch einen so gleichmütigen Eindruck wie möglich zu machen. Sie zwang sich, ihm in die Augen zu schauen und keine Furcht zu zeigen. Dazu musste sie sich nicht verstellen, denn so schrecklich der Anblick war, das vorherrschende Gefühl in ihr war Mitgefühl für ein Wesen, dass sichtlich übel zugerichtet worden war. Ohne zu überlegen, stand sie darum auf und ging auf Ailuro zu.

Ihre Blicke hielten einander fest und sie bemerkte, dass er sie überrascht und zugleich neugierig ansah. Sie trat auf ihn zu, dann hob sie ihre Hand, um die Narben auf seiner Stirn und seinen Wangen zu berühren. Nach einem Moment blickte Ailuro als Erster weg.

„Bin ich nicht hässlich?", fragte er sie so leise, dass sie ihn fast nicht verstanden hätte.

„Die Narben sind nicht schön", entgegnete sie, „aber du bist nicht hässlich."

Er schien einen Moment über ihre Worte nachzudenken.

„Aber ich habe hässliche Dinge getan und ich tue sie noch", gab er zu bedenken.

Josefine fühlte sich in dieser Situation überfordert. Sie konnte nicht erkennen, was der Mann von ihr wollte und welche Dämonen ihm zu schaffen machten. Sie wollte doch nur der Familie Catus helfen, ihre Tochter zu finden und zu befreien. Diese Komplikation konnte sie überhaupt nicht gebrauchen.

„Wenn man erkennt, dass man schreckliche Dinge tut", sagte sie achselzuckend, „dann hat man schließlich die Wahl sie weiterhin zu tun oder damit aufzuhören."

„Hat man jemals die Wahl?", fragte Ailuro und sah ihr tief in die Augen. „Ist nicht unser Weg vorbestimmt?"

Sie dachte darüber einen Moment nach.

„Die Erfahrungen, die wir machen und auch die Dinge, die uns von anderen angetan werden, sind einfach als Teil unseres Lebens da", erklärte sie bestimmt. „Die Art und Weise wie wir damit umgehen, liegt jedoch in unserer Hand. Darin haben wir eine Wahl. Wir können Verstand,

Herz und Seele benutzen, um dem Dunklen und Bösen nicht unnötig Raum zu verschaffen."

„Das verlangt aber eine gewisse Stärke, die nicht jeder hat", meinte Ailuro stirnrunzelnd.

„Natürlich ist es leichter, nicht zu kämpfen", antwortete sie ihm. „Aber die Kraft dazu ist da."

„Es gibt Dinge, die zu schrecklich sind, um sie jemals zu vergessen, oder über sie hinweg zu kommen", erklärte er in einem leicht ärgerlichen Ton. Sie hatte wohl eine Saite in ihm angerührt, die er ungern hören wollte.

„Das ist nicht der Punkt", entgegnete sie prompt. „Es geht einzig und allein darum, das Leben zu akzeptieren mit allen Facetten, die es bietet. Das Dunkle wird uns oft streifen, aber wir müssen ihm keinen Raum geben. Das ist die Kunst und die Herausforderung, die uns das Leben stellt."

„Was ist mit der Wut?", fragte Ailuro mit Erregung in der Stimme. „Wenn Unrecht geschieht und ein geliebter Mensch sterben muss, ist das Bedürfnis nach Rache unermesslich."

Josefine nickte verständnisvoll und blickte ihm ins Gesicht.

„Natürlich sind die Gefühle da. Aber wir müssen ihnen nicht hilflos ausgeliefert sein. Sie entstehen in uns und sie vergehen auch wieder. Wir müssen lernen, dass wir nicht unsere Gefühle sind. Es sind Reaktionen auf Erlebnisse und sie sind deswegen ständig im Fluss. Wir brauchen uns bei keinem von ihnen lange aufhalten, denn sie sind nur Stationen auf dem Weg das Erfahrene zu verarbeiten."

„Manchmal dauert dieser Weg aber wohl Jahre oder sogar Jahrzehnte", wandte er traurig lächelnd ein.

„Wahrscheinlich nur wenn man sich von einem oder mehreren der Gefühle nicht trennen kann", meinte sie seufzend.

Ailuro sah sie plötzlich durchdringend an.

„Ich frage mich, warum du überhaupt hier bist", stellte er kopfschüttelnd fest. „Den Weg, den die anderen suchen, scheinst du selbst schon gefunden zu haben."

Josefine sah ihn weiterhin an und in ihrem Inneren überschlugen sich ihre Gedanken. Sie hatte es vermasselt mit ihrer Diskussionsfreude. Sie hätte einfach den Mund halten sollen. Doch sie wusste auch, dass es ihr nicht möglich gewesen wäre, denn dafür hätte sie ein anderer Mensch sein müssen.

„Nicolas hat recht gehabt", sagte er so leise, als spräche er zu sich selbst. „Du bist wirklich anders. Du hast große Ähnlichkeit mit ihr."

Ein Gong erklang und Ailuro stand auf und begab sich zur Tür. Bevor er diese öffnete und hinaus trat, drehte er sich noch einmal zu ihr um.

„Es ist Ruhezeit. Also dann bis Morgen. Vielleicht können wir uns dann weiter unterhalten."

Als Josefine allein war, blieb sie noch lange auf dem Stuhl sitzen und ging in Gedanken die letzten Stunden des Tages durch. Sie hatte sich naiverweise ihre Aufgabe einfacher vorgestellt. Sie hätte es wissen müssen, da die Welt nun mal nicht wie in ihren Romanen schwarz und weiß war, sondern aus verschiedenen Schattierungen von Grau bestand.

Ihr Bild von dem grausamen und bösen Ailuro hatte sich verflüchtigt. Er war gequält worden und sein Hass auf Menschen war verständlich. Mit diesen Entstellungen im Gesicht war es ihm auch nicht möglich das Erlebte irgendwann zu vergessen. Jeder Blick in den Spiegel brachte es wieder in Erinnerung. Kein Wunder, dass er sich hierher auf eine einsame Insel geflüchtet hatte. Sie durfte sich jedoch nicht ablenken lassen, denn der Sinn ihres Aufenthalts war nicht, sich um Ailuros Probleme Gedanken zu machen, sondern den anderen bei der Befreiung Bridgets zu helfen.

Sie hörte Stimmen im Gang. Das Essen war anscheinend beendet und ihre Mitnovizen begaben sich in ihre Zimmer zur Ruhe.

„Zum Glück gibt es hier doch keine Katzen." Hörte sie einen von ihnen mit Erleichterung in der Stimme sagen.

„Ja, das finde ich auch gut", schloss sich eine weibliche Stimme seiner Meinung an. „Seit es diese Überfälle gibt, jagen mir Katzen Angst ein. Niemand weiß, warum sie immer dabei auftauchen. Und wenn ..."

Die beiden Menschen schienen in ihre Zimmer gegangen zu sein, denn Josefine konnte den Rest ihrer Unterhaltung nicht mehr verstehen.

Kapitel 25

Monika schaute durch die Seitenscheibe des Wagens und sah, dass sie ihr Ziel erreicht hatten. Florian suchte ein wenig außerhalb des Hafens einen Parkplatz für ihren Wagen. Als er den Motor ausgestellt hatte und die Schwestern aussteigen wollten, drehte er sich noch einmal zu ihnen um.

„Also Catusse, jetzt wird es ernst", sagte er eindringlich. „Lasst uns alles geben, um unsere Schwester aus den Krallen der Gewandelten zu retten."

Dann hielt er seine Hand in die Mitte des Wagens und sah jedem nacheinander in die Augen.

„Alle für einen und eine für alle."

Zuerst legte Monika ihre Hand auf die ihres Bruders, dann folgte Meilin und zum Schluss tat Katinka es ihren Schwestern gleich. Schließlich lösten sie ihre Hände und stiegen aus dem Wagen.

„Ich werde vorgehen und mich im Hafen umsehen", meinte Florian in entschlossenem Ton. „Ihr wartet so lange dort drüben."

Er zeigte auf eine Bank in der Nähe des Hafens und schlenderte dann hinüber zur Anlegestelle der Boote. Dort waren noch ein paar Leute beschäftigt, aber die meisten waren entweder zu Hause oder saßen in einem der Restaurants und aßen zu Abend. Florian steuerte zielstrebig auf einen Teil des Hafens zu, der im Schatten eines großen Felsens lag. Er hoffte, dort unbemerkt eines der Boote leihen zu können.

Währenddessen hatten sich seine Schwestern auf der Bank niedergelassen und unterhielten sich. Sie versuchten, sich ihre Aufregung nicht anmerken zu lassen, damit sie wie Freundinnen wirkten, die abends zusammen unterwegs waren, um sich zu amüsieren. Meilin musste jedoch immer wieder nach ihrem Bruder Ausschau halten, der für ihr Gefühl viel zu lange unterwegs war. Sie hoffte, dass er nicht in Schwierigkeiten geraten war, und wurde mit jeder Minute unruhiger. Monika erzählte gerade von einem Streich, den ihre Clique einem Jungen in der Klasse gespielt hatte, als Meilin plötzlich aufsprang und mit großen Schritten Richtung Hafen ging.

„Was ist los?", fragte Katinka und stand auch auf, um zu sehen, was ihre Schwester alarmiert hatte.

„Er ist mir schon zu lange unterwegs", meinte Meilin im Weggehen. „Ihr bleibt hier. Ich will nur nachsehen, wo er ist."

Rasch verschwand die Gestalt der Schwester hinter einem Gebäude, das direkt an der Kaimauer stand. Die beiden zurückgebliebenen Schwestern sahen sich verunsichert an.

„Und was machen wir?", wollte Monika von Katinka wissen, die jedoch ganz in ihre eigenen Gedanken versunken war. „Sollten wir nicht eigentlich alle zusammenbleiben? Katy, hörst du?"

Schließlich drehte sich die ältere Schwester zu ihr um und sah sie mit ernster Miene an.

„Das ist schon in Ordnung. Florian muss doch ein Boot für uns finden und Meilin wird ihm dabei helfen."

Monika machte nur ein skeptisches Gesicht, sagte jedoch nichts mehr. Die beiden warteten schweigend auf ihre Geschwister, die nach quälend langen Minuten endlich zurückkamen. Monika wollte sofort aufspringen, aber

Katinka hielt ihren Arm fest und drückte sie wieder auf die Bank.

„Nicht so auffällig, Schwesterchen", flüsterte sie der jüngeren Schwester ins Ohr und deutete hinüber zu einem Pärchen, das plaudernd an ihnen vorbeiging. Die anderen schlenderten zu ihnen herüber und nahmen neben ihnen Platz.

„Wollt ihr mein neues Boot sehen?", fragte Florian mit lauter Stimme die Schwestern. „Wenn ihr Lust habt, können wir etwas an Bord trinken. Wie sieht es aus?"

„Oh ja!" Katinka ging sofort auf sein Spiel ein und stupste ihre jüngere Schwester an. „Das hört sich gut an."

Monika und Meilin lachten erfreut, weil sie bemerkt hatten, dass die beiden für die Passanten eine Show veranstalteten.

„Na, dann kommt mal mit." Florian drehte sich um und ging den jungen Frauen voraus, die sich jetzt wieder angeregt unterhielten. Meilin schloss zu ihm auf, hakte sich bei ihm unter und flüsterte ihm ins Ohr.

„Ich bin ganz gespannt auf die Getränke, die du für uns hast. Hoffentlich vertragen wir sie auch."

Florian musste trotz seiner Besorgnis und der Anspannung vor ihrer Aktion, über seine Schwester lachen. Er war froh, dass er sie hatte, jede Einzelne von ihnen liebte er. Er würde alles dafür tun, damit ihnen nichts geschah.

In der Zwischenzeit hatte die kleine Gruppe einen sehr abgelegenen Teil des Hafens erreicht. Von hier aus konnten sie keinen Menschen mehr sehen und auch sie selbst waren vom Ort aus nicht sichtbar. Florian ging auf ein kleines Boot zu und bedeutete den anderen, hineinzuklettern, um dann, nachdem er die Leine gelöst hatte, selbst hinterher zu springen. Monika schrie auf, als das Boot dadurch ins Schwanken geriet. Doch Katinka hatte geistesgegenwärtig ihr Gewicht zur entgegengesetzten Seite verlagert und so beruhigten sich die Bewegungen des Bootes. Meilin hielt ihre jüngere Schwester am Arm fest, damit sie nicht in Panik aufsprang und das Boot wieder zum Schaukeln brachte. Florian setzte sich neben Katinka, die schon eines der Ruder ergriffen hatte, und tat es ihr gleich. Gemeinsam begannen sie das Boot aus dem Hafen herauszufahren. Sie mussten erst ihren Rhythmus finden, aber dann kam das kleine Boot gut voran.

Langsam versank die Sonne am Horizont und zauberte ein stimmungsvolles Bild mit der Insel vor ihnen. Schweigend steuerten sie auf ihr Ziel zu, das dunkel vor ihnen lag. Jeder war in Gedanken schon dort und versuchte, sich vorzustellen, was sie erwarten würde. Sie hofften, dass Josefine es schaffte ihnen das Tor zu öffnen.

Als sie die Insel fast erreicht hatten, zog ein Wolkenband darüber hinweg. Florian legte den Zeigefinger an seinen Mund und sah sich nach seinen Schwestern um, damit sie sich von jetzt an ganz still verhielten. Die drei nickten ihm zu, dass sie verstanden hatten. Sie lächelten ihn aufmunternd an, obwohl sie der Gedanke an ihre bevorstehende Aufgabe Angst einjagte.

Florian und Katinka versuchten, sich nicht durch die Strömung von ihrem Kurs auf die kleine Bucht der Insel abbringen zu lassen. Zu ihrem Glück war das Meer an diesem Abend relativ ruhig, denn sonst hätte es sie leicht an die schroffen Felsen der Insel werfen können. Doch sie schafften es schließlich, das Boot in die Bucht zu manövrieren, die den Bewohnern der Insel als Hafen diente. Als sie sich der Anlegestelle näherten, sahen sie dort drei Ruderboote auf dem dunklen Wasser schaukeln. Meilin horchte auf Stimmen von Wandlern oder Menschen, aber zu ihrer Erleichterung schien sich niemand im Hafen aufzuhalten.

„Kannst du an Land gehen und das Boot festmachen?", fragte Florian seine große Schwester Katinka, die ihre Hand an die Stirn hob und tonlos ‚Ai, ai, Käpt'n' mit ihren Lippen formte. Geschmeidig und flink kletterte sie auf die Kaimauer, während Florian ihr ein Tau reichte, das sie an einem Poller festmachte.

Dann begab sich auch Meilin an Land, und zusammen mit ihrer Schwester half sie der ängstlichen und unsicheren Monika, ebenfalls aus dem Boot zu steigen. Die Jüngste der Familie war sehr wasserscheu und das Schaukeln des Bootes verursachte bei ihr Übelkeit. Deshalb brauchte sie eine Weile, nachdem sie wieder festen Boden unter ihren Füßen hatte, bis es ihr besser ging. Sie wurde die ganze Zeit von ihren Schwestern gehalten, während ihr Bruder sich versicherte, dass ihr Boot auch wirklich gut vertäut war.

Er hatte noch nicht mitbekommen, dass Monika die Überfahrt nicht bekommen war. Erst als er sich jetzt zu seinen Schwestern umdrehte, bemerkte er ihr blasses Gesicht. Fragend sah er Katinka an, die ihm jedoch mit ihrer Mimik signalisierte, dass er sich keine Sorgen machen brauchte.

Meilin ließ den Arm ihrer kleinen Schwester los und deutete auf einen schmalen Weg, der sich von der Kaimauer an den Felsen entlang bis zur Burg schlängelte. Florian nickte zustimmend und Meilin ging den anderen voraus. Katinka hielt ihre kleine Schwester noch immer am Arm fest, während sie Meilin den schmalen Weg hinauf zur Burg folgte. Ihr Bruder kam hinter ihnen her, wobei er aufmerksam auf jede Bewegung und jedes Geräusch in ihrer Umgebung achtete.

Kapitel 26

Nachdem es im Gang ruhig geworden war, wartete Josefine eine Weile darauf, dass jemand ihre Türen abschließen würde, doch zu ihrer Erleichterung kam niemand und so blieben sie unverschlossen.

‚Wahrscheinlich hält der Mann im Zimmer am Anfang des Ganges die ganze Nacht Wache', dachte sie.

Leise öffnete sie ihre Tür und blickte vorsichtig hinaus. Durch das Fenster am Ende des Ganges kam nur noch wenig Licht, weil draußen bereits die Dämmerung eingesetzt hatte. Sie horchte einen Moment auf Geräusche, aber weder aus den Kammern der Menschen noch vom Hauptgang war etwas zu hören. Ruhe hatte sich über das ganze Gebäude gelegt. Josefine vermutete, dass die Gewandelten in diesen Minuten ihre Katzengestalt annahmen. Sie holte eine Taschenlampe aus ihrem Gepäck und verließ die Kammer.

Vorsichtig schloss sie die Tür hinter sich und schlich dann leise den Gang entlang. Als sie fast am Hauptgang war, spähte sie vorsichtig in das Zimmer des Mannes der Bruderschaft, dessen Tür immer noch halb offen stand. Sie sah ihn an seinem Tisch sitzen, den Kopf auf die Arme gelegt. Ein leises Schnarchen signalisierte ihr, dass der Mann seinen Wächterpflichten im Moment nicht nachkommen würde.

Erleichtert darüber schlich sie sich an seinem Zimmer vorbei und gelangte in den Hauptgang. Kurz horchte sie noch einmal auf Geräusche, um anschließend nach rechts in den Gang abzubiegen. Die Öllampen an den Wänden waren gelöscht worden, so dass der Gang in völliger Dunkelheit vor ihr lag. Sie war froh, die Taschenlampe mitgenommen zu haben, und schaltete sie ein.

Die Türen, an denen sie vorbeikam, waren alle geschlossen und es drangen auch keine Geräusche an ihr Ohr. Es verwunderte sie, dass sie noch nicht auf Gewandelte oder weitere Wandler gestoßen war.

‚Sie halten sich wohl zu dieser Zeit in einem anderen Teil der Burg auf‘, dachte sie.

Wie erwartet erreichte sie den Versammlungssaal und konnte die Taschenlampe ausschalten, denn durch die schmalen Fenster schien das fahle Licht des Mondes. Sie durchquerte den Saal auf leisen Sohlen, um zur Tür zu gelangen, durch die sie vorhin hinausgegangen war. Doch diese war jetzt verschlossen. Also sah sie sich nach einer Alternative um, die sie auch bald fand. In der rechten Wand des Saales gab es eine schmale Tür, die zu ihrem Glück nicht abgeschlossen war. Sie öffnete sie leise und schlüpfte in den dunklen Gang, der sich dahinter auftat.

Nachdem sie ihre Taschenlampe wieder eingeschaltet hatte, lief sie ihn eine Weile entlang, bis sie an eine weitere Tür gelangte, durch die sie das Gebäude verlassen konnte. Josefine machte ihre Lampe aus und stand einen Moment vor dem Gebäude, um sich zu orientieren und ihren Augen Zeit zu geben sich an das Zwielicht hier draußen zu gewöhnen. Langsam konnte sie die verschiedenen Gebäude im Mondschein erkennen.

Leise schlich sie an der Mauer entlang, um in die Nähe des Tores zu gelangen. Immer wieder blieb sie stehen und sah sich nach Katzen um, die sich hier herumtreiben konnten. Plötzlich hörte sie jedoch Schritte von einem Menschen. Mit klopfendem Herzen drückte sie sich im Schatten eines der Gebäude an die Mauer.

Die Person blieb abrupt stehen, aber Josefine konnte aus ihrer Position den Grund dafür nicht erkennen. Einen Moment hielt sie darum den Atem an und beschwor die Gestalt in Gedanken, weiterzugehen. Tatsächlich konnte sie kurz darauf wieder schnelle Schritte hören, die sich von ihr entfernten. Nachdem eine Tür zugeschlagen worden war, wartete Josefine noch einen Augenblick. Schließlich war alles wieder ruhig und sie konnte ihren Weg fortsetzen.

Als sie um die Ecke eines der Nebengebäude in einen kleinen Hof sah, erblickte sie zwei Katzen, die eine Maus gefangen hatten. Eine der Katzen spielte mit der noch halbwegs lebendigen Maus, während die andere ihr dabei zusah und wahrscheinlich darauf wartete, dass diese das Interesse daran verlor. Josefine beobachtete die beiden nur kurz, dann versuchte sie, sich zu orientieren. Als sie am Tage angekommen waren, hatte man sie auf einem anderen Weg zum Haupthaus geführt. Diese Seite der Burg kannte sie nicht und deshalb richtete sie sich nach der Himmelsrichtung, in der sie das Tor vermutete. Der Hof wurde von einer Seite durch die Außenmauer begrenzt, an zwei weiteren Seiten standen Gebäude und die vierte Seite bestand aus einer halbhohen Mauer mit einem Durchgang. Dort musste sie hingelangen, um das Tor zu erreichen, aber die Katzen spielten immer noch mit ihrer Maus.

Josefine überlegte angestrengt, wie sie die beiden ablenken konnte. Im Schatten eines der Gebäude hockend sah sie auf ihre Uhr. Sie fluchte leise, als sie sah, wie spät es schon war. Die Kinder der Familie Catus warteten auf der anderen Seite des Tores schon darauf, dass sie es öffnete, und sie hatte noch keine Idee, wie sie das anstellen sollte, wenn die Katzen nicht gleich verschwinden würden.

Doch dann war die Katze mit der Maus einen Moment abgelenkt und die andere schnappte sich schnell die inzwischen fast leblos wirkende Maus und lief damit blitzschnell an der Mauer entlang in den hinteren Teil der Burg. Die bestohlene Katze maunzte verärgert und nahm die Verfolgung auf.

Erleichtert richtete sich Josefine auf, um schnell über den Hof zu schleichen, aber ihr linkes Bein war eingeschlafen. Sie wäre beinahe mit dem Fuß umgeknickt, als sie aufspringen wollte. An die Wand des Gebäudes gestützt schüttelte sie das Bein und bewegte die Zehen, um die Blutzirkulation wieder in Gang zu bringen. Nach einem Moment merkte sie, wie das Gefühl in ihr Bein zurückkehrte. Sie horchte angestrengt nach verdächtigen Geräuschen und sah sich auf dem Hof um. Als nichts ihren Argwohn weckte, machte sie sich endlich daran über den Hof zu schleichen. Hinter der niedrigen Mauer versteckte sie sich, um auch den sich anschließenden größeren Hof erst einmal zu überblicken.

Sie konnte den Wächter sehen, der langsam an der Außenmauer entlang zu seinem Häuschen ging. Er setzte sich auf den Stuhl in seinem Häuschen und trank aus dem Becher. Dabei blickte er die ganze Zeit hinaus in den Hof. Doch es sah so aus, als ob der Wächter nicht so bald wieder aufstehen würde, denn jetzt gähnte er herzhaft und ihm fielen die Augen zu. Er riss sie jedoch gleich wieder auf und murmelte verärgert vor sich hin. Josefine wurde ungeduldig, aber sie versuchte, dieses Gefühl zu verdrängen, denn sie wollte ihre Aufgabe erfolgreich erledigen. Es konnte nicht mehr lange dauern, aber ihre Position zwischen den beiden Höfen an der niedrigen Mauer war nicht versteckt genug, um dort so lange zu warten, bis der Wächter schlief. Deshalb hielt sie Ausschau nach einem besseren Platz.

Der Hof mit seinem alten Kopfsteinpflaster und den Wänden der umliegenden Gebäude und der Mauer bot keine guten Versteckmöglichkeiten. Aber als der Vollmond durch eine Wolkenlücke den Hof beleuchtete, sah sie einen kleinen Anbau am gegenüberliegenden Gebäude, hinter dem sie sich vor dem Wächter verstecken konnte. Also wartete sie ab, bis der Mond wieder hinter den Wolken verschwand. Dann lief sie, sich immer im Schatten des Gebäudes haltend, auf leisen Sohlen dorthin. Damit ihre Beine nicht wieder einschlafen konnten, setzte sie sich zum Warten auf die kalten Steine. Doch es dauerte nicht lange und der Wächter konnte sich nicht mehr wachhalten. Sein Kopf sackte zur Seite und er begann zu schnarchen.

Josefine hielt sich im Schatten während sie langsam zum Wächterhaus schlich. Dort angekommen sah sie sich die Verriegelung an und war erleichtert, dass es ein ganz einfacher Mechanismus war, den sie handhaben konnte. Noch einmal sah sie sich nach dem schlafenden Wächter um, dann schob sie den Riegel zur Seite und drückte das Tor vorsichtig auf.

Kapitel 27

In der Burg war es zu dieser Zeit ganz still. Auch in den Zimmern der Menschen war kein Laut zu hören, denn alle schliefen tief und fest. Nur durch eine angelehnte Tür nahe dem Hauptgang drang leises Schnarchen auf den Gang. Nicolas, der die Menschen hierher gebracht hatte, war am Tisch eingeschlafen. Er hatte eigentlich vorgehabt wach zu bleiben, um die Menschen im Auge zu behalten, damit sie auch tatsächlich die Nacht über in ihren Kammern blieben und nicht in der Burg herumliefen. Er hatte jedoch nicht damit gerechnet, dass die letzten Tage und Nächte ihn so sehr angestrengt hatten und er deshalb gegen seinen Willen einschlafen würde.

Er schreckte aus seinem Schlaf auf. Angestrengt lauschte er in die Dunkelheit des Flures, doch alles war ruhig. Wenn ihn ein Geräusch geweckt hatte, dann konnte er es jetzt nicht mehr hören. Die Öllampe auf dem Tisch war schon weit herunter gebrannt und so drehte er den Docht etwas höher, damit sie heller leuchtete.

Nicolas stand auf und ging mit der Lampe hinaus in den Gang. Er schritt ihn erst in die eine Richtung ab, bis er das Ende erreicht hatte und ging dann zurück, bis der Gang in einen anderen Größeren führte. Er sah noch einmal den Gang entlang, bevor er hinaustrat und sich mit raschen zielstrebigen Schritten auf den Weg machte. Etwas hatte in ihm die ganze Zeit gearbeitet. Die letzte Zurechtweisung von Ailuro hatte ihn zutiefst gekränkt, denn er wollte doch nur das Beste für Orulia und Ailuro.

Ihr Anführer hatte immer mehr an ihm auszusetzen und zu kritisieren. Nicolas bewunderte ihn und sah zu ihm auf, aber jetzt fühlte er sich von ihm missverstanden. Deshalb wollte er ihm beweisen, dass er in der Lage war etwas für ihn zu tun. Während er mit großen Schritten durch die Gänge der Burg lief, hielt seine rechte Hand ein kleines Fläschchen umschlossen. Es enthielt diesen besonderen Trank, den er hergestellt hatte. Jetzt schien die Zeit gekommen, ihn auch an einem Gewandelten auszuprobieren. Nicolas glaubte, dass der Fehler beim Mädchen die Tatsache war, dass es sich um eine Wandlerin handelte. Es ergab für ihn Sinn, denn wenn der Trank für Gewandelte gedacht war, würde er nicht dieselbe Wirkung bei Wandlern haben, weil die Mechanismen für die Wandlung bei beiden Arten unterschiedlich waren.

„Das war mein Fehler", flüsterte Nicolas, „aber ich werde dir die Wirksamkeit beweisen, Ailuro."

Sein Weg führte ihn weiter vom Zentrum der Bruderschaft fort, denn ihr Anführer fühlte sich zeitweise nur in der Abgeschiedenheit wohl. Selbst wenn dieser wusste, dass die anderen sein entstelltes Gesicht durch die große Kapuze nicht sehen konnten, hatte er Phasen, in denen er glaubte, sie könnten es doch. Sobald dieses Gefühl da war, mied er jeden Kontakt zu seinen Jüngern.

Nicolas schritt einen Gang entlang, der anders wirkte als die Vorhergegangenen. Die Wände waren fast schwarz und schienen dadurch irgendwie bedrohlich. Er bog nach rechts ab, um zu Ailuros Rückzugsraum zu gelangen. Auf seinem Weg dorthin, kam er auch an einem sehr schmalen Gang vorbei, der in den unteren Teil der Burg führte. Wenn man nichts von seiner Existenz wusste, war er beim Vorbeigehen wegen der schwarzen Wände nicht zu erkennen. Beim Gedanken an das Kellergewölbe erschauderte Nicolas, denn dort unten gab es ein richtiges altes Verlies mit grausigen Gerätschaften, die von den vorherigen Bewohnern hinterlassen worden waren. Dazu wimmelte es im Keller von großen und kleinen Nagetieren, denen er nur etwas abgewinnen konnte, wenn er sich in seine Katzengestalt verwandelt hatte. Ansonsten wollte er lieber vergessen, dass es unter der Burg auch noch Räume gab.

Er erreichte Ailuros Zimmer und anstatt anzuklopfen oder sich auf andere Weise bemerkbar zu machen, öffnete er die Tür und trat mit großen Schritten hinein.

Der Raum war besser ausgestattet als der neben dem Versammlungsraum. Hier gab es zwar auch ein Bett, einen Tisch und zwei Stühle, aber die Möbel waren aus besserem Material und sahen teuer aus. Auf der Bettdecke, in der Mulde, die sich vor dem Kopfkissen gebildet hatte, lag Ailuro in seiner Katzengestalt. Er schien geschlafen zu haben, war aber von der stürmischen Ankunft Nicolas geweckt worden. Die Katzenaugen starrten ihn an.

„Ich werde meinen Fehler wieder gutmachen", sagte Nicolas zu der Katze und erwiderte ihren Blick.

Kapitel 28

Josefine hielt am Tor nach den Kindern der Familie Catus Ausschau, als sie plötzlich einen Schlag auf die Schulter bekam. Erschrocken drehte sie sich um und sah in Florians lächelndes Gesicht.

„Gut gemacht, Josefine!", flüsterte er ihr ins Ohr. „Du hast deinen Teil erledigt. Unser Boot liegt versteckt an der Anlegestelle. Du gehst besser schon mal vor und wartest auf uns."

„Kommt gar nicht in Frage", entgegnete sie mit leiser Stimme. „Wir machen das gemeinsam."

Florian sah fragend zu Katinka, die neben ihm stand und mitgehört hatte. Die junge Frau zuckte nur mit den Schultern.

„Wir haben keine Zeit zum Diskutieren, Flo", flüsterte sie ruhig. „Konzentriere dich darauf, Bridget zu finden, damit wir sie befreien und so schnell wie möglich von hier verschwinden können."

Meilin stellte sich neben Josefine, lächelte sie an und drückte freundschaftlich ihren Arm. Die Geschwister traten durch das Tor, wobei Monika irritiert zum Wächter sah, der in einer merkwürdigen Haltung auf seinem Stuhl schlief. Josefine nickte den anderen beruhigend zu und dirigierte sie entlang der Mauer zu einem kleinen Schuppen, in dessen Schatten sich die kleine Gruppe verstecken konnte.

Wenn sie sich in Menschen verwandelten, behielten Wandler einen der hervorragenden Sinne ihrer Katzengestalt. Florian konnte als Mensch fast so gut riechen wie eine

Katze, weshalb ihm jetzt die Aufgabe zufiel, Bridget ausfindig zu machen.

Gespannt sahen die Frauen dem jungen Mann zu, der mit erhobenem Kopf dastand und sich ganz auf seinen Geruchssinn konzentrierte. Seine Nasenflügel bewegten sich leicht, als er die Luft tief einatmete, um den bekannten Geruch seiner Schwester zu suchen.

Eine Weile standen sie schweigend im Schatten, bis Florian ihnen plötzlich ein Zeichen machte und das Versteck verließ. Josefine blickte fragend zu Meilin, die ihr flüsternd antwortete.

„Er hat eine Duftspur von Bridget gefunden. Jetzt brauchen wir ihm nur noch zu folgen."

Damit machte sich die kleine Gruppe auf den Weg. Alle waren auf den jungen Mann konzentriert, so dass keiner bemerkte wie Monika, der es auf festem Boden wieder gut ging, sich rasch in eine Katze verwandelte und seitlich zwischen zwei niedrigen Mauern verschwand. Die jüngste der Schwestern hatte ein paar der Gewandelten in der Nähe gehört, die sie ablenken wollte.

Unterdessen wurde die Spur für Florian immer intensiver und bald hatte er auch das Gebäude gefunden, in dem Bridget eingesperrt war. Der niedrige Holzschuppen, der etwas abseits von den anderen Gebäuden stand, besaß zwar eine Tür, aber keine Fenster.

Stumm zeigte Florian auf den Schuppen, dabei drängte er die anderen weiter in den Schatten, den die Wolken auf den Hof warfen. Meilin machte ihnen plötzlich aufgeregt ein Zeichen, dass sie sich noch weiter versteckt halten sollten, denn mit ihrem scharfen Gehör vernahm sie nicht weit von ihnen Kampflärm. Sie verwandelte sich ebenfalls in eine Katze und lief dann am Gebäude entlang in Richtung der Geräusche.

Als Meilin nicht mehr zu sehen war, warteten sie eine Weile, dann schlich sich Katinka zum Schuppen und kletterte mit Leichtigkeit auf das niedrige Dach. Josefine beobachtete überrascht und fasziniert die Gewandtheit und Eleganz der jungen Frau, deren Bewegungen fast schwerelos wirkten. Josefine wurde auf eine Luke in der Nähe des Dachfirsts aufmerksam, die anscheinend das Ziel der Artistin war, denn sie bewegte sich in diese Richtung. Eng an die Dachschräge geschmiegt, erreichte Katinka die Luke, sah einen Augenblick durch die Scheibe und versuchte dann, diese zu öffnen. Aber sie schaffte es nicht und sprang leichtfüßig wieder zu ihnen herunter.

„Bridget ist da drin, aber die Dachluke ist von innen verschlossen", flüsterte sie mit enttäuschter Miene. „Wir müssen einen anderen Weg hinein finden."

In diesem Moment hörten sie ein wildes Kreischen und Schreien. Es schien, als ob die ganze Insel in Aufruhr war.

„Mist!", sagte Florian. „Das sind Monika und Meilin, die mit den Gewandelten kämpfen. Schnell jetzt."

„Dann treten wir die Tür ein", schlug Katinka vor und sah ihren Bruder auffordernd an. „Bei diesem Lärm bemerkt das sowieso niemand!"

Florian nickte, lief auf den Schuppen zu und trat mit aller Kraft gegen die Tür. Es gab einen lauten Knall, aber sie hielt seinem Tritt stand. Er versuchte es weiter und beim dritten Mal gab sie endlich nach. Erleichtert betraten Katinka und Florian den Raum. Sie fanden Bridget auf einem Feldbett schlafend liegen und versuchten, sie zu wecken. Die junge Frau atmete, aber sie reagierte nicht auf das Rütteln an ihrer Schulter.

„Sie müssen ihr Drogen gegeben haben", flüsterte Katinka. „Komm, fass mit an."

Die Geschwister hoben Bridget hoch und legten sich ihre Arme auf die Schultern. So brachten sie die Schwester halb tragend und halb ziehend aus dem Schuppen. Draußen stand Josefine immer noch dicht an die Wand gepresst im Schatten, den ein angrenzendes Gebäude im Mondschein warf, und hielt Wache. Obwohl der Lärm der kämpfenden Katzen immer stärker wurde, hatte sie noch keine von ihnen in diesem Hof gesehen. Der Kampf fand offenbar nur in einem anderen Teil der Burg statt.

Josefine hoffte, dass ihnen noch Zeit blieb, um mit Bridget zum Tor zu fliehen. Als sie jedoch sah, dass die junge Frau nicht bei Bewusstsein war, begann sie daran zu zweifeln. Denn Bridget war nicht wie ihre Schwestern klein und zart, sondern kräftig und stämmig wie ihr Bruder. Darum stöhnten auch die beiden Geschwister unter ihrem Gewicht, während sie Bridget über den Hof zerrten.

„Warum konnte sie nicht als Katze unter Drogen gesetzt werden", beschwerte sich Katinka leise. „Dann müssten wir uns hier keinen Bruch heben."

„Spar dir deine Puste zum Tragen", flüsterte Florian. „Wir haben nicht mehr viel Zeit."

Stumm schleiften sie die Schwester weiter, hinter sich Josefine, die mit ungutem Gefühl den dreien folgte. Sie kamen jetzt zum Hof vor dem Tor und die Frau schlich alleine vorweg, um zu sehen, ob die Luft rein war. Doch es saßen mehrere Katzen beim Wärterhaus und starrten auf den schlafenden Wächter. Sie schlich sich wieder zu den anderen zurück.

„Der Wächter schläft noch, aber es sitzen eine ganze Reihe Katzen bei ihm", flüsterte sie. „Die sehen richtig wild aus."

Unschlüssig stand die kleine Gruppe im Schatten. Florian setzte gerade dazu an, etwas zu sagen, als Bridget stöhnte.

„Bridg, wir befreien dich", flüsterte Katinka aufgeregt. „Wach auf und hilf uns."

Die Augen der Schwester öffneten sich zögernd und schlossen sich gleich darauf wieder.

„Mir ist schlecht", sagte sie leise. Dabei hielt sie sich den Bauch und krümmte sich nach vorn.

„Bridget, verwandle dich, damit wir dich tragen können" redete Florian auf sie ein. „Als Mensch bist du zu schwer für uns."

Plötzlich gab es ganz in der Nähe einen lauten Schrei.

„Hörst du den Lärm? Ich muss Monika und Meilin beim Kampf unterstützen."

Florian sah noch einmal auf die Schwester und dann verwandelte auch er sich in eine Katze. Mit einem langen Satz sprang er in die Richtung, aus der der Lärm kam.

Nun waren Katinka und Josefine mit der halb bewusstlosen Bridget allein und sahen sie eindringlich an.

„Bridg!" Die Stimme von Katinka wurde flehentlich. „Bitte verwandle dich."

Josefine nahm jetzt das Gesicht der jungen Frau in ihre Hände und schüttelte es. Diese Behandlung bewirkte, dass sie die Augen wieder öffnete und die beiden Frauen ansah. Ein kurzer Moment der Klarheit brachte sie schließlich dazu, sich in eine Katze zu verwandeln.

Katinka seufzte erleichtert auf, hob ihre Schwester hoch und bewegte sich mit ihr auf dem Arm schnell auf das Tor zu. Doch die Katzen stellten sich ihnen fauchend in den Weg. Die beiden Frauen sahen sich an.

„Was machen wir jetzt?", fragte Josefine. „Wie kommen wir an ihnen vorbei?"

„Ich weiß nicht", erwiderte Katinka deprimiert. „Vielleicht können wir sie irgendwie von uns ablenken?"

Die Katzen griffen sie nicht an, sondern wollten sie anscheinend nur daran hindern, aus der Burg zu fliehen. Sie hatten sich in einer Reihe aufgestellt und fauchten die beiden Frauen mit starrem Blick an, sobald diese einen Schritt in Richtung Tor machten.

Da fiel Josefine ein, dass sie für alle Fälle ein Feuerzeug eingesteckt hatte, und tastete in ihrer Hosentasche danach. Sie wusste, dass Tiere große Angst vor Feuer hatten, vielleicht konnten sie damit die Katzen vertreiben. Sie hatte außer ihrem Notizbuch nichts zum Verbrennen dabei, aber sie wollte es nicht zerreißen.

„Ich habe ein Feuerzeug", sagte sie deshalb zu Katinka. „Hast du etwas, das wir anzünden und dann zu den Katzen werfen können, damit sie weglaufen?"

Die junge Frau schüttelte den Kopf.

„Aber das ist gar keine schlechte Idee", meinte sie. „Feuer würde sie von uns ablenken."

Langsam und widerwillig zog Josefine schließlich doch ihr Notizbuch hervor und begann eine Seite herauszureißen, die sie dann an die Flamme des Feuerzeugs hielt, bis sie brannte. Das Blatt hielt sie erst weit von sich weg, um es dann in die Richtung der Katzen fallen zu lassen, die ängstlich etwas zurückwichen.

Das Spiel wiederholte sie noch ein paar Mal. Doch es gelang ihnen dadurch nicht, näher an das Tor zu kommen, denn sobald die Flamme des brennenden Papiers ausging, rückten die Katzen wieder vor.

„Das bringt nichts", meinte Katinka schließlich. „Wir können hier nicht ewig stehen und die anderen brauchen meine Hilfe. Lass uns zurückgehen."

Josefine nickte. Die beiden Frauen machten zögernd ein paar Schritte rückwärts, um die Reaktion der Katzen zu testen. Diese blieben jedoch nur vor dem Tor stehen und starrten sie mit ihren grünen Augen an. Je weiter sie sich von den Katzen entfernten, desto schneller wurden die Schritte der Frauen. Schließlich hatten sie ein Gebäude erreicht, hinter dem sie sich verstecken konnten. Die beiden waren so sehr mit ihrer eigenen Situation beschäftigt gewesen, dass ihnen die veränderte Lautstärke der Kampfgeräusche erst jetzt auffiel.

„Kannst du Bridget nehmen?", fragte Katinka die Frau und als diese nickte, gab sie das Fellbündel in deren Hände. „Es hört sich so an, als ob der Kampf in dem größten der Gebäude stattfindet. Kennst du einen Weg da hinein?"

„Ja", antwortete Josefine, „komm mit."

Sie schlug den Weg zum Versammlungsraum ein, der sich im Hauptgebäude befand. Sie erinnerte sich an die Seitentür, durch die sie hinausgelangt war und hoffte, dass diese immer noch unverschlossen war. Die Katze in ihrem Arm hatte sich eng an sie geschmiegt, wobei sie ein ganz leises Schnurren von sich gab.

Bald hatten sie die Seitentür erreicht, die zu ihrem Glück offen war, und so konnten sie ungehindert in das Gebäude gelangen. Als sie eintraten, wurde der Lärm stärker. Der Kampf fand tatsächlich hier statt. So leise wie möglich folgten die beiden Frauen den Geräuschen und hatten im Nu den Versammlungsraum erreicht, der jetzt im Mondlicht einen martialischen Anblick bot. Zwischen den Stuhlreihen konnten sie kämpfende Katzen erkennen. Josefine wusste jedoch nicht, welche der Katzen zur Familie Catus gehörten, deshalb sah sie zu Katinka hinüber.

„Ich weiß gar nicht wie deine Geschwister als Katzen aussehen", sagte sie leise und blickte die junge Frau fragend an.

„Florian ist der große, schwarz-weiße Kater dort drüben." Katinka zeigte zum Altar, neben dem zwei Katzen ineinander verknäuelt waren.

Dann wies sie auf die linke Seite von ihnen, wo zwei Katzen sich drohend gegenüber standen.

„Das ist Monika. Sie ist klein und braun getigert wie unsere Mutter. Und das da drüben ist Meilin."

Damit zeigte sie weiter in den Raum hinein, auf eine zierliche Katze, die schrille Schreie ausstieß und sich dann wild entschlossen auf ihr Gegenüber warf. Der Kampf, der daraufhin entbrannte, war überaus heftig für so zarte Wesen. Die beiden Katzen bildeten ein kreischendes Knäuel, das es Josefine unmöglich machte, genau zu sehen, was sie machten. Plötzlich sprang eine der Katzen weg und blieb dann ein paar Meter entfernt stehen. Die beiden starrten sich lange an. Bis schließlich eine von ihnen wieder zum Angriff überging.

Florian hatte es mit zwei Katzen zu tun, die ihn immer wieder abwechselnd angriffen. Aber er war ein großer, kräftiger Kater, der allein durch sein Körpergewicht den anderen beiden überlegen war. Die kleineren Katzen umkreisten Florian und griffen ihn an, indem sie sich auf ihn stürzten und versuchten, ihn seitlich zu packen. Doch Florian war stark genug, um sie immer wieder abzuschütteln.

Monika kämpfte indessen mit einem Kater, der um einiges größer war als sie selbst. Doch Josefine konnte nicht erkennen, dass dieser im Vorteil war. Die kleine braune Katze war flink und behände und machte es ihrem Gegner schwer sie zu fassen zu bekommen. Jetzt sahen die beiden

Frauen noch ein paar Katzen in den Versammlungsraum kommen.

„Mist", schimpfte Katinka. „Jetzt scheint die ganze Bruderschaft wach zu sein. Ich hoffe nur, dass es nicht so viele Wandler unter ihnen gibt. Denn dann wird es richtig gefährlich."

„Was können wir gegen die Katzen unternehmen?", fragte Josefine.

Die junge Frau antwortete ihr nicht, sondern betrachtete eingehend die Szene vor ihr. Dann sah Katinka die Frau mit einem gequälten Lächeln an.

„Wir müssen sie von uns ablenken. Wenn wir hier Feuer legen, werden sie so sehr damit beschäftigt sein sich zu retten, dass wir entkommen können."

„Was ist mit den Menschen, die mit mir hierher gekommen sind?", warf Josefine ein. „Wir können sie doch nicht einfach ihrem Schicksal überlassen."

Katinka stöhnte auf. „Die habe ich ja ganz vergessen. Du musst zu ihnen gehen und sie warnen. Dann können sie sich in Sicherheit bringen."

„Aber sie werden von einem Wandler bewacht", entgegnete Josefine, und als Katinka sie fragend ansah, ergänzte sie: „Als ich mich hinausgeschlichen habe, konnte ich ihn in seinem Raum schlafen sehen. Er war immer noch ein Mensch, obwohl die anderen der Bruderschaft, die mir dann begegneten, bereits Katzen waren."

„Sind die Zimmer der Menschen weit von hier entfernt?", fragte die junge Frau. „Denn wenn er den Lärm hören kann, wundert es mich, dass er bis jetzt noch nicht aufgetaucht ist."

Josefine überlegte einen Moment.

„Es ist nicht sehr weit. Doch vielleicht ist er ja auch nicht mehr dort. Wenn du mir Bridget abnimmst, werde ich die anderen Menschen warnen und versuchen mit ihnen zum Anleger zu gelangen."

Katinka runzelte skeptisch die Stirn und sah die Frau lange an.

„Ich weiß nicht", sagte sie zögernd.

„Aber ich weiß es." Josefine richtete sich zu ihrer vollen Größe auf und sah der jungen Frau entschlossen ins Gesicht. „Ihr bringt Bridget hier heraus und ich kümmere mich um die Menschen. — Hier."

Damit übergab sie die schlafende Katze an Katinka.

„Gut", sagte Katinka jetzt ebenfalls entschlossen. „Dann machen wir es so."

Josefine schlich sich im Schatten der Stuhlreihen zum Altar, der sich auf der anderen Seite des Saales befand, um dort ein Feuer zu legen. Der Altar und die Statue darauf waren mit einem weißen Tuch bedeckt, das sicherlich gut brennen würde.

Tatsächlich, sobald sie die Flamme ihres Feuerzeugs an den Stoff hielt, fing es Feuer. Eilig machte sie sich dann auf den Weg zu den Zimmern der Menschen. Eine erstaunte Katinka sah der Frau zu. Sie hatte nicht mit dieser Entschlossenheit bei ihr gerechnet, besonders in dieser gefährlichen Situation. Doch ihr blieb keine Zeit länger darüber nachzudenken, denn sie sah, dass ihr Bruder langsam müde wurde und die Angriffe seiner Gegner nicht mehr so gut parieren konnte. Die kämpfenden Katzen hatten das Feuer noch nicht bemerkt, das sich jetzt langsam am Tuch auf dem Altar hinauf fraß.

Es würde sicher noch etwas dauern, bis dieses kleine Feuer die Gewandelten ablenken würde. Deshalb sah Katinka sich suchend im Saal um und entdeckte ganz in der Nähe der Haupttür eine Nische in der Wand, die einen kleineren Altar beherbergte. Schnell ging sie hinein und sah, dass hinter ihm noch Platz für eine Katze war und so legte sie ihre bewusstlose Schwester behutsam auf den Boden. Als sie aus der Nische wieder hervorkam, wurde Florian gerade von beiden Gegnern gleichzeitig angegriffen.

Blitzschnell verwandelte sich Katinka in ihre Katzenform und huschte zu ihrem Bruder. Die Angreifer zogen sich schnell zurück, als sie merkten, dass der Kater nicht mehr allein kämpfen musste. Die vier Katzen standen sich mit gesträubtem Fell lauernd gegenüber.

In der Zwischenzeit hatte Josefine sich ihren Weg durch den Saal gebahnt, ohne von den Katzen bemerkt zu werden. Sie trat in den Gang, der zu den Zimmern der Menschen führte, und schloss leise die Tür hinter sich. Dann ging sie vorsichtig weiter, wobei sie immer wieder stehenblieb, um auf die Geräusche in der Umgebung zu hören. Aber bis auf den Kampflärm aus dem Versammlungsraum war alles ruhig. Niemand war unterwegs, so dass sie sich unbehelligt in diesem Gang bewegen konnte.

Bald hatte sie die Abzweigung zu ihren Zimmern erreicht und verharrte wiederum, um zu hören, ob jemand wach war. Es drang aber kein Laut heraus und so schlich sie sich leise in den Gang. Kurz vor der Tür zum Zimmer des Aufpassers blieb sie stehen. Vorsichtig näherte sie sich der halb geöffneten Tür und warf einen kurzen Blick hinein. Sie sah, dass er nicht da war. Also schlich sie weiter und klopfte leise an die nächste Tür. Es dauerte einen Moment, aber dann hörte sie drinnen Schritte und die Tür wurde zaghaft geöffnet.

„Ihr müsst hier raus", sagte sie der erstaunten Frau, „es gibt ein Feuer! Ihr müsst zum Anleger gelangen, um euch zu retten."

Dann lief sie weiter und klopfte an die benachbarte Tür. Hier öffnete ein schlaftrunkener junger Mann und als er die Warnung gehört hatte, wurde er schlagartig wach.

„Ich wecke die anderen", sagte er entschlossen. „Wo wollen wir uns treffen?"

Josefine überlegte kurz.

„Findet ihr den Weg zurück zum Versammlungsraum?"

Der Mann nickte.

„Gut!", sagte sie. „Dann treffen wir uns dort."

Damit lief sie zurück auf den Hauptgang. Doch anstatt wieder zum Versammlungsraum zu gehen, schlug sie den entgegengesetzten Weg ein. Sie meinte aus der Richtung eine menschliche Stimme gehört zu haben und wollte nachsehen, wer das war. Der Gang machte eine Biegung und dann stand sie vor einer großen schweren Tür, die nur angelehnt war und durch die sie die Stimme jetzt deutlich verstehen konnte.

„Ich werde dir jetzt diesen Trank einflössen, Ailuro", sagte die ihr nur allzu bekannte Stimme des Mannes vom Boot. „Diese Pflanze habe ich hier auf der Insel gefunden und ich denke, sie passt genau zu der Beschreibung. Also habe ich diesen Trank angesetzt und du wirst der erste Gewandelte sein, der ihn ausprobieren darf."

Josefine wagte es, durch den Türspalt in den Raum dahinter zu spähen, und sie beobachtete, wie der Mann eine Pipette nahm und zu einer Katze ging, die zusammengekauert auf dem Bett saß. Der Mann fasste die Katze grob im Nacken und steckte ihr die Pipette zwischen die Lippen. Die Katze versuchte zwar, sich zu wehren, aber der Mann ließ sie nicht los und zwang sie die Flüssigkeit zu schlucken.

Josefine zog sich schnell zurück, denn sie befürchtete, dass der Mann herauskommen würde. Sie lief den Gang hinunter und entdeckte dabei eine Abzweigung, die sie vorher nicht bemerkt hatte. Dort trat sie so weit in den Gang, dass sie im Schatten stand und presste ihren Rücken an die Wand.

Es dauerte nicht lange und der Mann ging an ihrem Versteck vorbei. Als seine Schritte nicht mehr zu hören waren, kam sie heraus und lief zum Zimmer mit der Katze. Die Tür war jetzt geschlossen, aber sie war nicht verriegelt und so ging sie hinein. Der verwandelte Ailuro lag noch auf dem Bett und regte sich auch nicht, als sie zu ihm ging und ihn hochhob. Mit der Katze auf dem Arm machte sie sich rasch auf den Weg zurück zum Versammlungsraum.

Dabei setzte sie ein paar Mal die Katze auf den Boden, die einfach regungslos sitzenblieb, zog ihr Feuerzeug hervor und hielt es an brennbare Gegenstände. Schließlich eilte sie mit der Katze auf dem Arm weiter und erreichte die Tür zum Versammlungsraum, an der die anderen Menschen bereits zusammenstanden und über ihr weiteres Verhalten berieten. Sie drängelte sich ohne ein Wort an ihnen vorbei, um vorsichtig in den Saal zu spähen und die Situation dort einschätzen zu können.

Sie konnte im Schein des Mondes und des Feuers am Altar sehen, dass Florian und Katinka mit zwei Gegner kämpfen. Einer von ihnen schleppte sich jetzt mit einer klaffenden Wunde am Bauch mühsam in Richtung der Tür, die zu den Nebenräumen führte. Der andere sah auch nicht viel besser aus, jedoch hatte er keine Wunde, die ihn wirklich kampfunfähig gemacht hätte.

Er sah Florian mit blitzenden Augen an und ließ ein Knurren hören. Das schüchterte diesen jedoch nicht ein, sondern er knurrte und fauchte zurück. Mit einem Satz sprang Florian auf ihn zu und riss ihn zu Boden, wobei er geschickt sein Hinterteil auf ihn warf und ihn damit unten hielt. Die andere Katze war etwas kleiner und leichter und daher hatte sie Schwierigkeiten, Florian von sich abzuschütteln. Einen Moment blieben sie in dieser Position, die Katze unten liegend und Florian darüber stehend.

Dann sprang Florian weg und knurrte die andere Katze wütend an. Katinka hatte die andere Katze bereits in die Flucht geschlagen und ging zu ihrem Bruder hinüber. Sein Gegner rappelte sich jetzt schnell auf und rannte davon. Die beiden Geschwister sahen sich an und selbst in ihren Katzengesichtern konnte man ein Lächeln erahnen. Dann hielten sie nach ihren Schwestern Ausschau, die immer noch in Kämpfe verwickelt waren.

Josefine zog sich von der Tür zurück und bedeutete den anderen Menschen hinter ihr, ihr zu folgen. Leise trat sie in den Saal und schlich zur Haupttür, wobei sie dicht an der Wand blieb, um den kämpfenden Katzen nicht in die Quere zu kommen. Die anderen folgten ihr wortlos und mit erschreckten Gesichtern, als sie den Altar in Flammen stehen sahen. Sie erreichten ohne Zwischenfälle die große Tür, durch die sie vor einigen Stunden diesen Raum das erste Mal betreten hatten.

Zu ihrer Erleichterung war sie jetzt nicht abgeschlossen und so konnte die kleine Gruppe unbehelligt den Ort des Kampfes verlassen. Sie wand sich dem jungen Mann zu, der versprochen hatte die Menschen zum Anleger zu bringen.

„Bring sie hier weg. Ich habe noch etwas zu erledigen."

Dieser nickte nur und drängte die anderen in Richtung Ausgang. Als Josefine sich umdrehte und in den Saal sah, konnte sie erkennen, dass das Feuer jetzt richtig in Fahrt gekommen war. Nicht nur der Altar stand in Flammen, auch Stühle aus der ersten Reihe brannten lichterloh. Die Katzen gerieten in Panik, besonders weil auch aus dem Gang, in den sie sich retten wollten, Rauch kam.

Josefine sah sich nach den Kindern der Familie Catus um, die jetzt nicht mehr in Kämpfe verwickelt waren. Doch der Rauch, der sich mittlerweile auch im Saal gebildet hatte, schränkte ihre Sicht ein.

$$= \text{`} \cdot \text{`} =$$

Die Gewandelten ließen von den Kindern der Familie Catus ab, um sich vor den Flammen in Sicherheit zu bringen. Deshalb konnten sich Katinka und Florian wieder in Menschen verwandeln. Die beiden schauten einen Augenblick den panisch herumrennenden Katzen zu und sahen sich dann gegenseitig mit einem zufriedenen Lächeln an.

„Wir hatten die Idee, ein Feuer zu legen", erklärte Katinka ihrem Bruder, der dem brennenden Altar einen fragenden Blick zuwarf. „So sind die Wandler damit beschäftigt es zu löschen, die Katzen sind in Panik und wir haben freie Bahn, um zu verschwinden."

„Eine gute Idee", meinte Florian grinsend und sah sich nach seinen Geschwistern um. „Wo sind die anderen und wo ist Bridget?"

„Wir sind hier", sagte Meilin, jetzt ebenfalls wieder in ihrer Menschengestalt.

Neben ihr stand Monika, die eine Schramme auf ihrer Wange hatte, aber trotzdem über das ganze Gesicht strahlte.

„Ha, die haben jetzt andere Sorgen, als unsere Flucht zu vereiteln."

„Ja, kommt" sagte Katinka lächelnd. „Wir müssen hier entlang."

Damit wies sie ihnen den Weg zur Haupttür des Saales und zur kleinen Nische, in der sie ihre Schwester versteckt hatte. Sie tasteten sich ihren Weg durch den Rauch, der beißend war und ihre Augen zum Tränen brachte. Sie hatten fast die Tür erreicht, als sie die Silhouette eines Menschen dort sahen.

„Vorsicht", flüsterte Monika, „das ist ein Wandler."

Katinka und Florian schlichen sich näher an die Tür heran und gaben sich dann ein Zeichen zum gemeinsamen Angriff. Sie sprangen auf ihn zu und rissen ihn zu Boden. An dem Schreckensschrei, den der Mensch von sich gab, erkannte Katinka, dass es sich um Josefine handelte und nicht um ein Mitglied der Bruderschaft. Schnell schubste sie ihren Bruder von der Frau weg, stand selbst auf und wollte ihr die Hand reichen, um ihr wieder auf die Beine zu helfen. Aber dann sah sie die Katze, die die Frau trug und hielt in ihrer Bewegung inne.

„Wer ist das?", fragte sie erstaunt.

„Das erzähle ich euch später. Wir haben keine Zeit mehr. Die Menschen sind schon auf dem Weg zum Anleger. Habt ihr Bridget?"

Die Geschwister sahen Katinka zu, wie sie in der Nische neben der Tür verschwand, um gleich darauf mit einer Katze im Arm wieder aufzutauchen.

„Los", sagte sie drängend, „lasst uns von hier verschwinden."

Ohne ein weiteres Wort eilten sie aus dem Gebäude und liefen über den Hof. Sie sahen viele Katzen dort herumlaufen, die ihnen jedoch keine Beachtung schenkten. Alle versuchten nur, so schnell wie möglich das Gebäude zu verlassen, um sich irgendwo vor den Flammen in Sicherheit zu bringen.

Sie konnten jetzt auch einige Wandler der Bruderschaft sehen, die mit Wassereimern über den Hof gerannt kamen und direkt auf das große Gebäude zuliefen. Ihre Gewänder bauschten sich im Wind, der aufgekommen war. Wie erwartet waren sie zu beschäftigt ihre Burg zu retten, um die anderen Menschengestalten, die sich schnell in die Schatten zurückgezogen hatten, zu bemerken.

Dicke Wolken schoben sich vor den Mond und tauchten die Insel in Dunkelheit. Doch die Geschwister konnten auch in dieser Situation ihren Weg durch die Anlage finden, denn mit ihren Katzensinnen hatten sie ihn sich zuvor gut eingeprägt. Diesmal gab es auch niemanden, der sie aufhielt. Denn die Katzen, die Josefine und Katinka den Fluchtweg versperrt hatten, waren genauso geflohen wie der Wächter, der nicht mehr in seinem Wächterhäuschen schlief. Das Schlafmittel hatte wahrscheinlich in der Zwischenzeit seine Wirkung verloren und ihn wieder erwachen lassen.

Josefine zögerte einen Moment, denn sie befürchtete, dass der Wächter irgendwo in der Nähe auf sie wartete. Doch als sie das den anderen gegenüber erwähnte, schüttelte Florian nur den Kopf.

„Ich denke nicht. Außerdem kann ich hier auch keinen Wandler riechen."

Mit einem Grinsen gab er der Frau einen leichten Klaps auf die Schulter.

„Komm, wir haben es gleich geschafft."

Sie eilten durchs Tor und begaben sich auf den Weg zum Anleger. Der schmale Pfad über die Felsen war schon am Tage gefährlich gewesen, doch jetzt in der Dunkelheit musste die kleine Gruppe sehr langsam und vorsichtig gehen, um sich nicht in Gefahr zu bringen. Katinka, die trittsicher wie eine Gämse auf dem Pfad voranging, wurde schon ungeduldig mit den anderen, weil diese sich ihrer

Meinung nach zu viel Zeit ließen. Dann waren sie endlich an der Anlegestelle.

Dort trafen sie auf die anderen Menschen, die dabei waren, sich auf die dort vertäuten Boote zu verteilen. Das Boot, mit dem die Geschwister gekommen waren, war jedoch von hier aus nicht zu sehen, denn Florian hatte es gut versteckt. Die Gewandelten hatten keinen Verdacht schöpfen sollen, dass jemand Fremdes auf ihre Insel gekommen war und auch, um zu verhindern, dass es von ihnen beschädigt wurde. Also ging der junge Mann voran und führte die anderen zu dem Boot, dass nur ein Stückchen weiter weg festgemacht und mit einer Plane zugedeckt war.

Die kleine Gruppe befreite es von der schützenden Hülle, um dann eilig hineinzuklettern. Florian und Katinka nahmen die Ruder in die Hand und begannen ihr Boot in Richtung Festland zu bewegen. Hinter ihnen konnten sie jetzt einen Lichtschein erkennen, der den Himmel erhellte. Das Feuer in den Gebäuden hatte sich schnell weiter ausgebreitet, so dass die Flammen bereits aus dem Dach herausschlugen. Der Feuersbrunst würden die gesamte Anlage und mit ihr viele der Gewandelten zum Opfer fallen.

Die Geschwister und Josefine sahen stumm hinüber zum Feuer, das sich im vom Mondlicht beschienenen Wasser spiegelte und ihnen das Gefühl gab, durch Flammen zu rudern. Bridget und die andere Katze saßen ruhig, ja fast apathisch auf Monikas und Josefines Schoß. Besorgt sah die Schwester auf die Gerettete, die sich kaum rührte und prüfte, ob sie noch atmete.

„Was ist nur mit ihr los?", fragte sie. „So kenne ich Bridget nicht. Sie hat sich immer sehr schnell wieder in ihre Menschengestalt verwandelt. Also warum ist sie immer noch eine Katze?"

„Gib ihr doch Zeit", meinte Katinka. „Wer weiß, welche Drogen sie ihr gegeben haben. Vielleicht muss deren Wirkung erst nachlassen, damit sie sich verwandeln kann."

Monika sah ihre Schwester nicht sehr überzeugt an.

„Ich weiß nicht." Sie strich der kräftigen, schwarz-weißen Katze zärtlich über den Kopf. „Hoffentlich hast du recht."

Dann hingen alle ihren eigenen Gedanken nach, während sie schweigend weiterruderten. Erst als sie sich der Küste näherten, unterbrach Florian die Stille.

„Meilin", sagte er, „halte nach einer flachen Bucht Ausschau, in der wir sicher landen können."

Die Angesprochene nickte nur und starrte konzentriert auf die Küstenlinie, die vor ihnen lag. Das Licht von der Insel reichte nicht bis dorthin, aber der Mond schien durch vereinzelte Wolkenlücken, so dass sie schon Einzelheiten erkennen konnte.

Sie heftete ihren Blick jetzt starr auf eine Stelle, die wie eine kleine Bucht mit Sandstrand aussah. Als sie ein paar Meter weiter gerudert waren, deutete sie auf die Stelle und lotste Florian dorthin. Je näher sie kamen, desto genauer erkannten sie, dass Meilin tatsächlich eine passende Bucht gefunden hatte. Sie konnten mit ihrem Boot direkt auf einen flachen Sandstrand fahren und bequem die geretteten Katzen an Land bringen.

Nachdem Josefine aus dem Boot geklettert war, hob sie die Katze, die sie mitgebracht hatte, hoch und nahm sie wieder auf den Arm. Es war schon merkwürdig, aber auch diese Katze schien viel zu passiv. Wahrscheinlich hatte sie die gleiche Droge bekommen wie Bridget.

„Und was nun?", fragte Josefine die Geschwister. „Wie geht es jetzt weiter?"

Katinka lächelte sie an.

„Unser Wagen steht im Hafenort, von dem aus du auf die Insel gefahren bist. Das ist noch ein Stück von hier entfernt. Also haben wir einen kleinen Fußmarsch vor uns."

„Hättest du nicht eine Bucht finden können, die näher am Ort liegt?", beschwerte sich Monika, die ein wenig hinkte. „Dieser schreckliche Kater hat mir doch glatt ins Bein gebissen."

„Soll ich mir das mal ansehen?", fragte Josefine besorgt.

Monika winkte jedoch ab. „Es wird schon gehen. Ich will nur endlich wieder nach Hause. Also los."

Damit machte sich die kleine Gruppe auf den Weg zum Hafen. Florian, Meilin und Monika erzählten den anderen beiden von ihren Kämpfen mit den Gewandelten. Sie hatten ernsthafte Kämpfe bislang noch nicht zu bestehen gehabt und so waren sie doch recht stolz über das Erreichte.

„Diese schwarze Katze hat versucht, mich zu überrumpeln, indem sie so tat, als würde sie mich nicht beachten" erzählte Meilin gutgelaunt. „Aber als ich mich ihr näherte, sprang sie mir direkt ins Gesicht."

Mit erwartungsvollen Gesichtern sahen die anderen sie an und so erzählte sie weiter.

„Doch das hatte ich erwartet. Ich duckte mich und konnte in ihren Bauch beißen."

„Autsch", meinte Katinka.

„Ja", bestätigte Meilin, „das hat sie auch gesagt und sich daraufhin erst einmal zurückgezogen."

„Flo hat wieder seinen Hüftschwung eingesetzt", erzählte Katinka und die Schwestern fingen an zu lachen.

Josefine sah verständnislos von einem zum anderen, wobei sie zaghaft zu lächeln begann.

„Flo hat eine ganz besondere Technik beim Nahkampf", erklärte Katinka ihr. „Anstatt mit den Vorderpfoten auf den

Gegner zu zuspringen, benutzt er die Hinterbeine und schmeißt sein gesamtes Hinterteil auf seinen Gegner."

„Aber nur wenn ich eine Katze bin", ergänzte Florian verlegen, was bei den anderen großes Gelächter auslöste.

Sie hatten jetzt die Stelle erreicht, an der ihr Wagen geparkt war. Katinka öffnete die Seitentür und setzte sich mit Bridget hinein, die immer noch eine Katze war. Die Schwestern und Josefine stiegen ebenfalls ein, während Florian hinter dem Steuer Platz nahm.

„Wo fahren wir jetzt hin?", fragte Josefine, die mit der benommenen Katze auf dem Schoß in der Mitte der Rückbank saß.

„Wir treffen uns mit unserem Vater." Florian sah im Rückspiegel die Überraschung in Josefines Gesicht und fügte erklärend hinzu: „Er hat uns durch einen seiner Freunde eine Nachricht zukommen lassen."

Dann ließ er den Motor an, setzte den Wagen ein Stückchen zurück und fuhr dann auf die Straße.

„Er erwartet uns beim Hafen."

Kapitel 29

Die Flammen waren aus dem Hauptgebäude auf die anderen Teile der Burg übergesprungen und hatten ihren Weg über die Mauer und durchs Tor herausgefunden. Die Schreie der Katzen waren schon vor einer Weile verklungen, denn die meisten von ihnen waren im Feuer umgekommen oder hatten sich in ihrer Panik ins Meer gestürzt.

Die beiden Wandler Nicolas und Ailen saßen auf einem Felsvorsprung direkt über dem Meer. Dorthin hatten sie sich gerettet, nachdem ihnen klar geworden war, dass sich das Feuer in der ganzen Burg ausbreiten würde. Sie betrachteten traurig die Zerstörung des Ortes, der in den letzten Jahren ihr Zuhause geworden war. Hier hatten sie Unterschlupf gefunden, als die anderen Wandler nichts mehr mit ihnen zu tun haben wollten, weil sie sich offen gegen die Ansichten der angesehensten Familie ihrer Art gewandt hatten. Es fiel ihnen beiden schwer, die Insel zu verlassen, aber sie würden selbst auf diesem Felsen nicht mehr lange bleiben können, denn die Flammen kamen auch in diese Richtung und würden sie bald erreicht haben.

„Wir müssen ins Wasser springen", sagte Nicolas zu der blonden Frau neben ihm. „Das Festland ist zum Glück nicht zu weit entfernt, als dass wir nicht bis dorthin schwimmen könnten. Komm, Ailen."

Damit packte er sie am Arm und zog sie hoch, wobei er sie mit einem aufmunternden Lächeln ansah. Sie waren in der letzten Zeit zu einem guten Team geworden, so dass er auch bei seinen zukünftigen Plänen nicht auf sie verzichten wollte.

„Wir springen gleichzeitig. Auf drei", sagte er und als sie nickte, begann er zu zählen: „Eins — zwei — drei!"

Sie sprangen gemeinsam vom Felsvorsprung ins Meer. Beim Eintauchen ins dunkle Wasser nahm ihnen die Kälte für einen Moment den Atem. Nicolas schaffte es als Erster, wieder hochzukommen. Er sog keuchend die Nachtluft in seine Lungen und drehte sich dann schwimmend im Kreis, um nach Ailen Ausschau zu halten. Doch er konnte sie nirgends entdecken. Als er nach einer Weile begann sich ernsthaft Sorgen um sie zu machen, tauchte nicht weit von ihm etwas aus dem Wasser auf. Prustend und keuchend schaffte die Frau es, sich wieder an die Wasseroberfläche zu kämpfen.

„Bist du in Ordnung?", fragte Nicolas, der selbst noch schwer atmete.

Die Frau nickte nur, denn ihr fehlte der Atem zum Sprechen. Er lächelte sie erleichtert an, drehte sich zum Festland und begann mit ausgreifenden Kraulbewegungen dorthin zu schwimmen. Ailen schloss sich ihm an, wobei sie etwas langsamer vorankam.

Kapitel 30

Während der Fahrt durch den kleinen Ort sagte niemand im Wagen ein Wort. Alle hingen ihren eigenen Gedanken nach. Als sie die Straße zwischen den Häusern verlassen hatten und in Richtung Hafen fuhren, konnten sie in der Ferne noch das Leuchten des Feuers auf der Insel sehen. Der Himmel wurde jetzt jedoch auch von der aufsteigenden Sonne erhellt, so dass sie im Hafen die Boote wiedererkennen konnten, die die Menschen benutzt hatten, um von der Insel zu fliehen.

„Sie scheinen es alle geschafft zu haben", meinte Josefine und zeigte auf die im Wasser schaukelnden Boote.

„Das ist gut." Katinka nickte zufrieden. „Mich würde nur interessieren, was sie aus dieser ganzen Geschichte machen werden. Zum Glück wissen sie nichts von den Gewandelten."

„Ja", flüsterte Josefine nachdenklich, „das würden sie schwer glauben können."

Als der Wagen an einem kleinen blauen Auto vorbeigefahren war, bremste Florian plötzlich und fuhr an den Straßenrand. Er hielt an und schaltete das Licht aus. Sie sahen eine Gestalt auf ihren Wagen zukommen, die sich die Kapuze der Jacke tief ins Gesicht gezogen hatte. Erst als sie direkt vor dem Wagen stand, konnten die Geschwister sie durch die Fensterscheiben erkennen.

„Hallo, Vater." Florian öffnete seine Tür und stieg eilig aus.

Er sah seinen Vater, den er so viele Jahre für tot gehalten hatte, erstaunt an. Obwohl sein Verstand wusste, dass er wieder am Leben war, konnten seine Gefühle dieser Tatsache noch nicht folgen. Unbewusst legte er eine Hand auf den Arm seines Vaters und sah ihm unverwandt ins Gesicht. Robert stand regungslos da, während er spürte wie Verstand und Gefühl seines Sohnes in Aufruhr waren. Schließlich lächelte er und schlug ihm freundschaftlich auf die Schulter.

„Hallo, Junge. Wie ist es gelaufen?"

„Wir haben Bridget herausgeholt", antwortete Florian mit einem schwachen Lächeln. „Es lief nur nicht ganz glatt."

„Das habe ich gesehen", meinte sein Vater und deutete mit dem Kopf hinüber zur brennenden Insel.

„Die Gewandelten hatten uns bemerkt und irgendwie mussten wir sie von uns ablenken", erklärte der junge Mann. „Da kamen Katinka und Josefine auf die Idee mit dem Feuer."

Robert hob erstaunt die Augenbrauen.

„Die Frau hat mitgekämpft? Ich dachte, sie sollte euch nur hereinlassen und dann verschwinden."

„Sie war nicht davon abzubringen mit uns zu kommen", erwiderte Florian achselzuckend.

„Was ist mit den anderen Menschen?", fragte sein Vater.

„Die hat Josefine vor dem Feuer gewarnt und zu den Booten geschickt", antworte der junge Mann. „Wir denken, sie haben alle sicher den Hafen erreicht, denn als wir eben dort vorbeigefahren sind, lagen alle drei Boote vertäut am Kai."

Robert nickte zufrieden. „Dann ist ja noch mal alles gut gegangen."

Die anderen hatten in der Zwischenzeit ebenfalls den Wagen verlassen und standen um die beiden Männer herum. Robert konnte in ihren Gesichtern Erstaunen erkennen, als er einen nach dem anderen eingehend betrachtete. Auch für ihn war es unglaublich, zu sehen, dass seine Kinder schon so erwachsen waren. Monika war die Erste, die sich auf ihren Vater stürzte und ihn heftig umarmte.

„Pa", rief sie schluchzend und vergrub ihr Gesicht an seiner Brust. Ihre Umarmung war so fest, dass Robert sich beherrschen musste, um nicht aufzustöhnen.

„Na, na, Monika", sagte er nur und versuchte vergeblich, ihre Umklammerung zu lösen. „He, willst du mich etwa erdrücken!"

Daraufhin lockerte die Tochter ihren Griff und trat einen Schritt zurück, wobei sie sich die Tränen aus den Augen wischte.

„Tut mir leid", sagte sie immer noch schluchzend.

„Ist schon in Ordnung." Robert strich ihr beruhigend über den Arm. Dann sah er seine anderen Töchter an, die die ganze Zeit reglos dagestanden und die Szene beobachtet hatten.

„Meilin, Katinka." Er ging auf sie zu und umarmte die beiden.

Über die Gesichter der schlanken, jungen Frauen zog ein Lächeln, das immer breiter wurde.

„Wir haben es wirklich geschafft", meinte Katinka und legte auch ihren Arm um den Vater.

„Wir waren ein tolles Team", ergänzte Meilin, die dabei zu Josefine sah, die noch immer im Wagen saß, weil sie der Familie ihre Privatsphäre lassen wollte.

„Wo ist denn Bridget?", fragte Robert, der auch nach einem kurzen Blick in den Wagen seine Tochter nicht sehen konnte.

„Sie ist hier", erklang die Stimme von Josefine aus dem Inneren des Wagens. „Sie müssen ihr irgendwelche Drogen gegeben haben, denn sie scheint immer noch benommen zu sein."

Mit einem beunruhigten Gesichtsausdruck ging der Vater zum Wagen und öffnete die Tür. Er sah auf der Rückbank die Frau, die etwas auf dem Schoß hielt, und neben ihr eine weitere Katze, die zwar die Augen geöffnet hatte, aber nicht auf ihn reagierte. Er setzte sich dazu und nahm die Katze, die er als seine Tochter Bridget erkannte, auf den Schoß. Sie blieb reglos sitzen und reagierte auch nicht, als ihr Vater ihr sanft über das Fell strich.

„Sie haben recht", sagte Robert zu Josefine, „irgendetwas stimmt mit ihr nicht."

Die Frau sah besorgt zu der kräftigen Katze, die untypisch ruhig war und mit leerem Blick vor sich hinstarrte.

„Vielleicht kann mein Bruder ihr ja helfen", schlug Josefine vor und als sie Roberts skeptisches Gesicht sah, fügte sie noch hinzu: „Er ist Tierarzt."

Der Mann schaute zu ihr hinüber. Dabei streifte sein Blick auch die Katze auf dem Schoß der Frau, die er sofort erkannte. Er zuckte überrascht zusammen.

„Warum haben Sie IHN mitgenommen!", rief er verärgert und rückte von ihr weg.

„Was ist los?", fragte Katinka.

„Die Frau hat Ailuro von der Insel gerettet", antwortete der Vater entrüstet.

„Was?" Die Geschwister waren entsetzt.

Meilin blickte verständnislos in den Wagen und auf die Frau, die schützend ihre Hände über die bewusstlose Katze hielt.

„Warum hast du das getan?", fragte sie kopfschüttelnd. „Er ist der Grund für diese ganzen Auseinandersetzungen zwischen den Gewandelten und den Wandlern. Er lässt Menschen von seinen Anhängern überfallen und hat unseren Vater getötet."

Josefine blickte der Familie Catus entschlossen in die Augen.

„Das mag sein", entgegnete sie dann leise. „Aber ich habe ihn kurz kennengelernt, deswegen glaube ich nicht, dass er ein durch und durch schlechtes Wesen ist. Warum hätte er euren Vater dann so töten sollen, dass er wieder erwachen kann? Außerdem habe ich gesehen, wie einer der Wandler unter seinen Anhängern ihm etwas eingeflößt hat. Vielleicht sogar das Gleiche wie Bridget?"

Robert sah zum Himmel und bemerkte, dass der Tag angebrochen war. Zu dieser Zeit hätte sich der Gewandelte eigentlich in seine Menschengestalt verwandeln müssen, aber Ailuro war noch immer eine Katze.

„Das könnte sein", meinte er deshalb und strich nachdenklich über den Kopf der Katze, die seine Tochter war. „Was auch immer ihm gegeben wurde. Er scheint sich nicht zu verwandeln, und das kann auch der Grund dafür sein, dass unsere Bridget sich nicht verwandelt."

Florian blickte erschrocken in den Wagen und drängte sich an Meilin vorbei, um seine Schwester zu sehen.

„Sie kann sich nicht mehr verwandeln?"

Die Geschwister waren entsetzt. Die meisten Wandler fühlten sich in ihrer Menschengestalt am wohlsten und verwandelten sich, besonders je älter sie wurden, eher selten in die Katzengestalt. Es gab nur wenige Gelegenheiten, bei denen diese Form geeigneter erschien, denn sie behielten als Menschen einen der scharfen Sinne der Katze, verloren aber die menschlichen Fähigkeiten, wenn sie ein Tier waren.

„Bestimmt kann ich es nicht sagen", meinte Robert und sah besorgt in die Augen seiner restlichen Kinder. „Wir können wahrscheinlich nur abwarten, ob sich ihr Zustand verändert. Am besten ist es, wenn wir sie nach Hause bringen und erst einmal schlafen lassen."

Die anderen nickten zustimmend. Florian stieg als Erster wieder ein und setzte sich ans Steuer. Nachdem alle anderen auch ihre Plätze im Wagen eingenommen hatten, fuhr er schweigend los.

Josefines Blick wanderte vom schlafenden Tier auf ihrem Schoß zu dem Mann, der neben ihr saß und seine Tochter in Katzengestalt auf dem Schoß hielt. In Gedanken versunken betrachtete er das kräftige Tier und strich ihr sanft über das Fell. Sie musterte ihn eine Weile, bis er es bemerkte und zu ihr herübersah.

„Ich hätte Sie vorhin beinahe nicht erkannt", sagte er. „Die neue Frisur steht Ihnen sehr gut."

„Wir dachten, falls die Bruderschaft Ihre Familie schon eine Weile beobachtet hatte, könnte es sein, dass sie mich mit Ihnen in Verbindung bringen. Deshalb wollte ich mein Aussehen so weit wie möglich verändern", erklärte Josefine.

„Das ist Ihnen tatsächlich gelungen", meinte Robert und blickte sie lange an. Schließlich sah er von ihr weg und auf die Katze auf ihrem Schoß.

„Seine Augen sehen wirklich nicht sehr gut aus", meinte er. Die Frau nickte und kraulte die Katze dabei am Hals.

„Er sieht als Katze schon jämmerlich aus", bestätigte sie ihm, „aber wenn sie ihn als Mensch sehen, ist es noch sehr viel schlimmer. Das ganze Gesicht ist entstellt."

Robert dachte eine Weile darüber nach.

„Sie haben in einem Labor Experimente an ihm ausgeführt."

Josefine lief sich bei diesem Gedanken ein kalter Schauer über den Rücken.

„Das ist ja schrecklich", meinte sie dann und beugte sich zu dem Tier hinunter. „Kein Wunder, dass du uns Menschen so hasst."

Als sie am Ortsschild vorbeifuhren, erinnerte sich Josefine an ihr Auto, das sie bei ihrer Ankunft nicht weit davon entfernt geparkt hatte.

„Halt!", rief sie Florian zu, der sofort abbremste und sich fragend zu ihre umdrehte.

„Ist etwas mit Bridget?", wollte er besorgt wissen.

„Nein, nein", beruhigte Josefine ihn und zeigte auf die Silhouette eines kleinen Autos am Straßenrand. „Das da ist mein Wagen. Den hätte ich doch fast vergessen! Ich werde umsteigen und euch dann folgen."

Josefine war ausgestiegen, blieb jedoch mit der Katze auf dem Arm stehen und sah ins Innere des Wagens.

„Wie wäre es, wenn wir zuerst zu meinem Bruder fahren", schlug sie vor, „damit er sich eure Bridget ansehen kann?"

„In Ordnung", meinte der Vater nach kurzem Zögern. „Schaden wird das sicher nicht."

Josefine nickte kurz und ging dann zu ihrem eigenen Auto. Dort setzte sie die Katze auf den Beifahrersitz und folgte dem Van der Familie Catus. Die Fahrt zurück, kam ihr sehr viel länger vor als bei der Hinfahrt. Wahrscheinlich konnte sie es einfach nicht erwarten ihren Bruder wiederzusehen und ihm die betäubten Katzen zu zeigen, damit er sie untersuchen konnte. Sie hoffte sehr, dass er den beiden helfen konnte.

Im anderen Wagen sagte keiner ein Wort, denn alle hingen ihren eigenen Gedanken nach. Sie erreichten das neue Haus der Familie Catus, als die Sonne schon sehr weit oben am Himmel stand und ihnen einen herrlich sonnigen Tag bescherte. Leider konnten die Frauen und Männer das im Moment überhaupt nicht würdigen, denn sie waren noch zu sehr mit den Ereignissen der letzten Stunden beschäftigt und mit der Frage, was Bridget zugestoßen war.

Nachdem sie in die Straße zu ihrem Haus eingebogen waren, fuhr Florian daran vorbei zu den Nachbarn. Er parkte den Wagen auf dem Hof vor der Praxis und stellte den Motor ab, um auf Josefine zu warten.

Kurz darauf hielt ihr Auto neben ihnen. Sie stieg mit der Katze auf dem Arm aus und kam zu ihnen herüber.

„Hat Ihr Bruder heute Patienten?", fragte Robert, der vor der geöffneten Wagentür stand. „Ich möchte nicht, dass wir auf Leute aus dem Ort treffen."

Josefine überlegte einen Moment, dann schüttelte sie den Kopf.

„Heute hat er nur Termine nach Absprache. Ich werde jetzt erst einmal hineingehen und sehen, ob er beschäftigt ist."

Sie lächelte den Geschwistern aufmunternd zu, die sie besorgt anstarrten. Als sie zur Tür der Praxis ging und sie öffnete, spürte sie deren Blicke in ihrem Rücken. Erleichtert sah sie, dass im Wartebereich niemand war und auch aus den Behandlungsräumen keine Geräusche kamen. Sie setzte die Katze auf einen der Stühle ab.

„Peter!", rief sie in die Stille hinein. „Wo bist du! Ich habe Patienten mitgebracht."

Sie wartete in der Praxis auf eine Reaktion und als sie nichts hörte, öffnete sie die Flurtür, durch die man zu den Wohnungen gelangte. Doch bevor sie in den Flur treten konnte, hörte sie die Stimme ihres Bruders.

„Jo! Du bist wieder da!" Er kam in die Praxis gerannt, stürzte auf seine Schwester zu und umarmte sie. Dann ließ er sie plötzlich los und musterte sie von oben bis unten.

„Dir ist wirklich nichts passiert. Alles noch dran." Er lächelte sie erleichtert an. „Na ja, fast."

Damit griff er ihr in das jetzt kurzgeschnittene Haar.

„Wir haben Bridget gefunden", berichtete seine Schwester ungeduldig. „Sie haben ihr wahrscheinlich irgendeine Droge gegeben, denn sie ist ganz apathisch. Kannst du sie dir mal ansehen?"

Peter zuckte leicht zusammen, als er den Namen der jungen Frau hörte.

„Ich bin doch nur ein Tierarzt", meinte er dann abwehrend und trat einen Schritt von Josefine zurück.

„Das ist genau das, was wir brauchen", erwiderte seine Schwester. „Bridget ist jetzt eine Katze. Deshalb dachte ich, du könntest ihr helfen."

Ihr Bruder runzelte die Stirn und überlegte einen Augenblick.

„Na schön, ich werde sie mir mal ansehen", meinte er dann resigniert. „Aber ich kann dir nichts versprechen."

„In Ordnung." Josefine klopfte ihm aufmunternd auf den Arm. „Danke, Bruderherz. Ich werde sie holen gehen."

Damit kehrte sie zur Praxistür zurück, um die Familie Catus zu holen.

„Kommt!", rief sie ihnen zu. „Es ist niemand außer meinem Bruder in der Praxis. Er ist bereit, sich eure Bridget einmal anzusehen."

Die Geschwister stiegen aus und folgten Robert, der seine Tochter Bridget trug, in die Praxis. Dort trafen sie dann auf Peter, der ihnen mit Unbehagen gegenübertrat. Der Gedanke daran, dass diese Menschen sich auch in Katzen verwandeln konnten, beunruhigte ihn sehr. Obwohl er Tiere mochte, gab es für ihn einen riesigen Unterschied zwischen ihnen und den Menschen. Er verstand Leute wie seine Schwester nicht, die in ihnen menschliche Züge zu erkennen meinten. Tiere waren anders und sie sollten auch so behandelt werden. Als sein Blick sich mit Meilins traf, wendete er sich schnell ab und sah, dass nicht nur der fremde Mann eine Katze im Arm hielt, sondern auch seine Schwester einer auf einem der Stühle hockenden Katze gut zuredete.

„Ihr habt zwei Katzen?", fragte er sie deshalb.

„Das dort ist Bridget." Damit zeigte Josefine auf die kräftige schwarz-weiße Katze, die Robert Catus trug, und fügte grinsend hinzu: „Die Katze, meine ich. Der Mann ist Robert ihr Vater, und diesen Kater habe ich von der Insel gerettet."

Sie wollte ihn im Moment nicht mit weiteren Details verwirren, denn er sollte so schnell wie möglich die Katzen untersuchen.

„Gut. Bringt sie dort hinein", sagte er und wies auf einen der Behandlungsräume. „Dann will ich sie mir mal ansehen."

Er ließ Robert mit der Katze zuerst in den Raum gehen und folgte ihm, wobei er den anderen bedeutete, im Vorraum zu warten. Josefine nickte den Geschwistern zu und schloss die Tür hinter den beiden Männern.

„Setzt euch doch", meinte sie dann und nahm auf dem Stuhl neben Ailuro Platz. „Die Untersuchung wird sicherlich eine Weile dauern."

Die anderen folgten zögernd ihrem Beispiel. Meilin saß so weit wie möglich von der Frau entfernt, dabei sah sie sich unbehaglich im Raum um und versuchte, nicht die Katze auf Josefines Schoß anzustarren. Für sie war der Gedanke an Ailuro, der ihren Vater getötet hatte, und jetzt von der Frau aus den Flammen gerettet worden war, beinahe unerträglich. Sie konnte das Mitleid, das sie mit ihm hatte, nicht nachvollziehen. Deshalb fühlte sie sich jetzt in ihrer Gegenwart unwohl, obwohl sie die Frau wirklich mochte. Sie blickte zu Florian hinüber und konnte ihm ansehen, dass er ähnliche Gedanken hatte.

Die Tür des Behandlungszimmers öffnete sich und Robert kam mit Bridget auf dem Arm heraus. Erwartungsvoll sah Josefine ihren Bruder an, der dem Mann folgte.

„Tut mir leid", sagte er an keinen Bestimmten gewandt. „Ich kann keine Vergiftung feststellen und auch sonst keine Krankheit. Ich habe ihr Blut abgenommen und werde es untersuchen lassen. Aber mehr kann ich im Moment nicht tun."

Robert sah seinen Kindern in die Augen, die enttäuscht von ihren Stühlen aufstanden und zu ihm kamen.

„Wir müssen einfach abwarten", meinte er mit einem aufmunternden Lächeln an Josefine gewandt. „Vielleicht ändert sich ihr Zustand, wenn sie sich ausgeschlafen hat. Nun, trotzdem vielen Dank Josefine für Ihre Hilfe und auch für Ihre Hilfe."

Damit drehte er sich zu Peter um und nickte ihm kurz zu.

„Kommt, Kinder. Wir bringen Bridget nach Hause", sagte Robert und verließ mit großen Schritten die Praxis.

Nachdem sie sich eilig von den Menschen verabschiedet hatten, folgten die Geschwister ihrem Vater hinaus zum Wagen. Sie stiegen alle ein und fuhren weg.

Josefine und Peter blieben mit der Katze von der Insel in der leeren Praxis zurück.

„Soll ich mir die Katze auch einmal ansehen?", fragte er schließlich seine Schwester, doch sie schüttelte nur den Kopf.

„Ich denke, sie hat die gleichen Symptome wie Bridget. Also wirst du auch bei ihm nicht feststellen können. Ich werde ihn mit nach oben nehmen und sehen, wie es ihm morgen geht."

Peter drückte den Arm seiner Schwester.

„Willst du mir von deinem Abenteuer erzählen?", fragte er vorsichtig. Er kannte seine Schwester gut genug, um zu wissen, dass sie ihm die ablehnende Haltung zum Plan der Kinder der Familie Catus noch nicht verziehen hatte. Wenn er mehr davon erfahren wollte, durfte er sie nicht noch weiter verärgern.

„Das war wirklich ein Abenteuer, Peter", strahlte Josefine ihn an und lief mit der Katze auf dem Arm die Treppe zu ihrer Wohnung hinauf. „Komm mit. Ich werde dir bei einem Glas Wein alles erzählen."

Kapitel 31

Als die Familie Catus endlich auf den Hof ihres neuen Zuhauses fuhr, wurden sie von einer ziemlich aufgelösten Elisabeth empfangen. Sobald sie den Wagen gehört hatte, war sie zur Tür gestürzt und lief ihnen entgegen. Als sie jedoch die ernsten Gesichter ihrer Familie sah, blieb sie abrupt stehen.

„Bridget ist etwas passiert", mutmaßte sie und starrte ihren Mann entsetzt an, der langsam aus dem Wagen stieg. „Ist sie tot?"

Ihr war klar gewesen, dass das ganze Unternehmen ein verzweifelter Versuch gewesen war, der wahrscheinlich nicht klappen würde. Aber sie hatte dennoch Hoffnung gehabt. Beim Gedanken, dass ihrer Tochter etwas geschehen war, wurden ihr die Knie weich. Sie sank zu Boden, und nur weil Robert schnell zu ihr gelaufen kam, konnte er sie auffangen und ihren Sturz verhindern. Er presste seine Frau an sich und flüsterte ihr ins Ohr. Daraufhin rappelte sie sich wieder auf und sah ihren Mann zaghaft lächelnd an.

„Ihr habt sie gerettet?", fragte sie ungläubig.

Robert nickte und machte Anstalten sie ins Haus zu führen. Doch Elisabeth blieb stehen und sah suchend in den Wagen.

„Wo ist sie denn?"

Meilin stieg aus und sah ihrer Mutter aufmunternd ins Gesicht.

„Wir sollten alle erst einmal ins Haus gehen, Mutter. Es war eine aufregende und anstrengende Nacht und wir möchten uns endlich hinsetzen."

Damit nahm sie ihre Mutter sanft aber energisch am Arm und führte sie zur Haustür. Obwohl Elisabeth endlich ihre gerettete Tochter sehen wollte, ließ sie sich von Meilin hineinbringen. Der Rest der Familie folgte den beiden wortlos, dabei betrat Katinka, die ihre Schwester trug, als letzte das Haus. Im Wohnzimmer setzte sie Bridget in ihrer Katzengestalt behutsam auf einen Sessel. Elisabeth beobachtete es und sah verständnislos auf das schwarzweiße Tier.

„Warum hat sie sich nicht verwandelt?", fragte sie bestürzt.

Die Kinder blickten zu ihrem Vater, der tief durchatmete und dann zu seiner Frau ging und sie umarmte.

„Sie haben ihr irgendetwas gegeben", sagte er leise zu ihr. „Entweder ist sie durch die Ereignisse zu schwach, um sich zu verwandeln, oder sie kann es mit dieser Droge im Körper nicht."

Die Augen der Mutter weiteten sich vor Entsetzen.

„Wann wird sie es dann wieder können?", fragte sie leise.

Robert schüttelte den Kopf.

„Das wissen wir nicht. Genauso wie wir keine Ahnung haben, was man ihr gegeben hat. Also können wir nur abwarten und hoffen."

Elisabeth schloss die Augen und legte ihren Kopf an Roberts Schulter.

„Dann war doch alles umsonst", murmelte sie und eine Träne rann ihre Wange herunter.

Ihr Mann packte sie grob an den Schultern und hielt sie vor sich, um ihr in die Augen zu sehen.

„Nichts war umsonst, Lissy." Seine Stimme war ärgerlich und ungeduldig. „Unsere Kinder haben nicht nur Bridget nach Hause geholt, sie haben auch noch die Burg der Orulia in Flammen aufgehen lassen. Ich finde sie haben hervorragende Arbeit geleistet und du solltest ihnen dankbar sein. Durch sie muss die Bruderschaft, falls es Überlebende gegeben hat, erst wieder neu aufgebaut werden."

„Aber Bridget ..."

„Lissy!", unterbrach Robert sie. „Sie haben bei dieser Aktion mehr erreicht, als wir damals. Und Bridget braucht wahrscheinlich nur etwas mehr Zeit, um sich wieder verwandeln zu können."

„Bist du dir da sicher?", fragte sie zweifelnd.

„Die Hauptsache ist doch, dass sie lebt", erwiderte ihr Mann. „Alles andere wird sich zeigen."

Die Geschwister standen betroffen neben ihrer Mutter, die sich jetzt zur Katze hinunterbeugte und sie zaghaft streichelte.

„Arme Bridget. Versuch, einfach immer wieder dich zu verwandeln. Irgendwann muss es ja klappen."

Für einen Augenblick meinte Elisabeth eine Regung in den Augen der Katze zu sehen. Gespannt hielt sie im Streicheln inne und starrte sie an.

„Bridget", sagte sie mit weicher Stimme. „Du bist jetzt zu Hause."

Wieder schien der Schleier vor den Pupillen zu verschwinden. Die Mutter sah hoffnungsvoll zu Robert hinüber, der die Veränderung in Bridget auch bemerkt hatte.

„Komm, Liebes! Versuch, dich zu verwandeln", ermunterte er seine Tochter. „Du bist jetzt in Sicherheit, und niemand wird dir mehr etwas tun."

Unter den gespannten Blicken der gesamten Familie Catus bewegte sich die Katze ganz vorsichtig, so als ob sie prüfen musste, ob noch alle Gliedmaßen funktionierten. Die Ohren zuckten und ihre Augen bewegten sich musternd hin und her. Dann fixierte sie ihren Bruder Florian, der in der Zwischenzeit nah an sie herangegangen war und sich zu ihr hinuntergebeugt hatte. Der junge Mann konnte in den Augen seiner Schwester erkennen, wie sie mit aller Kraft versuchte, sich zurück in den Menschen Bridget zu verwandeln.

„Gib nicht auf, Bridg", flüsterte er ihr zu und strich ihr sanft über den Kopf. „Du kannst es schaffen."

Mit einem verzweifelten Schrei sprang die Katze vom Sessel, um dann wie der Blitz aus dem Wohnzimmer zu rasen. Die Geschwister sahen ihr mitleidig hinterher, denn sie konnten sich die Verzweiflung und Angst vorstellen, die ihre Schwester gerade empfand.

„Robert", sagte Elisabeth fordernd, „kannst du nicht etwas für sie tun?"

Ihr Mann sah sie nur wortlos an, atmete tief ein und folgte seiner bemitleidenswerten Tochter.

„Es ist spät", sagte er im Vorbeigehen zu seinen restlichen Kindern. „Ihr könnt im Moment nichts mehr tun. Also geht ihr am besten schlafen."

Die Geschwister sahen sich unentschlossen an. Florian nickte den anderen zu, die ihm daraufhin nach oben in ihre Zimmer folgten. Elisabeth überlegte, ob sie ihrem Mann folgen sollte. Doch schließlich ging auch sie in ihr Schlafzimmer.

Während alle anderen im Bett lagen, saß Robert auf einem Stuhl in der Küche und beobachtete Bridget, die als Katze unter dem Tisch saß. Sie starrte mit trüben Augen vor sich hin, wobei nur zwischendurch für einen kurzen Moment die Lebendigkeit in ihnen zurückkehrte. Dann sprach er mit ihr und versuchte ihr Mut zu machen.

Nach einiger Zeit wurde Robert so müde, dass er den Kopf auf seine Arme legte, um kurz die Augen zu schließen. Doch die Nachwirkungen des Todesschlafs und die Aufregungen der Rettung seiner Tochter ließen ihn dann doch in Morpheus' Arme sinken.

$$= \text{\^{} \^{}} \\ = \text{`} . \text{`} = \\ \text{v}$$

Als er gegen morgen aufwachte, galt sein erster Blick der Stelle, an der er seine Tochter zum letzten Mal gesehen hatte. Sie war aber nicht mehr dort. Der Vater gähnte herzhaft, wobei er sich in der Küche nach der Katze umsah. Als er sie nicht sehen konnte, machte er sich auf den Weg durch das Haus, um sie zu finden. Doch sie war nicht da.

Etwas später wachte der Rest der Familie auf und kam in die Küche, um zu frühstücken. Hier erwartete sie die Nachricht, dass ihre Schwester Bridget in der Nacht das Haus verlassen hatte und bislang nicht wiedergekommen war.

„Was kann nur passiert sein?", fragte Monika in die Stille, die dem Bericht ihres Vaters folgte.

Er schüttelte den Kopf.

„Ich weiß es nicht", sagte er seufzend. „Wahrscheinlich hat ihr die Unfähigkeit sich zu verwandeln so zugesetzt, dass sie es hier bei uns nicht mehr aushielt, und ist deshalb weggelaufen."

Elisabeth schloss die Augen.

„Es war doch alles umsonst. Wir haben Bridget verloren", flüsterte sie so leise, dass ihr Mann es nicht verstehen konnte. Dann erhob sie sich vom Frühstückstisch, ging hinauf in ihr Schlafzimmer und schloss sich ein.

Kapitel 32

Josefine hatte unruhig, aber lange geschlafen, und als sie erwachte, brauchte sie einen Moment, um aus ihrem wirren Traum in die Realität zu wechseln. Sie wollte gerade aufstehen und ins Badezimmer gehen, da fielen ihr die Ereignisse der letzten Tage wieder ein. Die Wucht der Erinnerung ließ sie sich wieder auf die Bettkante setzen und ungläubig den Kopf schütteln. Sie hätte sich vor ein paar Wochen nicht vorstellen können, einmal in der realen Welt etwas zu erleben, das ihren Romanen glich.

In einer Ecke ihres Schlafzimmers stand ein kleiner Sessel, auf dem sich etwas bewegte. Josefine starrte es an, ohne im ersten Augenblick zu erfassen, was es war. Doch dann erkannte sie Ailuro und stand schnell auf, um zu der Katze zu gehen, die aus ihrer Betäubung erwachte. Dabei sah sie, wie diese sich zu verwandeln versuchte, es aber nicht schaffte. Ein ums andere Mal fing sie an, sich auszudehnen, nur um sofort wieder in die ursprüngliche Form zurückzukehren.

„Guten Morgen, Ailuro", begrüßte Josefine die Katze und strich ihr sanft über das Fell.

Seine großen gelben Augen starrten sie misstrauisch an. Er blieb jedoch sitzen und ließ sie gewähren. Deshalb begann sie ihn hinter den Ohren zu kraulen und als sie merkte, dass er es genoss, hockte sie sich neben ihn hin.

„Was hat dir dieser Wandler nur gegeben", flüsterte sie mehr zu sich selbst als zu der Katze. „Warum hat er das auch mit Bridget gemacht? Oder warst du es, der ihr dieses Zeug verabreicht hat?"

Sie sah ihn weiterhin an und schüttelte dann den Kopf.

„Ich denke nicht. Du scheinst der Familie Catus freundschaftlich verbunden zu sein. Du wolltest Robert nicht richtig töten, also wirst du auch seiner Tochter nicht wirklich etwas antun wollen."

In diesem Moment klopfte es an ihrer Wohnungstür. Sie erhob sich mit einem leichten Stöhnen, weil ihr linkes Bein in der Hocke eingeschlafen war, und humpelte zur Tür. Als sie aufmachte, stand ein verlegen lächelnder Peter vor ihr.

„Hallo, Jo!", sagte er. „Wie geht es deiner Katze?"

„Er schafft es nicht, sich zu verwandeln", erklärte sie und trat zur Seite, damit er hereinkommen konnte. „Sieh es dir nur selbst an."

Die beiden Geschwister begaben sich dann in das Schlafzimmer, in dem die Katze noch immer auf dem Sessel lag. Sie wirkte jedoch schon lebhafter als am Abend zuvor und als Peter nahe an sie herantrat, sprang sie auf und lief aus dem Zimmer.

„Er scheint zu spüren, welchen Beruf du ausübst", meinte seine Schwester lächelnd. „Aber ich denke, es geht ihm schon besser als gestern, wenn er jetzt auf uns reagiert."

Damit folgte sie der Katze aus dem Schlafzimmer in den Flur.

„Was machen wir mit ihm", fragte ihr Bruder, „wenn er sich nicht mehr verwandeln kann?"

„Nun, dann haben wir wohl eine neue Katze als Haustier." Josefine blickte sich suchend im Flur um und als sie ein Geräusch aus dem Wohnzimmer hörte, ging sie dorthin.

„Du willst ihn behalten?" Peter war überrascht. „Aber er ist doch ..."

„Er ist von Menschen gequält worden", meinte seine Schwester ruhig und blickte vorsichtig ins Wohnzimmer. „Wir können ihn nicht einfach seinem Schicksal überlassen. - Da bist du ja."

Sie hatte schließlich das Tier hinter dem Sofa entdeckt und ging jetzt mit langsamen Schritten darauf zu.

„Sei ganz ruhig, Ailuro. Wir werden dir nicht weh tun."

Peter sah seiner Schwester zu, wie sie vor der Katze in die Hocke ging und beruhigend auf das Tier einredete. Er dachte an die Frau, in die er sich verliebt hatte, ohne zu wissen, wer sie wirklich war. Der Gedanke, dass sie ihre Gestalt verändern konnte, stieß ihn ab und doch fühlte er immer noch etwas für diese – dieses Wesen. Er wünschte, die Tatsache das Meilin ein Katzenmensch war, würde ihm so wenig ausmachen wie Josefine. Aber in seiner von der Wissenschaft geprägten Welt gab es keine Fabelwesen oder Mythen.

„Ich verstehe nicht, wie du so selbstverständlich mit der Tatsache umgehen kannst, dass die Familie Catus andere Wesen sind, die sich verwandeln können" meinte er verwundert. „Hast du gar keine Angst vor ihnen?"

Josefine stand auf und ging mit überraschtem Gesichtsausdruck zu ihrem Bruder hinüber.

„Wieso sollte ich vor ihnen Angst haben?", fragte sie stirnrunzelnd.

„Nun, sie sind doch keine Menschen und ..."

„Aber Peter." Sie schüttelte tadelnd den Kopf. „Menschen sind doch auch alles andere als harmlos. Also wenn ich Angst haben würde, dann doch eher vor unseresgleichen."

Es schien, als hätte die Katze ihre Worte verstanden, denn sie traute sich jetzt hinter dem Sofa hervor und schritt langsam auf Josefine zu. Die Frau blieb reglos stehen, denn sie wollte das Tier nicht durch eine Bewegung oder einen Ton erschrecken. Die Katze hob den Blick, um ihr in die Augen zu schauen, dann kam sie ganz dicht an sie heran und rieb den Kopf an ihren Beinen.

Josefine hob ganz langsam ihre Hand, damit das Tier ihre Hand sehen konnte und sich nicht erschreckte, wenn sie das Fell berührte. Die Frau mochte die Katze wirklich sehr gern. In ihr steckte der Mensch Ailuro, den sie auf der Insel kennengelernt hatte. Er war sicher kein einfacher Charakter gewesen, aber sie hatte in ihm einen guten Kern gespürt, der durch die schrecklichen Erlebnisse und Erfahrungen überlagert worden war. Dazu kamen die entstellenden Narben in seinem Gesicht, die ihm ein Leben als Mensch erschwerten.

Vielleicht, so dachte sie, war es für Ailuro besser, als Katze weiterzuleben. In dieser Gestalt waren seine Narben zwar auch vorhanden, aber sie wirkten nicht so entstellend. So konnte er zur Ruhe kommen, denn dieses ständige Verwandeln war sicherlich auch nicht dazu geeignet, diese Wesen zufrieden zu machen. Das war wahrscheinlich auch der Grund, warum die Gewandelten für die Botschaft dieser Bruderschaft empfänglich gewesen waren. Um ihre Unzufriedenheit und mangelndes Selbstwertgefühl zu kompensieren, suchten sie eine Befriedigung in Positionen und Macht.

„Peter!", sagte sie zu ihrem Bruder. „Ich will gleich mal zu unseren Nachbarn gehen und fragen, wie es Bridget geht."

Auf seinem Gesicht zeigte sich ein undefinierbarer Ausdruck, als er zum Sofa ging und sich setzte.

„Ich möchte nicht, dass du weiterhin Kontakt zu ihnen hast", erklärte er ihr mit entschlossener Stimme.

Seine Schwester war so überrascht von seinem bestimmten Ton, dass sie eine Weile brauchte, bis sie etwas erwidern konnte.

„Das liegt nicht bei dir, lieber Bruder", meinte sie dann gelassen. „Ich entscheide immer noch selbst, mit welchen Menschen ich Kontakt habe."

„Aber sie sind doch keine Menschen, Jo!", entgegnete Peter nachdrücklich.

Sie trat nah an ihn heran und sah ihm direkt in die Augen.

„Wie kannst du nur so engstirnig sein. Du solltest lieber darüber nachdenken, was dir Meilin bedeutet. Sie ist ein faszinierender Mensch und nicht nur als Katze eine Schönheit. Für dich als Tierarzt dürfte es doch wunderbar sein solch ein Wesen zu kennen."

Als ihr Bruder nichts darauf sagte, drehte sie sich verärgert um und ging aus dem Haus, wobei sie die Tür laut hinter sich ins Schloss fallen ließ.

Die Worte seiner Schwester hatten Peter sehr wohl getroffen, doch er mochte ihr das nicht zeigen. Er wollte ihr nicht gestehen, dass er schon darüber nachgedacht hatte, wie es wäre mit einer Frau und einer Katze gleichzeitig befreundet zu sein. Doch der Gedanke war noch so ungewohnt, dass er ihn nicht wirklich denken mochte. Peter konnte sich jedoch vorstellen, irgendwann damit klar kommen zu können. Deshalb hatte er sich vorgenommen, ein letztes Mal mit Meilin zu sprechen und ihr seine Gefühle zu erklären, so weit er das überhaupt konnte. Er hoffte, dass sie ihm die Zeit, die er brauchte, geben würde, damit er über die Art der Beziehung zu ihr nachdenken konnte. Vielleicht sollte er seiner Schwester folgen, um sich mit Meilin auszusprechen. Doch bevor er sich dazu entschließen konnte, wurde die Haustür aufgestoßen.

„Peter!", rief Josefine außer Atem. „Es ist niemand mehr da!"

Es dauerte einen Moment, bis er begriff, was seine aufgeregte Schwester meinte. Obwohl er die Enttäuschung in ihren Augen mit Mitgefühl betrachtete, fiel ihm ein riesiger Stein vom Herzen. Dieser Ausflug in die Fantasie war vorbei und ihr Leben würde wieder in normalen Bahnen verlaufen. Sanft nahm er seine Schwester in den Arm, um sie zu trösten.

Nachwort

Anfang des Jahres 1995 wurde unser graugetigerter Kater krank. Die Behandlung des Tierarztes half nur wenig, so dass er nach ein paar Monaten eingeschläfert werden musste, um ihm ein leidvolles Ende zu ersparen. Tommy war in den elf Jahren seines Lebens ein Teil unserer Familie geworden, so dass seine Erkrankung und sein Tod uns betroffen machten. Diese Erfahrung von Schmerz und Trauer wollten wir nicht noch einmal erleben, deshalb hatten wir nicht vor uns eine neue Katze ins Haus holen.

Doch das Leben richtet sich nicht nach menschlichen Plänen und Absichten.

Am Ende des Sommers tauchte eine braungetigerte Katze bei uns auf, die kaum Scheu zeigte und hartnäckig unsere Aufmerksamkeit forderte. Wir hatten noch Reste des Katzenfutters von Tommy, die wir aus Mitleid der mageren Katze anboten. Diese Freundlichkeit wurde von ihr gerne angenommen und ließ sie noch zutraulicher werden. Die Katze wurde mit der Zeit dicker, was jedoch nicht am Futter lag, sondern an den Jungen, die sich in ihrem Bauch entwickelten. Nach einigem Zögern entschlossen wir uns der kleinen Katzenfamilie ein neues Zuhause zu geben.

Es sollte Ende September werden, bis die Welpen schließlich geboren wurden. An jenem Abend kam ich gegen Mitternacht vom Training nach Hause und wurde von der Mutterkatze freudig empfangen. Sie kam auf meinen Schoß und ließ sich von mir ausgiebig streicheln. Dann sprang sie in einen der für sie bereitgestellten Körbe, wobei etwas Fruchtwasser abging.

Damit begann die lange Nacht der Geburt von fünf kleinen Kätzchen. Die Mutterkatze schien mir zu vertrauen, denn sie ließ mich nicht nur zuschauen, sondern auch die Welpen anfassen. Es gab beim zweiten Kätzchen etwas Schwierigkeiten, weil es eine Steißgeburt war, so dass ich ein wenig nachhelfen musste. Morgens um vier Uhr war dann das letzte Kätzchen geboren und wir konnten alle endlich schlafen gehen.

Die fünf kleinen Katzen verbrachten das erste halbe Jahr ihres Lebens in meiner Wohnung, bis sie alt genug waren, um auch den Garten und die Felder in der Umgebung zu erkunden.

Mit der Zeit entwickelten sich der Kater und die vier Kätzinnen zu Persönlichkeiten, die beinahe menschliche Züge hatten. Sie waren jedoch sehr unterschiedlich. Es gab zurückhaltende und ruhige Charaktere, sowie selbstbewusste und fordernde.

Zwei von ihnen hatten sogar gelernt, wie sie Türklinken benutzen konnten. Deswegen bekam dann die Speisekammer einen Knauf, damit sie nicht an die Lebensmittel gelangten.

Innerhalb des ersten Lebensjahres wurden leider zwei der kleinen Katzen beim Überqueren der Landstraße von einem Auto erfasst und so schwer verletzt, dass sie starben. Danach hatten die anderen wohl begriffen, dass die Straße gefährlich war, denn die restlichen drei wurden über zehn

Jahre alt. Die Älteste von ihnen erreichte fast achtzehn Jahre.

Der Kater und die erstgeborene der Kätzinnen entwickelten eine enge Beziehung zu uns Menschen, durch die wir ihre ausgeprägten Persönlichkeiten besser kennenlernen konnten. Besonders die Erstgeborene schien mich als ihren Menschen zu betrachten und suchte ständig meine Nähe. Sie ‚sprach' so viel mit mir, dass ich wünschte, sie wirklich verstehen zu können. Aber leider ist so etwas in der Realität nicht möglich!

Dieser Wunsch brachte jedoch die Idee hervor, eine Geschichte über Katzenmenschen zu schreiben, deren Charaktere von diesen fünf Katzen und ihrer Mutter inspiriert waren. Daraus entstand dann schließlich die Familie Catus.

Bridget

Florian

Meilin

Elisabeth

Katinka

Monika

Die Vorbilder für die fünf Catus-Kinder und ihre Mutter